文春文庫

大相撲殺人事件

小森健太朗

文藝春秋

目次

大相撲殺人事件

第一話

土俵爆殺事件

見上げれば、ぬけるような青空を背景に、電線にとまった十羽ほどの雀たちがチュンチュンと囀《さえず》っている。

「ジャパン……ビューティフル」

そう呟《つぶや》いた金髪の青年は、手元のメモに目を落とし、近くの電信柱に貼《は》られている住所の表記とを何度も見比べた。

青い瞳をした大柄な青年は、「千石町《せんごくちょう》」と書いてある表示と、漢字で書かれたメモの字体を交互に熱心に見つめている。漢字がほとんど読めないらしく、同じ文字かどうか判定するために、両方の文字を懸命に絵合わせしている様子だった。二分ほどして両方の文字の合致具合を確認したらしい彼は、つかつかと歩を進めた。電信柱に沿って長くのびた板塀の切れ目には、鳥居めいた黒い鉄製の立派な門がたっていた。その門に掲げられた板製の表札には、草書体で文字が書かれている。

金髪で長髪の青年は、その表札にじっと目を凝《こ》らし、それから左右を見回し、ポケットに手を突っ込んでこちらに歩いてくる、髪を茶色く染めた若者に目をとめた。

「スミマセン」

金髪の青年がそう発声すると、呼びかけられた若者は立ち止まって不審げに瞬《まばた》きをした。

「コレ、ナントヨミマスカ?」

金髪の青年がそう訊《き》いたので、呼び止められた男は、表札の文字を見て、少し考えてから、

「セン……ダイガクかな」

と答えた。

「グッド。アリガトウゴザイマス」と金髪の青年は頭を下げた。

相手の男は、特に何の反応も示さず、つかつかと歩み去って行った。

金髪の青年は目を大きく見開いて手元のメモを読み返してから、大きく息を吸い込んで、その表札の脇にある呼び鈴を鳴らした。

「ゴメンクダサーイ」

「はぁい」と玄関の戸をあけ、顔を覗《のぞ》かせたのは、髷《まげ》を結《ゆ》った気品ある着物姿の女性だった。文織《あやおり》を使って華やかな模様を織りだした光沢を放つ艶《あで》やかな着物を間近で見て、金髪の青年は少し目を見張った。年齢は四十代から五十代くらいだろうか、青年の出身国の平均身長からみればはるかに小柄で、年齢の見当はつけづらい。

その女性は、門の横に立っているのが、大柄な金髪の青年なのを見て、何回か目をしばたたかせた。背はやたらに高く、恰幅《かっぷく》がよく、金髪碧眼《へきがん》の顔だちは、ハリウッドの映画俳優かと思わせるほど、凜々《りり》しく整っている。

「何の御用ですか?」

「ニュウガク、オネガイシマース」たどたどしい日本語で青年はそう言った。

「入学?　新弟子入門の申し込みですか」と言ってその女性は建物の中を振り返った。

「親方、もうすぐ戻ってくるわね……。どうぞお入りください。じきに親方が参りますので――」

「サンキュー・ベリ・マッチ」と青年が英語で礼を述べると、その女性は首を強く振って、

「英語はだめなんです。通訳の方も、うちにはいませんし……」とこたえた。

青年にはその言葉がわからなかったらしく、きょとんとした顔つきをしていた。

「ガンショ、ドコデスカ?」

「願書?　入門の申込み書のことですか?　新弟子検査に申し込むのは、必要事項を書いてもらえれば結構ですよ」

「オー・グッド」と青年はこたえたが、言われたことをちゃんと理解していなさそうな様子である。

その女性は、門をあけて、青年を中に通し、建物の中に案内した。敷地内には木造の建物が二棟あった。一つは、稽古用の土俵などがあり、力士たちが生活している木造二階建ての建物で、棟の張り出したところに風呂《ふろ》のある建物が付随していた。もう一つは親方の家族が住む生活用の二階建てのモルタル造りの建物である。青年は生活用の建物に通された。

青年にとっては、木造の日本家屋自体がもの珍しいらしく、建物の中に入ってから、興味深そうにきょろきょろと周りを見回している。畳敷きの和室に青年を通した女性は、座蒲団《ざぶとん》を出して、

「どうぞお坐《すわ》りください」と言った。

差し出された座蒲団に、ぎこちない仕種《しぐさ》で坐った青年は、どこか落ちつきが悪そうにあぐらをかいた。

髷の女性は玄関の方を見て、まだ人が帰ってこないのを確認してから、用意した茶碗にお茶をついで青年にさしだした。

「どうぞお楽にしてください」

「アリガトウゴザイマス。イタダキマス」

「どうして相撲に興味をもたれたんですか?」

「スモー? オー、ジャパニーズ・レスリング。ワタシ、ニホンブンカ、ベンキョー、キボウシマス」

その後青年は、片言の日本語をもどかしく思ったのか、英語で何やら日本文化の素晴らしさを讃え始めた。

「まあそうですか――」

髷の女性には青年の言っていることがほとんどわからないらしく、ただ愛想笑いを浮かべて相槌《あいづち》を打っている。やがて玄関の方から扉を開ける音がして、人の話し声が聞こえてきた。

「あら。帰ってきたかしら。ちょっと失礼します」

そう言って女性は立ち上がって、玄関の方に戻って行った。

「何だって？」という胴間声《どうまごえ》とともに、ずしずしという足音が近づいてきた。「外国人の入門希望者？」

「そうなんです。こちらの方で……」

「うちの部屋にも国際化の波が及んだか。しかし、日本語があまり使えないとなると、うちは通訳の用意がないからちょっと困るかもしれないな」

「あなた。うちの聡子《さとこ》、高校ではＥＳＳとかいう英語サークルに入っていますよ。いざとなれば、あの子にやってもらえばいいんですよ」

「おお。そうだったな。うちには優秀な英語使いがおったの。しかし、本格的に入門してもらうとなると、日本語はきちんと習得してもらわなければ困るがな……」

という会話が廊下から聞こえてきたが、金髪の青年にはほとんど理解できないものだった様子だ。

「おお――あなたですか」

襖《ふすま》をあけて、黒い袴《はかま》の和服姿の大柄の男性が入室し、つかつかと青年の方に歩み寄った。年齢は五十歳前後に見えるが、壮健な身体《からだ》つきをしていて若々しく、はりのある肌に生気が漲《みなぎ》っている。若かった頃の眉目秀麗《びもくしゅうれい》ぶりを窺《うかが》わせる、歌舞伎役者のような容貌《ようぼう》をしている。

その男性は、金髪の青年の両肩をがっしりと両手でつかみ、前後に軽く揺さぶった。

「オー？」

いきなり身体をつかまれて、金髪の青年は当惑した様子を見せた。

「なかなかいい体格をしている。身体つきは充分合格水準だ」

横のおかみさんが少し懸念《けねん》ありげに、「でも、親方」と言う。「うちの部屋は、今まで外国人をいれたことはないですし、やはりアメリカ人ならアメリカ人親方がやっている部屋に行ってもらった方がよくないですか？」

「まあ待て。それは本人のやる気次第だ。アメリカ人の志願者がみなアメリカ人部屋に行かなくてはならんという法はない。それにうちの部屋は、有望な新弟子なら喉《のど》から手が出るほどほしい――国籍がどこであれ……」

「まあそれはそうなんでしょうが……」少し眉《まゆ》を顰《ひそ》めながら女性はこたえた。

親方と呼ばれた男は、その青年の方に顔を向けて、

「初めまして。ここの千代楽《ちよらく》部屋を束ねている者です」と言った。

「ハジメマシテ」とゆっくり言ってから金髪の青年は、次の言葉を探しあぐねている様子だ。間もなく意を決したように息を吸って、ゆっくりした発音で喋《しゃべ》り始めた。

「マイ・ネーム・イズ・マーク・ハイダウェー。アイ・ケイム・フラム・ハワイ」

「マーク・ハイダウェーさんですか。それで、どうしてうちの部屋に入門を希望なさったのですか？」

「ジャパニーズカルチャー、ニホンブンカヲマナビタイトオモイマシテ――」

「おお、日本文化ですか。たしかに相撲は日本文化の粋《すい》というべきものですからな

――」と親方は頷《うなず》いた。「ここ千代楽部屋は、江戸時代の千代榊《ちよさかき》部屋からの歴史をもつ、最も伝統のある相撲部屋です。日本文化と相撲の伝統を学んで身につけるのにここほど相応《ふさわ》しいところもないですよ」

「ソレデ、ドウスレバニュウモンデキマスカ？」

「新弟子検査に合格すればいいだけです。幸い、もうすぐ検査の時期がやってきます。身長と体重と年齢が一定基準に達していないと落とされますが、見ただけで、あなたは充分合格基準を満たしているのがわかります。うちの部屋で採用が決まれば、必要な事項を書いていただければ、手続きは全て代行してやっておけます。でもそれより肝心なのは相撲の技量、才能です。これから試験を受けられますか？」

「シケン？」

その言葉を聞いた青年は鞄《かばん》から和英辞典を取り出して「SHIKEN」の項目を調べた。

「オー、エグザミネーション。アイ・スィー。ドウスレバヨイデスカ？」

「うちの新弟子と稽古に何番かとってもらいます。それで合否を決めます」

青年はまた和英辞典で「GŌHI」という項目を調べた。

「サクセス・オア・フェィルア。アイ・スィー」

「では、早速《さっそく》とってもらえますか？」

「イマスグデスカ？」

「ええ。まわしはお貸しできますよ。おい、誰か、相手になるのはいないか？」

親方が発した「おい」という音声は、襖がピリピリと震えるほどだった。

その声を聞いて、ひょろりとした体格の、眼鏡《めがね》を掛けた男性が現れた。髷を結っていることから、彼も力士とわかる。

「親方。お呼びですか」

「御前山《おまえやま》か。おまえでは相手として不足だ。誰か他の者はいないか？」

「そんな……」御前山は眉を顰めて情けなさそうな顔をした。

「はい！」と続いて襖を開けて、身軽そうな、四角ばった顔をした若い男が現れた。

頭に鉢巻きを巻いた浴衣《ゆかた》姿で、普通人よりは大きいが、力士にしては小さめな体格である。

「おお、北日向《きたひなた》――着替え所に案内して、この方のまわしをつけるのを手伝ってやれ」

「はいっ」

「北日向、おまえも着替えろ。土俵で試験相撲だ」

「はいっ！」かしこまって、その若者は敬礼した。

＊

北日向と呼ばれた男は、板の棚に脱衣籠《かご》の並べられた狭い部屋にマークを連れて行った。そしてマークに対して、「服を脱ぐように」と言い、服を脱ぐように動作でも指示した。

「フク、ヌグ？」

マークは手元の辞書でその言葉の意味を確かめてから、「ホワイ？」と不審そうに訊き返した。

「シケン、フクヌグ、イリマスカ？」

「このとおりにしてください」と言って、北日向が浴衣を脱ぎ、まわしだけをつけた姿になった。

「オー。スモー・スタイル？」

北日向は、意志の疎通が見られないことに業《ごう》を煮やし、マークの服を強引に脱がし始めた。

「オー・ホワット・アー・ユー・ドゥーイン？」

などと抗弁している間に、マークは下着だけを残して身につけていたものを全て脱がされてしまった。

「今日はパンツはいい。上からこの仮まわしをつけてくれ」

そう言いながらまわしをつける動作をしてみせた北日向を見て、マークもどうやら何が求められているかをようやく了解したようだった。

「スキルテスト？」

マークがそう訊いたので、北日向はわかったような顔をして頷いた。

「アイ・スィー・オーライト」

マークはシャツも脱いで、パンツ一丁の姿となり、北日向が貸し与えた黒いまわしを腰のまわりに装着した。

「これはこうつけるんだ」と言って北日向が、マークの腰につけられたまわしを外から結んでみせた。

「オー・ジャスト・ワンダフル。ジャパニーズ・スモー・スタイル……」

「さっ、こちらへ……」

北日向に手をひかれて、まわし姿のマークは、部屋を出て廊下を渡り、土俵のあるところに連れて行かれた。

灰色のコンクリート敷きの床から一メートルほど盛り上がったところに、国技館の土俵とほぼ同じ大きさらしい土俵があり、俵《たわら》で丸く区切られていた。土俵の上は、茶色い土が敷かれ白い塩のようなものがまかれている。

千代楽親方が、土俵の脇に置かれた、背もたれのない椅子《いす》に腕組みをして腰掛けていた。

「待っていたよ。まずは、その北日向と何番かとってもらおうか」

「はいっ！」と北日向の返事が響く。

土俵にあがった北日向は、その仕切り線のところで、仕切りの姿勢をとった。上半身を前に落として腰を突き出し、握った両拳を軽く床につけている。

マークは当惑した顔で、千代楽親方の方を見た。親方は顎《あご》をあげて土俵の方を指し、

「おまえもやれ」と命じる動作をした。

「シケン・スモーデスカ……」

親方に要求されていることを理解したらしいマークは、土俵にあがり、仕切りの姿勢をとっている北日向に向かいあって腰を落とし、彼と同じ仕切りの姿勢をとった。

「よーし。見合って見合って……」と言いながら親方が土俵の中ほどに近づいてくる。手には軍配のかわりとなるはたきが握られている。

「息を合わせて」

そう命じられてマークは、向かいの相手を睨《にら》みつけ、吸い込んだ息を止めて静止した。

「八卦《はっけ》よい、のこった！」

親方の声が響くと同時に、北日向が猛烈にマークの方につっかかってきた。マークも急いで立ち合いの動作をとり、北日向とがっぷり四つで組み合った。二人の若者の身体がぶつかって威勢のよい衝突音が響いた。

北日向の右のまわしをとったマークは、そのまま右腕を持ち上げ、北日向を土俵に投げ倒した。勝負が決まるまで、ほんの十秒ほどしかかからなかった。

すかさず親方が軍配をあげた。

「決まり手は上手投げ。マークだ！」

土俵に仰向けに寝ころがらされた北日向は、まだ何が起こったか充分にわかっていない様子だ。

「アイ・ウィン？」

そう訊いてからマークは、倒れている北日向に手を差し延べた。

「立派な投げ技だ。向こうで相撲はやっていたのか？」と親方がマークに訊《たず》ねる。

「スモー？　イエス、アイ・ワズ・ア・スモー・チャンピオン・イン・マイ・ヴィレッジ……ウェン・アイ・ワズ・ア・ジュニアハイスクール・ステューデント……」

「よくわからんが、村相撲で勝ったことがあるということかな。ふむ、やはりな。今の投げはなかなかのものだ。もう一番とってくれるか？」

「はいっす！」と北日向がこたえる。

「おまえ」親方は、土俵部屋の入口近くにたたずんで見学していた夫人の方を向いた。「暁大陸《ぎょうたいりく》を呼んでくれないか？　体格のよい彼の相手に、北日向じゃ力不足かもしれない……」

「でもあなた。暁大陸は、今日の夕方は国技館で取組があるんですよ。それにあの人、今は足首と胸の筋肉を痛めていて、無理して場所に出ているときですのに……」

「そんなに負担はかけない。今日は特別だ。まだ夕刻の本場所までは少し時間があるだろう。有望な外国人力士志望者が来ていると伝えればいい」

「わかりました。呼んでまいります……」そう言って夫人は頭を下げた。

「よし、もう一番！」

再び土俵では、まわし姿の二人の若者が仕切りの動作に入り、立ち合ってから取組稽古を始めた。

＊

「千代楽部屋」の門の前で、一緒に下校してきた友人たちと別れた聡子は、髪を留めていた黒ゴムを外した。色白で睫毛《まつげ》が長く、切れ長の瞳と形のよい唇が特徴的な十代の女の子である。長めのプリーツ・スカートに、金色の校章のついた紺のブレザーという制服姿だ。

「あー。まだ試験あるのかー。やだなー」

などとぼやき声をあげながら、玄関にはいり、ぞんざいに履《は》いていたスニーカーを脱ぎ捨てた。

鞄を廊下に放りだして、聡子がそのましゃがみこんだとき、呼び鈴の鳴る音がした。

「あれ、誰だろう？」

今閉めたばかりの戸を開けて顔を覗かせると、トラックが家の前に止まり、宅配便の配達員がダンボール箱を抱えて、門のそばに立っている。

それを認知した聡子は靴箱のそばに置いてある印鑑をとって、ツッカケを引っかけて、門のところに出向いた。

「ご苦労さま」

確認印を押して荷物を受け取った聡子は、それが千代楽部屋の暁大陸宛てになっているのを見た。

「暁大陸さんね……」

呼び鈴の音を聞いたらしい、彼女の母親の千代楽親方夫人も、玄関のところに姿を見せた。

「あら、宅配便？」

「そうよ。暁大陸さんにあてたものよ」と言って聡子は、受け取った箱を母親に手渡した。

「そう。後で暁大陸さんに渡しておくわ」

「ああ疲れたぁ。お母さん、冷たいジュースとかある？」

「冷蔵庫に冷やしたジュースが入ってますよ」

「おお、やった」

「ところで聡子、ちょっとあなたに来てほしいんですけど――」

「なによ。いまあたし、試験期間中で忙しいんですけど」

「英語よ、英語」

「英語？」

「今日うちの部屋にね、アメリカ人らしいんだけど、ほとんど英語しか喋れない外国人が入門希望してきたのよ。片言の日本語ならわかるみたいなんで、親方たちがなんとか応対しているんだけど、なにせちんぷんかんぷんのところが多くってね。それで、高校で英語クラブにいるおまえの帰りを、親方も待ってたんだよ」

「そりゃあたし、ESSって英語のサークルに入ってるけど、まだ全然話せるレベルじゃないわよ――」

「とにかく、私たちよりはずっとマシでしょう。手伝っておくれよ」

「その入門志願者、どうして鷹顎《たかあご》部屋とか、外国人の多いところに行かないの？　あそこなら親方もアメリカ人だから、英語でばっちりやって行けるじゃない。うちの部屋で、外国人の力士なんかいれたってやって行けるの？」

「そりゃね、あの人、まだ日本に来たばかりで、よくわからないうちにうちの門を叩《たた》いたみたいなのよ。だから、たくさんある相撲部屋の傾向なんてあまりよくわかっていない様子なのよ」

「だったら、ちゃんと説明して他の部屋を紹介してあげたらいいじゃない」

「それがね、とてもいい素材だって親方が惚《ほ》れ込んじゃってね。他の部屋には渡したくないみたいなのよ」

「ふうん。まあいいわ。ちょっとだけ会ってみる。アメリカ人が相手なら、あたしも、英会話の勉強になるし――」

「いま土俵のところで取組やってるわ」

「ちょっと待って。なにか飲んでから行く」

そう言って聡子は、ぱたぱたと台所の方に走り、冷蔵庫の中からジュースを取り出してぐいっと飲んだ。

「聡子ったら、はしたないわよ」

「通訳したらお小遣いちょうだいね」

「はいはい。はやく来るんですよ」

＊

聡子が土俵部屋に出向いたのとほぼ同時に、浴衣姿の暁大陸もそこにやって来た。立派な体格をした者が多い千代楽部屋の力士の中にあっても、暁大陸は部屋内で番付最上位の大関だけのことはあり、威風堂々とした身体つきは、その場を圧する風格を発していた。眉は濃く鼻翼がはり、厚い唇のまわりは髭剃《ひげそ》り跡が青々としていた。

千代楽親方は、暁大陸の方を見て、

「おお、暁大陸、よく来てくれた。アメリカから来た新弟子志願者と一番とってくれるか」

「なかなか有望株のようですね、親方」

マークの体格を一瞥《いちべつ》して暁大陸は、浴衣を脱いでそれを北日向に渡した。

筋骨隆々《きんこつりゅうりゅう》たる立派な身体の胸のあたりには白い湿布《しっぷ》が貼《は》られ、両足首にはサポーターがついている。力士として均整のとれた身体つきを誇り、稽古で鍛えたたくましい筋肉は褐色の光沢を放っていた。

「一番だけでいい。本場所最中の大事な身だからな。危ないことはしなくていいからな」

「大丈夫ですよ、親方」

まわし姿になった暁大陸は、自信ありげにそう言って、四股《しこ》を踏んでみせた。足を地面につけた瞬間、ドーッと地響きがして、建物全体にかすかな震動が走った。

汗と土にまみれていたマークも、暁大陸の豪快な四股を見て、唖然《あぜん》とした様子である。

「オー・グレイト・スモー・レスラー。バッ・ホワイ・アー・ゼア・ソー・メニー・スモー・レスラーズ・イン・ジィス・ユニバーシティ？」

「オーケーだ。さあ、一丁やろうか」

暁大陸はそう言って両手でパーンと顔を叩いた。

当惑した表情のマークは、もの問いたげに親方と親方夫人の方を交互に見比べた。

「この一番でおわりだ」親方がそう言って、マークに土俵で見合うように促《うなが》した。

「イッツ・ユア・ラスト・ゲーム・トゥデー」

親方の横にきていた聡子が、あまり流暢《りゅうちょう》とは言えない発音でそう言った。その言葉はマークには通じた様子で、彼は微笑《ほほえ》んで「オーケー」とこたえた。

「おお、聡子。おまえが来てくれて助かる」

親方は、自分の肩にも届かない背丈の聡子の頭をごつい手で撫《な》でた。

「やだ、お父さん。髪形崩れちゃうでしょ」と言って聡子は身をよじって、父の手を逃れた。

マークと暁大陸の両者が土俵中央で見合ったところで、親方が軍配がわりのはたきをかざした。

「八卦よい！」

その掛け声と同時に、両者の身体はバチンとぶつかり合った。北日向のときと違って、マークの身体はたちまちバランスを崩して倒れてしまいそうになった。暁大陸は、右腕でそのマークのまわしをとって、軽くひねり投げるようにして、土俵に倒し落とした。

「上手だし投げ、暁大陸だな」と親方が軍配をあげながら言った。

「脇のひきつけがまだまだ甘いわね」

わけ知り顔で聡子がそう論評した。

しばらく土俵に倒れ込んでいたマークは、投げられたときにぶつけたらしい脇腹をさすりながら上体を起こした。

「どう思う、暁大陸？」親方が、暁大陸の着ていた浴衣を渡しながら訊いた。

「かなりいけますね」暁大陸は、受け取った浴衣に袖《そで》を通しながらこたえた。「もちろん技はこれから習得しなければならないでしょうが、いまぶつかっただけで、非常にねばっこい足腰をしているのがわかりました。相当いい素質をもっているのは確実です」

「とすると、入門させるに充分な素材ということだな？」

「無論です。それだけでなく、鍛えれば将来の大関、横綱も狙《ねら》える逸材だと思いますよ」

「うむ、わしも初めて彼を見たときから、そう見込んでいたんだ。おまえに見てもらったのは、確認したかったからだ」

「最近の若い者は、基本的な足腰の強さを身につけていないのが多いですからね。これだけの身体をもったのはなかなか見つからないでしょう」

「しかし、まだ日本語があまり話せないのが問題だな。うちの部屋にも英語ができる者がおらんし――」

「もし住み込みで来てくれるなら、うちの部屋で面倒をみる形で、日本語学校に通ってもらうのはどうですか？　半年くらい勉強すれば、ひと通りの日常会話くらいこなせるようになるでしょう」

「なるほど、それも一案だな」

「ところで暁大陸さん」と聡子が大柄の大関を見上げながら言った。「さっきあなた宛ての宅配便が届いてましたよ」

「えっ？　なんですか？」

暁大陸が振り向くと、親方夫人が、廊下に置いてある箱を示した。

暁大陸は、その箱に近づき、差出人の宛名を見て、

「ああ、いつものサポーターとか湿布を配達してくれる行きつけの薬局からです。治るまでは湿布とサポーターが必須ですからね。そろそろ買い置きの包帯も足りなくなっていたのでちょうどよかった」

続いて彼は、箱を開け、中にある湿布やら包帯を取り出した。

「おい！」親方が声を上げる。「暁大陸の身体の世話は、おまえらの仕事だろう！」

「は、はい」とそばにいた北日向が返事した。「いま参ります！」

北日向が、暁大陸の開けた箱を抱えて、廊下の方へ退出して行った。

暁大陸は去り際に振り返って、

「しかし、親方にはこんな可愛《かわい》い、英語の得意な娘さんがいらっしゃってよかったじゃないですか？　通訳もしてもらえるんじゃありませんか」と言った。

「まあな」と親方が苦笑を浮かべた。

「えぇ」と聡子は口を尖《とが》らせた。「あたし、通訳できるほどまだ英語なんて使えませんよ」

「しかし、うちの部屋には他に人材がいない。しばらくは彼の通訳は聡子に頼むとするかな。ともかく、彼の部屋入りは、鷹顎部屋あたりに目をつけられる前に、早めに決め

てしまいたい。なあ、聡子？」

「なぁに、お父さん？」

「見てのとおり、彼を新弟子としてとり、うちの部屋に入れさせるようにしたい。新弟子検査はまた来月にあるが、住み込みは今日からでも可能だ。通訳はこれから手配を考えるが、今日のところは、おまえが相手をして、彼に部屋に入ったときの心構えなど、一通り教えておいてくれんか？」

「あたし、そんな複雑なこと英語で言えないよ」

「何のために高校で英語勉強してるんだ。それくらいできるだろ」

「そんなこと言うなら、お父さんだって昔学校で英語勉強したでしょ」

「わしは中学卒業してすぐ角界に入った。英語などろくにやった覚えがない」

「そんな親方のところじゃ、外国人の力士受け入れはあきらめた方がよくない？　他にもっと国際化している相撲部屋なんていくらもあるじゃない？　彼には、別の部屋を勧めた方がよくない？」

「やかましい！　さっさと親の言うとおりにせんか！」

「はいはい、じゃあ、やれる範囲でやってみるから、少々不正確でも後で責めないでよね」

　聡子は、土俵の方につかつかと近づいて、タオルをマークに差し出した。

「ハロー。ナイス・トゥ・ミー・チュー。マイ・ネーム・イズ・サトコ。ヨロシクね」

「オー」

マークは、聡子を見て目を見開いた。「ユア・ソー・キュート・アンド・ラヴリー」

「まあお上手ね」

マークは、嬉《うれ》しそうに聡子の手を握ってにっこりと微笑み、「ナイス・トゥ・ミー・チュートゥー」と言う。

聡子は初めてマークの顔を正面からまじまじと見つめて、そのハワイ出身の男性の映画俳優のような顔だちに心魅《ひ》かれるのを感じた。

（外国人だから、アメリカ人だから、こんなにきれいなの……）

（いや、外国人だからってきれいな顔してるとは、限らないわよね）

（まるで映画スターみたい……）

（こんな人に部屋にいてもらえたら、ちょっと嬉しいかも）

そんなことを考えながら聡子は、マークの手を強く握った。

＊

元の服に着替えたマークは、聡子に手を引かれ、親方一家が生活している棟の一階の居間に案内された。

そこのソファにマークを坐らせ、聡子は、父の千代楽親方から預かった、部屋入りの申し込み用紙を彼の前に置いた。

「この紙に必要事項を記入してほしいんだけど——わかる？　ドゥ・ユー・アンダスタン？」

「イエス」とマークはこたえた。

「どうしてこの部屋に来たの? ええと、ホワイ・ユー・ハヴ・カム・ヒア?」

「アイ・ジャスト・ワナ・スタディ・オン・ジャパニーズ・カルチャー」

「スタディ・ジャパニーズ・カルチャー?」聡子は、少し首を傾《かし》げ、「それでうちの相撲部屋に?」

「アイ・ワナ・スタディ・アト・ザ・ユニバーシティ・イン・ジャパン」

「ユニバーシティ・イン・ジャパン? それって日本の大学ってこと? あなた、日本の大学で勉強したいって……? それで、なんでこの部屋に来たの? その理由を聞かせてほしいんだけど、ああ、ええと……」

聡子は、紙とボールペンを取り出してマークの前に置いた。

「プリーズ・ライト・イト・ダウン……。話されるより読む方がまだなんとかなるから。書かれた文字なら、まだなんとか辞書見れば訳せるもの……発音聞いててもわかんないことだらけ」

ペンを持たされたマークは「何を書けばいいのか?」と問いたげな顔で聡子を見つめている。

「ザ・リーズン・ユーヴ・カム・ヒア……あなたがここに来た理由よ、理由。もしかして、あなた、とんでもない誤解していない?」

聡子の言いたいことはなんとか伝わったらしく、マークは頷いて、紙に英語の文章を書きはじめた。

その文を覗き読んでいるうちに、聡子の顔はさーっと青ざめていった。

マークはふと書く手を休めて顔を上げ、

「ジィス・プレイス……ナット・ユニバーシティ？」と訊いた。

「え？」

「アイヴ・ハード……セン・ユニバーシティ」

「セン大学？　センダイガク？　千、代、楽……あっ、それ、ひょっとしてうちの部屋の名前？」

椅子を後ろに倒さんばかりの勢いで聡子は立ち上がった。

「アイ・パスト・ザ・スキル・テスト？」

「ユー・ハヴ・ミスアンダストゥド。プリーズ・ウェイト・ヒア。ジャスタモーメント」

そう言って聡子は、急いで部屋を出て行った。

彼女は、父親の千代楽親方が煙草《タバコ》をふかしている床の間のある部屋に駆け込んだ。

「お父さん、お父さん」

「何だ、騒々《そうぞう》しい」

「大変よ」

「どうした？」

「あのマークってアメリカ人、とんでもない勘違いしてるのよ」

「何だ？」

「彼、ここが大学だと思って入学申し込みにきたのよ」

「何を……そんなバカなこと、あるわけないだろう」

「本当よ。彼、ここに来るときに、ここの『千代楽』って文字の読みかたを誰かに訊いたらしいのよ。そのとき尋《たず》ねた相手が運悪く、字を知らない輩《やから》だったらしいの。それで『センダイガク』って教えられたって。それで、彼、てっきりここを『セン大学』だと思い込んで、さっきの立ち合い稽古も入学申し込みの一種だと思い込んでて……。そう言えば、この近くに千石って名前がついた大学があるでしょう。他にもたしかこの千石町には『千なんとか』って名前の学校や専門学校もいくつかあったでしょう。だから、その一種と勘違いしちゃったのよ」

「しかし、ここが大学と違うのは、見ればすぐにわかるだろうに」

「アメリカから来たばかりで、日本のことまだあまりよく知らないみたいだから、日本の大学ってこういうものかって、思い込んじゃったみたいなの」

「その割には相撲のことはよく知っているみたいだったが」

「ハワイは、結構相撲が盛んなのよ。中学校でも体育でやってるみたいだし、日本の相撲を中継するテレビ番組もあるのよ。それで相撲に関しては、一通りのことは知ってたみたい」

「相撲をやらせたのを試験の一種だと勘違いしたのか？」

「そのようよ。『スキルテスト』とか言ってたから、体育大学であるような、実技試験の一種だと思ったんじゃないかな」

「むむむ」眉を顰めて千代楽親方は、難しい顔つきになった。「それは少々困ったな……」

「困るもなにもないでしょう。彼には事情を説明して、引き取ってもらいましょう。大学に願書をもらいに行くくらいの手伝いはしてあげてもいいし……」

腕を組んだままの親方は不意にあらたまった顔つきになって、

「聡子」と低い声で言った。

「なによ？」

「彼をそのままこの部屋にとどめおくことはできないか？　つまり、その、ここを大学と思い込ませてだな……」

「そんな……お父さん、なにバカなこと言ってるの」

「しかし、彼はまたとない逸材なんだ。鍛えれば必ずのしあがれる。あの体格、あの粘り腰の強さ、どれをとっても力士として一級品だ。大関や横綱が充分に狙える素材だ。彼をこのまま手放すのは、惜しい。惜しすぎる」

「でもだからって、いくらなんでも……」

「おまえも知ってるだろう、部屋の経営は、力士の出世具合に左右されるって。その部屋から大関や横綱が出れば、後援会は大きくなって援助資金をたくさんもらえるし、巡業や興行収入も莫大になる。力士本人だけでなく、その部屋全体が大きく潤うんだ。知ってのとおり、うちには三役になっている力士が現在暁大陸一人しかない。暁大陸は大関で頑張っているが、彼も怪我《けが》もちでいつ相撲がとれなくなるかわからない。暁大陸がいなくなると、うちには看板力士がいなくなってしまう。暁大陸の後援会以外は、大した後ろ楯《だて》がないし、うちには資産もなく、蓄《たくわ》えも乏しい。出世できる力士を抱えなくては、これからはやっていけなくなるんだ」

「北日向とか御前山とか育てればいいじゃない」

「北日向には期待しているが、それもどこまで行けるか……。それに御前山は、入門して六年以上たつのに、いまだに幕下より上にあがれない。あいつ、これから出世する見込みあると思うか？」

「ごめん、お父さん。御前山みたいな見込みなしの名前を出したのは、あたしのミステーク」

「他にも新弟子は何人かいるが、まだ海のものとも山のものともつかない連中ばかりだ。それより彼だ。あのマークとかいう者が入門してくれれば、すぐに幕下から十両にかけあがれるだろう。あの素材なら一、二年で幕内になることは充分可能だ」

「でも、本人が志望していないのに入門させるっていうのは……」

「そこはどうにかならんか、おまえの力で。大体そもそも大学に通ったって金を使うだけで儲《もう》かりはしないだろう。相撲で出世すれば、何億円単位で稼ぐことも可能だ」

「いや、でも……」

「それに大体彼はなんだ、あれが大学に入ろうとする者の態度か。ふらりとやって来てそのまま入学できると思っているなら大きな勘違いだ。願書を出してしかるべき勉強をして入試に合格しなくちゃならんし、その実現には半年や一年はかかる」

「それでも相撲部屋に無理に入れさせるよりはましですって」

「妥協案として、彼が大学に入りたいというなら、入試までうちの部屋で修業を積むということにさせてはどうかな。泊り込みで生活費の面倒は一切うちの部屋でみてやれる」

「でも稽古ばかりさせては、入試の勉強ができないでしょう」

「相撲の才能が自分にあるとわかれば、彼も考え直してくれるかもしれないだろう。それに、どうせ大学入試は二月か三月だろう、今から半年以上時間があるじゃないか」

「うーん、そのくらいなら、あるいは提案できるかもしれないけれど、彼が納得するかどうかは保証の限りじゃないわよ」

「うちの部屋の経営が傾けば、おまえを大学にやる金もなくなるかもしれないんだぞ」

「そんな問題にすりかえないでよ」

そのとき、隣室の居間で電話のベルが鳴り響き始めたのが聞こえた。

「電話か？」

千代楽親方が襖を開けて隣室を覗くと、親方夫人が「ファックスよ」とこたえた。

「暁大陸さんにあてたものみたいだけど……」

「うちの部屋の番号に暁大陸宛てのものがきてるのか」

「えぇっ!?」

親方夫人が悲鳴のような声を発したので、「どうした」と親方が隣室に駆け込んだ。

「あなた、これ……」

「うん？」

それを見て親方もぎょっとしたらしく、息を呑《の》んで顔色を変えた。

親方夫人が指差した、ファックス兼用の電話機から排出された紙には、乱雑な飛び跳《は》ねるような字体で次のように書かれていた。

〈本日の取組で暁大陸に死が訪れるだろう　復讐鬼《ふくしゅうき》〉

「また、これは……!?」

親方夫人の声を聞きつけてか、浴衣姿の暁大陸も別の入口からやって来た。

「どうしました？」

「暁大陸さん――こ、こんなものが――」

「こ、これは？」

「何、これ？」

横から覗き込んだ聡子が声をあげた。

その紙を手にした親方は、わなわなと震えながらその紙を見つめている。

「誰かのいやがらせじゃないの？」と聡子が訊く。「悪質ないたずらでなく、本気の脅《おど》しだってわかるの？」

「い、いや、これは、九能山《くのうやま》へきたときの脅迫状とそっくりだ。これは……あいつだ……あいつのしわざに間違いない……」

「あいつですか？」

横から覗き込んできた暁大陸も、若干青ざめた顔でそう応じた。

大人たちの反応を見て、聡子も思い当たった。

（二年ほど前の……）

（あの事件……？）

「あいつって、まさか筒カ錦《つつがにしき》のこと？」

その聡子の言《げん》にこたえず、千代楽親方も暁大陸も険《けわ》しくこわばった表情をしたままだった。その反応が、聡子の予想が正しいことを確信させた。

聡子がその事件のことにすぐに思い当たったのは、彼女の父、千代楽親方も係わっていた事件だったからだ。

二年ほど前の夏場所で、この千代楽部屋に在籍していた関取・筒カ錦の家族に悲劇が訪れた。国技館の土俵のすぐそばの溜席《たまりせき》で筒カ錦夫人とその娘ミツ子が観戦していた。ミツ子はいまの聡子より少し若いくらいで、高校一年生くらいだったと記憶している。そこへ取組をしていた暁大陸と九能山が土俵から転落してのしかかってきたのである。筒カ錦夫人はことなきを得たが、力士二人に乗られたミツ子は重傷を負ったと聞いた。その事件のショックで、筒カ錦は廃業《はいぎょう》し姿を消した。その前後、筒カ錦と千代楽親方の間で、感情的な諍《いさか》いや争いがあったらしいのを聡子もうっすらと記憶している。

その後、筒カ錦は家族とともに消息不明になったと風の噂で聞いたが、再び筒カ錦の名が耳目《じもく》を集めたのは、昨年の九能山への脅迫事件である。『復讐鬼』を名乗る人物から、龍悦《りゅうえつ》部屋の九能山にいま見た文面と同じような脅迫文が入った手紙が届き、その直後に九能山は原因不明の失踪《しっそう》を遂げた。警察による捜索はなされたが、現在まで九能山の行方《ゆくえ》は杳《よう》として知れない。その後の捜査で、送られてきた手紙の封筒に付いていた指紋が、この千代楽部屋の備品に残されていた筒カ錦夫人のものと思われる指紋と同一であることが判明した。九能山の失踪に、筒カ錦かその夫人が関与している疑いが濃くなり、警察では、彼らを重要参考人として追っているが、いまだにその足取りはつかめていないという。

「あいつだ……。あの事件の……」譫言《うわごと》のように親方が呟く。

「あの事件って、筒カ錦のことね？」

聡子のその問いは、またしても父にも母にも無視された。

「あなた……」心配顔で夫人は、親方と暁大陸の顔を交互に見つめ、「これは警察に連絡すべきでは――」

「ああ、もちろんだ。明白な脅迫事件だからな」

「万一のことを考えて、今日は暁大陸さんには取組を控えてもらった方がいいのでは……」

「ご冗談を、おかみさん」毅然《きぜん》とした口調で暁大陸が言った。「自分はこんな脅しに屈したりしませんよ」

「とにかく、警察に相談しよう。今日の取組は、警備を厳重にしてもらうようにしよう」

親方は受話器を取り上げて警察の番号をプッシュした。電話がつながってすぐ、千代楽親方は語り始めた。

「相撲部屋の千代楽です。たった今、うちに脅迫めいた文章が届きまして――」

＊

電話をかけて二十分ほどして、警察の一行が到着した。千代楽部屋に脅迫文が届いたことは、ニュース速報でも流され、夕方に暁大陸の取組が行なわれる国技館はものものしい警備体制が敷かれることになった。多くの警察官が緊急配備され、観客には厳重な荷物検査が行なわれ、すべての来訪者に金属検知器による検査が行なわれることになった。

千代楽部屋の千代楽親方と暁大陸は、やって来た刑事たちから事情聴取を受けた。聡子は、漠然《ばくぜん》と不安を感じながら、事情聴取が行なわれている部屋の隣室で聞き耳をたてていた。

「ホワッ・ハップン？　ナニガオコッタノデス？」

居間に残り、ずっと待たされていたマークが聡子に訊ねてきた。

「事件が起こりそうなの。ええと、英語でなんというのかしら……」

聡子の答えは、マークにはよくわからなかったらしく、きょとんとした顔をしていた。

やがて、隣室の戸が開く音が聞こえ、

「では、取組は行なうのですね？」と男が念を押す声が聞こえた。

聞き憶《おぼ》えのある声ではないから、やって来た刑事の発したものとおぼしい。

「もちろんです」との暁大陸の返事が聞こえた。「こんな脅しに屈して相撲をやめるわけにはいきません。しかし、万一のことがあります、観客や関係者に被害が及ぶことはなんとしてでも防いでください」

「それは、全力を尽くします。これから出られますか？」

「そろそろ国技館に出向く時間です。車はもう待たせてあります」

「では、お車の周りを白バイで警護させます」

「よろしくお願いします」

そういう会話をして、暁大陸と刑事たちの一行は、玄関から出て行った。千代楽親方と、お付きの者たち数名もそれに続いて玄関から出る。聡子が外を覗くと、部屋の前の道路には、警察の車とオートバイが数台並び、報道陣の車も何台も押しかけていた。普段は閑静な住宅街が、ものものしい騒然とした雰囲気に包まれている。

用意された黒い自家用車に暁大陸と千代楽親方が乗り込み、その後ろに控えていたタクシーに、北日向らお付きの者が乗り込んだ。前後を白バイが取り囲み、千代楽部屋の一行を乗せた車両は、ゆっくりと発進して行った。

車の発進を見送ってから、聡子は近くに立っていた母親の方を振り返った。

「お母さん。これ、あの筒カ錦さんが送ってきた脅迫状なの？」

「さあ、それはまだ何ともわからないけど、あの九能山関が失踪した事件もあるからねえ。暁大陸に万が一のことがあったらと思うと、気が気でないよ」

「たしか一昨年の取組のときに、筒カ錦さんの娘さんのところに、土俵から転落してきた力士二人が乗りかかったのよね。あの娘さんは、どうなったの？　死んだの？」

「一命はとりとめたけれど、一生治らない障害が残ったと聞いているわ。体重百キロを超えた力士二人にまともにのっかられたんですもの、本当に気の毒だと思うわ。あと筒カ錦にはまだ二歳か三歳の小さな男のお子さんもいたはずなんだけど、筒カ錦が姿を消したときに、家族ごと姿を消したから、その後どうしているかは全然わからないわ——」

「筒カ錦さんは、なんで廃業したの？　その事件のせいで相撲がとれなくなったの？」

「私にはそのあたりのことは、わからないけれどね。筒カ錦は、三役まではったこともある力士だから、引退したら年寄り株を継がせることも期待されてたし、自分の部屋をもてそうな人だったのにね——。やめた一因は、あの事件のことで親方と感情的な対立もあったようよ」

「なんでお父さんと対立を？」

「そのとき親方は、筒カ錦夫人の観戦した溜席のそばにいたのよ。だから、筒カ錦にしてみれば、親方が身を挺して庇《かば》ってくれれば、娘のところに暁大陸たちがいかずにすんだと思っていたらしくて——」

「そうなの。でも、そんなことで責められてもねぇ——」

「私もそう思うんだけど、本人にしてみれば、どこかに怒りをぶつけなければいられない心境だったんでしょう。それで、もうこんな部屋にはいられないって、ぷいと出て行ってそれっきり。そう思っていたら、去年のあの事件でしょう。いま見たファックスの文章も、筆跡がどことなく、前に見た筒カ錦のものと似ているような気がするし——。

あの人、本気で私たちを恨《うら》んでいたのかねぇ……」

「そんな理不尽《りふじん》な人じゃなかったような気がするんだけど……」

「おまえのことも可愛がっていたし、元は快活な、よい人だったよ、筒カ錦は。ただ、入門したときから、黒い妙なデザインのまわしを愛用したりして、少し変わったところがあったけれど……。でも、娘さんが怪我を負ってからは、すっかり落ち込んで、人がまるきり変わったみたいだったから——」

「去年龍悦部屋に来たという脅迫文も、さっきの文面とそっくりなの？」

「ええ、そうよ。たしか『復讐鬼』という署名で、『おまえを抹殺する』っていうような文章だった。うちの部屋も関係者として事情聴取を受けたから、私も親方もそのときの文面のコピーを見たわ」

「その後、九能山関が失踪したのね」

「そう、去年の秋にね」

「九能山関は、筒カ錦さんたちに復讐されたのかしら？」

「それはわからないけれど……」

「それで、今度はうちの暁大陸さんに復讐を？」

「ええ、それであのファックスが来たときに、親方もすぐに思い当たったのよ。そうだと断定できるわけじゃないけど」

「でも、なんでそんな復讐を……わざとやったわけじゃないのに……」

「そのあたりのことは私にもわからないね……」

「その筒カ錦夫妻の行方はまだつかめてないの？」

「警察も追っていると思うんだけどねえ……」

「でも、そうなると、暁大陸さんが心配ね……」

「今日は厳重な警備が敷かれているから大丈夫とは思うんだけど、これからのこともあるしね。犯人には早くつかまってほしいわね」

「え、ええ……」

「そろそろ取組の時間かしら」親方夫人が壁の時計を見上げて言った。

時刻はそろそろ午後五時半近い。国技館で行なわれている取組はそろそろ終盤にさしかかり、大関・横綱が登場する時間が近づいている。

「暁大陸が無事取組ができるか、私たちはテレビで観戦しましょう」

「そうね」

聡子は頷き、隣室でぽつんと坐っているマークに声をかけた。

「マーク。相撲中継をやっているから、一緒にテレビを見ましょう。レッツ・ウォッチ・テレビジョン・トゥギャザー」

「オー？」

呼ばれてマークもテレビの置いてある部屋に入ってきた。聡子と母親が中央のソファに腰を下ろし、端の椅子にマークが腰を掛ける。所在なさげにあたりをうろうろしていた御前山も、その部屋にやって来て、ソファの隅に腰をおろした。

テレビをつけると、ちょうど三役同士の取組を放映しているところだった。

「次の暁大陸の取組。今日は小結の疋潮《ひきしお》との対戦ね」

千代楽夫人が新聞のスポーツ欄で今日の取組を確認した。

やがてテレビ画面に、土俵に堂々たる体軀《たいく》の暁大陸が現れるのが映された。落ちついた動作で塩を土俵にまいている。

「オー・ヒー・イズ・ザ・レスラー・アイ・ハド・ア・ファイト……」とマークが言ったので、聡子はこたえて、

「ライト。ヒー・イズ・ギョータイリク。ヒー・イズ・イン・アワ・ルーム」

そう生半可《なまはんか》な英語で言ってから、聡子は、「相撲部屋」の「部屋」をルームと英訳して正しかったろうかと考え込んだ。

「オー・イズ・ヒー？」

「ヒー・イズ・オーゼキ。ワン・オブ・ザ・ストロンゲスト・スモー・レスラー」

「オー、グレイト」

「おっ。そろそろ大関の対戦の時間ですね」

ひょろりとした体格の御前山が、そう言った。

「あなた、国技館にいなくていいの？」と聡子が声をかけた。「取組をサボってない？」

「今日は取組がない日です。場所が十五日ある関取とは違って、幕下は七日間ですから」

「そうか。万年幕下だものね」

聡子の冷ややかな一言に、御前山はむっと眉を顰めた。

テレビ中継画面で、暁大陸が登場すると、居間にいる者はみなテレビ画面に見入った。テレビ画面には暁大陸に続いて対戦相手の疋潮が塩をまくところがうつされた。両力士が二度、三度、土俵で見合って、いよいよ取組の本番である。

《見合って見合って、八卦よい！》

行司が軍配をあげると同時に、土俵中央で向かい合っていた両力士がガチンと互いの身体をぶつけ合った。

次の瞬間、信じられない光景が聡子たちの目に飛び込んできた。

ボン、という爆発音が聞こえ、両力士のぶつかったところで火花が散り、ついで白煙がもうもうとそこから立ち上《のぼ》った。次の瞬間、二人の力士は、前のめりに土俵の中央に倒れ、動かなくなった。

一瞬、国技館の中が静まりかえっている様子が映された。続けて、観客席からゴーという地鳴りのようなどよめきが響いてきた。

「暁大陸さん！」

テレビを見ていた聡子と母親がほぼ同時に悲鳴のような声をあげた。

「これ、一体どういうこと⁉」

「わからないわ」と聡子は首を振った。「いま二人がぶつかったところで爆発が起こったようだけど……」

「誰か撃ったの⁉　観客席から、拳銃かなにかを⁉」

「そんな様子は見えなかったし、厳重な警備をしているはずの国技館に銃なんか持ち込めるはずがないと思うけど……」

「じゃあ、一体なにが⁉　暁大陸さんは大丈夫なの？」

「あたしに言われてもわからないわよ」

テレビからアナウンサーのうわずった声が聞こえてきた。《一体何が起こったのでしょう？　前代未聞の事態です、二人の力士がぶつかったところで突然爆発のようなものが起こりました……》

テレビの画面からは、混乱した国技館の情景が中継されてくる。やがて、制服を着た警察官と警備員らしい人々が土俵にのぼり、現場検証めいたことを行ない始めたのが画面にうつされた。白衣の医師らしい人もかけつけて、土俵に倒れている二人の力士の様子を調べている。続いて担架が運ばれてきて、倒れている二人の力士は、他の力士たちの援助を受けて、その担架に乗せられて運ばれていった。

テレビから、《何が起こったのでしょうか？　ただいまの出来事をＶＴＲで再現してみましょう》とのアナウンサーの声が流れ、さきほどの爆発シーンが再映された。

《これを見る限り、観客席方面から何かが飛んできた気配はありません……》

《そうですね》と本来とは違う話題を解説者の元横綱も喋らされている。《暁大陸と疋潮がぶつかってそこで爆発が起こったように見えました……》

横でともにテレビを見ていた御前山が、感極まったような声を発した。

「おおおお、とうとうこんな技が――！」

「なによ、『とうとうこんな技が』って？」

「驚くべきことです。われわれは歴史の証人になりました。大関は、とうとうあの雷電《らいでん》の域に達したんですよ――！　今われわれがテレビを通じて見せられたのは、あの相撲史上、最強力士の誉《ほま》れ高い雷電の秘技に他なりません。力士にとっては、夢にまで見る神の領域です。雷電はその名のとおり、相手力士とぶつかったときに、閃光《せんこう》が走ったとか、稲光がしたという伝説が伝わります。誇張された伝説にすぎないと思われていましたが、すさまじい力量の力士には、現実化できる事柄です。近現代では最も雷電の域に近づいたといわれる昭和の大横綱・双葉山《ふたばやま》も、その立ち合いがあまりに速かったときには、ぶつかったときに白煙があがったように見えたとの観戦記録があります。いま大関も、過去の神話的な大力士と同じ、電光石火の立ち合いをとうとう具現してみせてくれたわけです」

「じゃあどうして二人とものびちゃってるのよ？」

「それは、やはり通常の人間には耐えきれない技を放った後ですから――。これは、物理学的に見ても稀有《けう》の出来事なんです……」

「あ、そう」

延々と演説を始めそうな御前山を放っておいて、聡子はすっと立ち上がった。

「お父さんに電話してみるね」

電話機から、父親のもつ携帯電話へとコールしてみたが、一向につながらない。

母親が来て「私がかけてみるわ」と言って、受話器を聡子から受け取った。

親方夫人は電話を何度かかけていたが、親方の携帯電話にはなかなかつながらないようだ。

「あ、ようやくつながったみたい」親方夫人が電話口で話し始めた。

聡子には、母親の声は聞こえるが、電話の相手の声は聞こえない。

「……あ、あなた。テレビ見てたんだけど、あの爆発みたいなの、あれは一体……？　えっ……そうなの……それで……暁大陸さんは？　意識不明？　一命はとりとめそう……？　そう、それで……捜査中で不明……ええ、わかりました。伝えておきます……」

二分ほどの通話で、突然向こうから電話は切られたらしい。聡子は、母親に、

「お母さん、どうだって？」と訊いた。

「原因はまだ不明で、警察が捜査中だそうよ」

「暁大陸さんは？」

「病院に運ばれて手当てを受けているわ。意識不明だけど、脳波ははっきりしているから、なんとか一命はとりとめそうとのことよ。相手力士の方が重傷だそうよ」

「そうなの……。でもどうしてあんなことが……」

そのとき電話のベルが鳴り響き、聡子の母親は急いで受話器をとった。

「はっ、まあ、暁大陸関のお母様でいらっしゃいますか。……はい、こちらにもまだはっきりとしたことは……」

「アレハ……」

椅子に坐ってテレビ視聴を続けていたマークがぼそりとそう呟いたので、聡子は彼の

方を振り向いた。

「どうしたの？　何か思い当たることでも……」

「ニトログリセリン、ツカッタ……」

「ニトログリセリン？　それってたしかダイナマイトか火薬の、爆発させる薬じゃなかった？　そんなのをどうやって、あの土俵で使うことができるというのよ？」

「ハル、クスリ、ニトログリセリン……」

「ニトログリセリンの貼《は》り薬？　そんなのがあるというの？」

そう聡子が疑わしげに訊くと、マークは熱心に頷いてみせた。

「どんな薬？　インターネットで調べてみるから、スペルを教えて。プリーズ・ライト・イット・ダウン・ザ・ネーム……」

聡子のその言葉はマークには通じなかったらしく、彼は首を傾げたままである。

聡子は、マークを連れて、二階にある自分の部屋に行った。パソコンをたちあげて、インターネットに繋《つな》いだ。

「どんなのかしら。ニトログリセリン、貼り薬、という感じかしら」

検索エンジンに「ニトログリセリン」と「貼り薬」というキーワードを入れて検索ボタンを押す。待つこと数秒、何件かヒットした表示が画面に現れた。

「あれ？」

ヒットしたページを流し読みしていると、「狭心症予防薬《きょうしんしょうよぼうやく》」としてニトログリセリンを皮膚から吸収させる薬として「ニトロゲトロン」について述べられたページが見つかった。

「これかしら?」

そのページを表示させてさらに読み込むと、英語での表記も載っているページだった。聡子はマークをパソコンに近づかせ、

「ユー・ミーン・ジィス?」と訊いて、そのページにある「ニトロゲトロン」の英語での説明のところを指差した。

マークはその箇所をすばやく読み取り、指で「オーケー」のサインをつくってみせた。

「イェス、ザッツ・イット」

聡子が読み取った「ニトロゲトロン」に関する説明は、医学的な専門用語が多くあって、よくわからないことが多かった。ともかく理解したところでは、「狭心症予防薬」として皮膚に貼って吸収させるタイプの薬らしい。取り扱いの注意事項として、「除細《じょさい》動《どう》」の際に爆発するおそれがあるということだった。「除細動」という言葉は聡子には意味がわからなかったが、前後の文脈から推測すると、医学上の治療行為に関するもののようだ。何か振動を起こしている状況かとも思われる。

「ニトログリセリンって貼り薬にも使われるんだ……。爆発する可能性のあるもの貼るなんて危なっかしいなあ……でも、これが、今日のあの取組のときに、貼られていたってこと!?」

そう聡子が言うと、横のマークは、まるで全て彼女の言《げん》がわかったかのように、うんうんと頷いた。

「えっ、ニトロゲトロンってどんな恰好《かっこう》をしてるのよ」

インターネットを使って、聡子は、その「ニトロゲトロン」関係のページをあちらこちらと開けて、その形状をうつした写真を探した。ある薬剤会社のページに飛ぶと、商品化されたニトロゲトロンの写真があり、小さな白い円形をした絆創膏《ばんそうこう》のような小布に黒い塊《かたまり》のようなものが貼りついていた。

「これって、お相撲さんが身体に貼る絆創膏か湿布に似てるわね……。そう言えば、今日、暁大陸さんは胸に湿布を貼っていたわよね。えっ、待って、今日の午後届いた、あれ!?」

不意に聡子は、今日の午後に届けられた宅配便に入っていた、暁大陸用の湿布のことを思い出した。

「あれ、どこに置いてあったかしら?」

聡子はマークの手を引き、急いで部屋を飛びだして、階段を駆け降りた。

「あの、箱……!?」

暁大陸が普段使っている部屋に行くと、その前の廊下に、聡子が受け取ったとおぼしき、暁大陸宛ての宅配便のボール箱が置いてあった。

「これ……!?」

中の湿布を取り出して触ると、中になにかが入っている感触がある。布をめくってみると、黒い金属の塊のようなものがその下から現れた。

「これ、これがそのニトロゲトロン……?」

聡子がそう言うと、隣りに立っていたマークがこくこくと頷いた。

「マーク、あなた、なんで、そんなことまで知っているの？」

「アメリカノカレッジデガクシューシマシタ」

聡子は、その湿布を手にとって「お母さん！」と大声をあげて、走って行った。

「わかったわ、今日の爆発の原因が――！」

その声が聞こえたらしく、彼女の母親が居間から顔を覗かせた。

「何だって？」

「マークが教えてくれたの。ニトロゲトロン。ニトログリセリンを貼って、爆発させられる薬」

「えっ、何だって？」

「すぐお父さんに連絡して。それと警察にも――」

「ちょうど今、お父さんからまた電話があったところ」

「お父さん、何だって？」

「たった今連絡が入ったそうよ。今日の暁大陸の対戦相手だった疋潮関が病院で亡《な》くなったそうなの」

「そんな……。暁大陸さんは？」

「暁大陸は、まだ爆発した位置が心臓から離れていたので、一命はなんとかとりとめそうよ。疋潮関の方がもろに心臓に直撃をくらったんですって。死因は、心臓に強いショックを受けたことによる心停止だそうよ」

「なんてこと……」

聡子は、ニトロゲトロンのついた湿布を握りしめながら悄然《しょうぜん》と立ちすくんだ。頰を冷たい汗が滴《したた》り落ちてゆくのを感じる。

「本当にこれ、殺人になっちゃったじゃない……」

隣りのマークは、何が起こったのかわからず、きょとんとした顔でその場にたたずんでいた。

第二話

頭のない前頭

タクシーが千代楽《ちよらく》部屋の前の道路に止まり、戸を開けて聡子《さとこ》がおりた。高校の制服姿に白く長いソックスをはき、かわいいピンクのリボンで髪をとめている。

庭で花壇に水をやっていた母親が聡子に気づいて、声をかけた。

「聡子、お帰り。病院行ってきたのね？」

「行ってきた。預かった見舞い品、ちゃんと暁大陸《ぎょうたいりく》さんに渡しておいたよ」

「すまないね、いつもおまえに頼っちゃって。リュウマチのせいで、私、あまり見舞いにも行けないからねー」

「いいって、お母さん」

「それで、暁大陸の具合はどう？」

「まだ少し手足にしびれが残ってるらしいけど、日常生活にはほとんど支障ないみたい。ただ、相撲に復帰できるのはもうちょっと時間がかかりそうだけど――」

「そうかい、困ったねぇ。暁大陸は、うちの看板力士だからねぇ。早くあの人に戻ってもらわないと、うちの経営も苦しくなるわ――」

「でも、うちには他にも有望な力士がたくさんいるじゃない。マークも入門してくれたし、幕内には千代弁天《ちよべんてん》さんがいるし、十両にも剛醍海《ごうだいかい》さんや颪将鳳《おろししょうほう》さんがいるし、さらに若手には床祝井《とこいわい》さんやら北日向《きたひなた》さんもいるし――。御前山《おまえやま》とかいう、役立たずの万年幕下は勘定に入れないけど」

「あのマークって外人さん、たしかに有望な逸材だって親方も太鼓判《たいこばん》を押してるけれど、番付で上にいくのって結構時間がかかるからね――。暁大陸、なにかほしいものとか言っていなかった？」

「お見舞いの品はいっぱいもらっているから、特にないと言ってたわ。それより、今度の事件の犯人を早くつかまえてほしいって――」

「もうあれから一ヵ月たつのにねぇ。いまだに差出人の身元特定もできないなんてねぇ」

「最近の警察は、あてにならなくなったわねぇ」

「そうそう、お父さんから伝言。明日は、マークが初めて髷《まげ》を結《ゆ》って土俵にたつから、朝になったら、土俵部屋に通訳に来てほしいって言ってたわ」

「マーク、もうかなり日本語覚えてるよ。私の下手《へた》な通訳なんて、要《い》らないんじゃないの」

「でもマーク、あなたが来るととても嬉《うれ》しそうで、いつも元気になるから。励《はげ》ましになると思って行っておやりよ」

「あーあ。明日は友達と遊びに行こうかと思ってたのになあ」

「宿題があるんでしょう。家で勉強してなさい」

「はぁい」

ちょっと不満げに口をすぼめて、手のバッグを振りながら、聡子は家に入って行った。

＊

土俵部屋の隣りにある控えの間で、マークは、床祝井に髷を結ってもらっているところだった。

そこへ入ってきた聡子が「マーク」と声をかけると、髷を結ったマークは振り向いて微笑《ほほえ》んだ。金髪の髷が頭に乗っている姿は若干滑稽《こっけい》な気がして、聡子は思わずふき出した。

「オー、サトコサーン。コノマゲ、ドウデスカ?」

「素敵、似合ってるよ。すっかり本物の力士よ」

「コレデ、ダイガク、タンイ、トレマスカ?」

「とれる、とれる。でも学費も自分で稼ぐつもりなら、相撲修業もいっぱいしなくちゃだめよ」

「ガンバリマース」

「床祝井さん、ご苦労さま」

聡子に声をかけられて、床祝井は少しはにかむような笑みを浮かべた。

「いえ、どういたしまして」

「カレ、マゲユウノ、トテモジョウズデス」

「それはね、床祝井さん、髷結いの達人ですもの。ヒー・イズ・ジ・エクスパート」

「オゥ、グレイト」

そこへ土俵での稽古を終えた千代弁天が、タオルで顔を拭《ぬぐ》いながらのしのしとやって来た。現在の番付は前頭《まえがしら》七枚目で、千代楽部屋では、暁大陸に次ぐ上位力士である。身長が百九十センチ近くあり、千代楽部屋では一番の背の高さである。

「髷結いが得意でなければ、とっくに廃業《はいぎょう》だもんな」

床祝井の顔を見ないで、しれっと、千代弁天が言った。細くつり上がった目が意地悪そうに笑っている。

「まあ」むっとして聡子が振り向いた。「千代弁天さん、失礼じゃないの」

「お嬢さん、相撲の世界は、強くなってなんぼなんですよ。髷結いが得意なくらいで、甘やかしちゃいけません」

さとすように言って、のしのしと千代弁天は廊下を歩き去って行った。

床祝井が少ししょげた顔をしていたので、聡子は、励ますために、

「気にしないで」と彼の背中を叩《たた》いた。「あの人、本当に口が悪いから」

「いえ、いいんですよ。実際、自分が得意なのは髷結いだけですから。あんなことを言われても仕方ないと思ってます」

そこへ、黒い和服姿の千代楽親方が姿を現した。

「マーク」

「オヤカタ。コンバンハデース」

「今晩は、じゃないだろう」

「ドウモスミマセン」

「マーク、おまえがなりたいものは何だ？」

「ダイガクセイデス」

「大学生じゃないだろう。双葉山《ふたばやま》のような力士になることだ。これだろ」

そう言って親方は、壁に貼られた双葉山を描いた肖像画を指差した。その肖像画に書かれた「大横綱・双葉山」の文字に目を凝《こ》らし、マークは、

「オオ。ダイオーツナデス」と言った。「グレート・キング・ロープ」

「ダイオーツナじゃない。大横綱だ。また変な漢字の読みかたを教えたやつがいるのか、聡子？」

親方に振り向かれて、聡子は、「そんな、あたし、知らないよォ」と口を尖《とが》らせた。

「ところで聡子、明日は髷を結ったマークに初稽古をつけるので土俵についていてもらいたい。マークは、おまえがいないと、言葉が通じないので不安だそうだ」

「ザッツ・ライト」マークがにこにこ顔で相槌《あいづち》を打つ。

「それで明日の朝からの稽古の時間は、すまんが土俵についていてくれんか」

「その分、今月のお小遣いはずんでよね」

「わかった、わかった」

「じゃあ、マーク。明日の稽古の時間にまた来るわ」

「チュス」マークは、聡子にウィンクを返した。

控えの間を出たところで聡子は、後ろをついてきた親方に話しかけられた。

「聡子、マークのことなんだがな、このままうちの部屋にいついてちゃんと力士になってくれるだろうか?」

「うーん、まあそれは期待半分、不安半分ってところでしょう。大学入学のために日本に来たんだから、受験のチャンスは残しておいてあげないと、彼のためにも、フェアじゃないと思う。彼のために願書とか大学入学申し込みの説明書は取り寄せてあげたら、辞書を引いて一生懸命読んでいたわ。

でも、相撲に適性があるみたいだし、相撲とりになって勝負に勝てばお金が稼げると説明したら、学費稼ぎのために相撲もすることに同意してくれたから。このまま相撲で活躍できるなら、正式に角界入りしてくれる見込みも充分あると思うわ」

「新弟子検査は身長と体重のチェックだけだから、彼が合格するのは間違いない。毎年新弟子になれる外国人枠には数の上限があるんだが、今のところ空きがあるので、力士になれる条件は整っている。後は、彼のやる気次第だが……」

「稽古は楽しんでいるみたいだし、相撲は好きみたいだから、やる気は引き出せるんじゃないの」

「正式に新弟子になれば、しきたりとしては、誰か関取の付け人をやらせることになるが、マークにそれが務まるかな?」

「うーん、それはちょっと疑問ね。日本語はまだ片言だし、目上の者に徹底的に尽くすという日本の風習は、アメリカ人にはなじまないと思うの。第一、今うちの部屋で付け人やらせるとしたら、どの力士？　まさか千代弁天さん？」

「そこなんだ。それも頭痛の種の一つだ。暁大陸が健在なら、温厚だし面倒見がよいから、マークを付けてもなんとかやっていけると思うのだが、入院中で復帰はまだ当分先だろう。うちの部屋で幕内力士となると、他に千代弁天もいるが、あいつはちょっと難しい性格だからなあ……」

「前に付け人が、千代弁天さんのところから逃げだしたことがあったものね。たしか床祝井さんと同郷の人……」

「うむ、赤松《あかまつ》のことだな。わしも注意しているのだが、千代弁天は、わしらの目を盗んでは下の者を苛《いじ》めたりしごいたりしているらしい。赤松がやめたのは、そのせいだったらしいし、今、千代弁天についている北日向も苦労しているようだしな……」

「あの人、弱い者がいるとなると、徹底的にいじめるところがあるって聞くし。マークでなくても、千代弁天さんの付け人は難しいんじゃない？　そんな人に、マークを付けられないわよ」

「そうだなあ。一応預かりという形で、暁大陸の付け人と形式的にしておくか……」

「その方がいいでしょう。有望な力士に逃げられないようにすることが肝要よ。マークにはまず、うちの部屋と相撲文化に馴染《なじ》んでもらうようにしなくちゃ」

＊

午前十時頃を見計らって、駄菓子の包み袋を持って、聡子は、稽古場に下りて行った。

覗《のぞ》いてみると、土俵ではマークと剛醍海が、立ち合ってはぶつかり合う稽古をしている。千代楽親方が、土俵の脇で腕を組んで見守り、「ひきつけが甘い！」「もっと気合いれろ！」といった声を飛ばしている。

親方は聡子が来たのを見て振り返った。「聡子、よく来てくれた」

「で、あたし、何をすればいいの」

「わしが出す指示を、マークにわかるように言いなおしてくれればいい」

「相撲の指示用語って、日本語独特の言い回しばかりでしょう。英語なんかにならない言葉が多いわよ」

「近い意味で言ってくれればいい」

「はい、はい」

土俵でマークに投げ飛ばされて転がっていた剛醍海は立ち上がって、壁の時計を見た。

「そろそろ十時ですね。自分が風呂《ふろ》に入る時間がもうすぐなんで、あがっていいですか？」

「おお、もうそんな時間か。なら、千代弁天はもう風呂から出ているだろう。風呂焚《た》き番も交代の時間だから、じきにここに床祝井がくるだろう」

しばらくして稽古場に面した廊下をぱたぱたと歩く足音が聞こえた。聡子が廊下の覗ける窓の方を見ると、床祝井の頭の上側が見えた。

間《ま》をおかず、廊下を通って、浴衣《ゆかた》を着た床祝井が稽古場に現れた。小柄で、身長はおよそ百七十五センチくらい、聡子より少し高い程度だ。

親方は振り向いて、

「おう、床祝井。風呂焚き当番終わったか」と訊《き》いた。

「はい。十時からは北日向の番です」

「すぐ支度してこいや。マークの相手をやれ」

「はい、わかりました。まわしをつけてまいります」

頷《うなず》いて床祝井は、退出して行った。

「あっ、千代弁天さん」

聡子が、廊下が見える窓越しに千代弁天の頭がうつったのを見つけて言った。壁に掛けられた時計は、十時十分を示していた。

(なんか顔色が悪そうね……)と聡子は思って眉《まゆ》を少し顰《ひそ》めた。

聡子に言われて、剛醍海と親方もそちらを振り向いて千代弁天の横顔を認めた。こちらを振り返ることなく、廊下の左から現れた千代弁天の顔が、右の方へ進んで行って見えなくなった。

「千代弁天関、これから風呂に行くみたいですね」と剛醍海が言った。

「初風呂とるのは一番位の高い力士だから、大関の暁大陸さんがいないとなると、千代弁天さんが初風呂になるわけね。こういう風習も、マークに教えないといけないわけね
……」

「うむ。しかし、もう二番風呂の時間なのに、これから風呂に行くのはおかしいな」と
親方が呟《つぶや》くように言った。

そんなことを話していると、浴衣を脱いでまわしをつけた床祝井が現れた。

「剛醍海は、あがって休んでいていいぞ」と親方が声をかける。

「ええ、まあ千代弁天関の風呂がもう少しかかるでしょうから、あと少しだけ一人稽古つけてからにします」

剛醍海はそうこたえ、稽古場にある丸く太い柱に対して、一人で突っ張りの稽古を始めた。

「床祝井、おまえは元々床山でなく力士志望だったろう」

「はい、そうです」

「いい相撲をとってみせれば、力士にもとりたててやれる。マークととってみろ」

「はい！」

そうこたえて床祝井はマークの待つ土俵にあがった。筋骨たくましい大柄のマークに比べて、床祝井は随分小柄に見える。

「ようし、一本目！」

親方が声をあげると、見合っていた土俵上の二人が激しく身体《からだ》をぶつけ合う。がっぷり四つに組んで、力にまさるマークが、床祝井を土俵に投げ転がした。

「上手投げ、マークだ。ようし、二本目！」

土俵でマークと床祝井が二回目のぶつかり稽古を始めたときに、剛醍海は置いてあるタオルで汗にまみれた身体を拭った。

「じゃあ、あがります」そう声をかけて、剛醍海は、稽古場を出て廊下の方に向かった。

「おう、お疲れさん」

その様子を見学していた聡子は、菓子を頬張《ほおば》りながら、壁に掛けてある時計を見た。時刻はほぼ午前十時三十分だ。

聡子は、小声で千代楽親方に話しかけた。

「お父さん、あたしいつまでここにいないといけないの？　部屋に戻ってテレビ見たいんだけど」

「せめてマークの稽古相撲が二十本終わるまで待っておけや」

「えー、そんなんじゃ、十一時を過ぎちゃうじゃない。十時四十五分から、好きなバンドのライブ中継が始まるのに」

「そんなもの、録画しておいて後で見ればいいだろ」

「部屋であたしが一人でビデオ見てると怒るくせに――」

「おまえ最近ちょっとわがままだぞ」

「ちょっと小遣いあげてもらったくらいじゃ、割に合わないわ」

そんなことを話している間にも、土俵上ではマークと床祝井のぶつかり稽古が続いていた。

壁の時計が十時四十分になったのを聡子が確認したとき、外の廊下の方から、

「ぎゃー」という男の悲鳴のような声が聞こえてきた。

ちょっと掠《かす》れた野太い声は、さっきまで土俵部屋にいた剛醍海のものとおぼしい。

あまりの声の大きさに、土俵上で組み合っていたマークと床祝井も、取り組みをやめて振り向いた。

「どうした?」親方が大声を発して訊いた。

「ホワッハップン?」とマークが言う。

廊下の方から、剛醍海の震《ふる》え声がかえってきた。

「風呂場で……千代弁天関が……死んでいます。殺されて……首を斬《き》られてます!」

＊

一瞬凍りついたような空気が流れ、その場にいた者たちは動きを止めた。

「何だって!」

親方が脱兎《だっと》のごとく駆け出し、廊下の方へ向かう。聡子、マーク、床祝井もその後に続いた。

廊下に行くと、腰をぬかしたようにへたりこんでいる剛醍海の姿があった。浴衣に着替え、風呂に入るための洗面道具が足元に転がっている。

「どこだ!」

剛醍海は、その廊下から風呂場が覗ける、板格子の窓を指さした。聡子らは一斉にその窓から中を覗き込んだ。

風呂場には巨体の千代弁天の死体が転がっていた。髷をつけたままの首が切断されて、格子窓の下に転がっている。胴体の方は、浴槽に向けて足を投げ出す恰好《かっこう》で、廊下と平行の向きに倒れている。タイルの貼られた風呂場の床は、死体から噴《ふ》き出した血にまみれていた。首のそばには、千代弁天が着ていたとおぼしい、血のついた浴衣が落ちていた。

「千代弁天！」

「な、なんということ……」

「ノー」とマークも顔をしかめて、首を左右に振った。

「聡子、おまえは見るな！」と親方が声をあげたが、

「もう見ちゃったわよ」と聡子が言い返す。

「とにかく警察だ。おまえは１１０番に連絡してくれ」

「わ、わかったわ」聡子は額を冷たい汗が伝わるのを感じながら頷いた。

聡子は、電話のある部屋の方に駆けて行った。

＊

「わしらは現場に行こう。入口の方に回ろう」

親方の指示に従い、床祝井、マーク、剛醍海の三人は、親方の後について、廊下の突き当たりの勝手口から外に出て行った。

親方ら四人は、いったん庭に出て、風呂のある棟に沿って北側にまわり、入口の前に達した。親方がそこの板戸を開けようとしたが、中から鍵が掛かっているらしく、戸が開かない。

「なぜ、中から閉まっているんだ？」

「もしかして、この風呂場に立てこもった犯人がいて、中から鍵を掛けているんですかね」と剛醍海。

「おい」叫びながら親方が、どんどんとその板戸を叩いた。「中に誰かいるなら、開けろ！」

するとしばらくして、戸の錠を中から外《はず》すような音が聞こえた。中から顔を覗かせたのは、浴衣姿の北日向である。

「親方。それにみなさん」北日向はきょとんとした顔をして言った。「どうしたんですか、そんなに血相を変えて」

「どうしたもこうしたもない。風呂場の中で、千代弁天が死んでいるんだ！　首を斬られて！」

口角《こうかく》泡を飛ばさんばかりの親方の言《げん》を聞いて、北日向はさっと顔色を変えた。

「えっ、そんな、まさか……」

「おまえ、この中にいて気づかなかったのか？」

「自分は、風呂焚きに来ただけで、中で千代弁天関がまだ風呂をとっているものだとばかり……」

「とにかく中に入れろ！」

「は、はい……」

親方に命じられて北日向は板戸を大きく開けた。なだれ込むように、親方と剛醍海、床祝井が中に殺到した。かわされた会話がよく理解できないマークは、ぽかんとしながらも、彼らの後につづいた。

中に入ると、右手には北日向が詰めていたという風呂焚き部屋への戸があり、正面には風呂へ入るための脱衣室への戸がある。その戸の下のたたきには千代弁天が使っていたとおぼしき、草履《ぞうり》が置かれていた。

親方が脱衣室の板の引き戸を横向きに押すと、それはガガーッという軋《きし》んだ音をたてて開いた。

「鍵は掛かってない。よし！」

親方、剛醍海、床祝井、マーク、北日向の順で脱衣室に入り込んだ。棚の籠《かご》には、男物の下着が置かれていて、おそらく千代弁天のものと思われた。

親方が先頭にたち、浴室の戸をガラガラと押し開けた。

「ぬっ！」

さきほど格子窓越しに見た凄惨《せいさん》な光景に彼らは、逆の向きから相対することになった。吐き気を催《もよお》させる、血と体液の匂いが立ち込めている。

身長が百九十センチほどある大柄な千代弁天の、首を斬られた死体が、足を西の、浴槽のある側に向けて倒れている。髷を結ったままの頭部は、奥の、格子窓のそばに転がっている。髪に血がこびりつき、顎《あご》が外れたように口を開け、カッと目が見開かれた千代弁天の顔は、形容しがたい不気味な形相《ぎょうそう》を呈していた。その横に無造作に、彼が着ていたらしい、血がついた浴衣が落ちている。

「ひっ！」と悲鳴をあげたのは北日向だった。「なんで、こんなことが……」

「おまえ、この隣りで風呂焚きやっていて気づかなかったのか？」険《けわ》しい形相をした親方が、詰問《きつもん》口調で北日向に問いかける。

「は、はい、自分はただ……」

「この建物の入口の鍵を掛けたのはおまえか？」

「は、はい。風呂焚きに入ったとき、中から鍵を掛けました」

「しかしおかしいだろう。それなら、千代弁天を殺した犯人が外に出られなくなるじゃないか。だとすると、おまえ以外に犯行のできる者がいなくなる」

「もしかして、千代弁天関は、自分がここに来る前に殺されていたのじゃ……」

「おまえはいつこの風呂焚き場に入った？」

「午前十時十五分くらいです」

「しかし、千代弁天は十時十分過ぎに風呂場に向かうところが目撃されているんだぞ。千代弁天が風呂場についてから、おまえが入るまでの短い時間に、殺人犯がこれだけの犯行をして逃げだせる暇《ひま》なんて、あるわけがない……」

「ま、まさか、親方。私がこの事件の犯人だとおっしゃるんで……」北日向は情けなさそうな顔をして目に涙を浮かべた。「そんな、ひどい……」

「いや、まだそうだと決めているわけじゃない。しかし、おまえが気づかないでどうやって、こんな犯行が可能だったのか、それを疑問に思っていただけだ」

「親方」と横から剛醍海が声をあげた。「ここは警察に任せましょう。警察が来て捜査してくれれば、そのあたりのことはじきに明らかになりますよ」

「そ、そうだな」

そのとき外の戸のところから「お父さん」と声がした。

聡子と御前山が脱衣室に入ってきた。

「警察に連絡したわ。すぐに来てくれるって」

「そ、そうか」

「現場はいじらないように、そのまま保存しておくようにって注意されたわ」

「わかった。警察が来るまで、わしらもここには立ち入らないようにしよう」

「でも一体誰がこんなことを……？」震え声のまま剛醍海が言う。「なんで首を斬るなんて残虐《ざんぎゃく》なやりかたで……!?」

「待ってよ。首を斬ったのは、何かのメッセージかもしれないわ」

「メッセージ？」

「ほら、ミステリとかでよくあるじゃない。ダイイングメッセージとか。千代弁天は前頭だった。その前頭から頭がなくなったわけだから、残るのは『前』……。わかった！」

聡子はぽんと手を打った。

「犯人はおまえだ！」

そう言って聡子は、御前山の鼻先に右手の人指し指をつきつけた。

「なんで私が？」

『前』というメッセージは御前山、つまりおまえを指している。その上、本名も前田だし」

御前山は一瞬ぽかんとしたが、やがてふふんと嘲笑めいた笑みを口に浮かべた。

「なにをバカな。首を斬ったのは被害者じゃなく犯人の行為でしょう。ダイイングメッセージは、被害者が死ぬ間際に犯人の名を示そうと残すもの。なんで犯人がわざわざ首を斬って、犯人を教えるダイイングメッセージをつくらなくちゃいけないんです？」

「あっ……そうか」

その場に少し白《しら》けた空気が流れた。

「ともかく、ここを出よう。警察を待とう」

親方がそう言うと、一同は頷き、ぞろぞろと建物の外に退出して行った。

＊

殺人事件発生の急報を受けて現場に急行した中西警部補と鑑識の一行は、迅速《じんそく》かつ効率的に現場の調査にとりかかった。

被害者は、千代楽部屋に所属する千代弁天、二十八歳＝本名・財弁天《ざいべんてん》五郎であることがすぐに確認された。被害者の身体からいくつもの傷口が見つかり、その傷痕から推定される、被害者の殺害状況は次のようなものだった。被害者はまず腹部を大きな刃物で刺されて倒れ込み、仰向けになった状態で上側から刃物を胸に突き刺された。この胸の傷が心臓にまで達していて、致命傷になったと思われる。首の切断面を調べてみたところ、生体反応があったときの出血とは異なっていることがわかり、首が斬られたのは死後であることが判明した。発見現場となった風呂場を調べてみたところ、血にまみれた大型の出刃包丁と鋸《のこぎり》が落ちているのが見つかった。それらを鑑識員が調べたところ、出刃包丁は胴体部の傷口と一致し、鋸は首の切断面とほぼ一致することが確認された。どちらも新品のものが兇器として使用されたとおぼしいが、入手経路を調べるべく本署に証拠品として搬送されることになった。兇器と推定される刃物から指紋は検出されず、殺人犯は指紋を残さないように手袋などをはめていたのだろうと推定された。

死亡推定時刻は、正式には検死解剖を待たなければならないが、死体が発見されたと報告された時刻――午前十時四十分過ぎから一時間以内の、おそらく発見時刻に近接した方の時間と思われると鑑識員は述べた。

「すると、死亡推定時刻は、大体午前九時四十分以降の時刻になるわけだな」

中西がそう確認すると、「はい」と鑑識員は頷いた。

中西の指示に従い、風呂場およびその周辺は、指紋や残留証拠品の有無、その他遺留物品などの調査が続けられている。

中西警部補は、千代楽親方を同伴して、現場の建物の構造などを調べて回った（次頁図参照）。

風呂のある小さな建物は、力士たちの生活している棟に寄り添う形で建っている。平屋で二十坪ほどの大きさで、中は入口をはいってすぐのたたきのところと、浴場、脱衣室、風呂焚き部屋の三部屋から成っている。建物の北面の東寄りに戸口があり、そこの

千代楽部屋　見取図

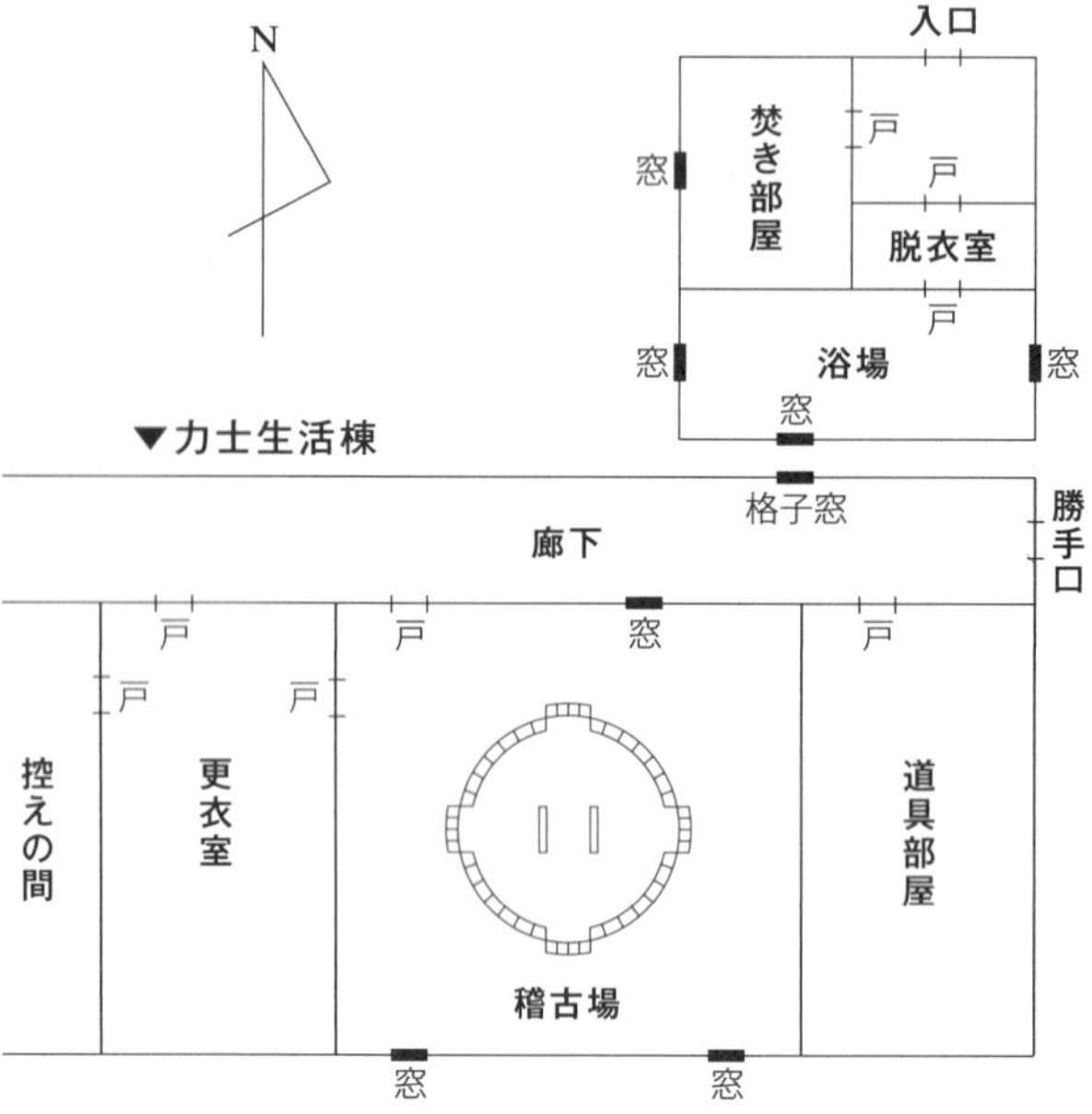
N
入口
焚き部屋
戸
戸
脱衣室
窓
戸
浴場
窓
窓
窓
▼力士生活棟
格子窓
廊下
勝手口
戸
戸
窓
戸
戸
戸
控えの間
更衣室
道具部屋
稽古場
窓
窓

たたきに入ると、正面の南側と右手の西側に戸がある。右手の戸が、死体発見時に北日向が詰めていた焚き部屋で、建物の中では北西の角にあり、中には薪《まき》がいっぱい詰まれ、風呂を沸《わ》かすボイラーがある。焚き部屋には西側の壁面に小窓があるが、格子がはめられ、人が出入りするのは無理な大きさである。その窓は鍵が内側から掛けられたまま埃《ほこり》が溜まっており、鑑識が調べたところでは、最近その鍵がいじられた形跡はないという。

たたきから正面の戸に入ると、脱衣室があり、脱衣室の南側に浴場に通じる戸があり、いずれも内側から鍵を掛けられる仕組みになっている。中西が親方に確認したところでは、発見時にそのいずれの戸も鍵は掛けられていなかったという。脱衣室の引き戸をあけるときには、ギギギと大きな軋む音が出ることが確認された。

建物の南半分は広めの浴場になっていて、南側の壁面には、上部に板格子の窓があり、その窓は本棟の廊下に面していた。内側にある木製の遮断《しゃだん》扉を下ろせば、廊下から見えなくできるのだが、発見時は遮断扉があげられていて、廊下から風呂場の中が覗き込めるようになっていた。最初に浴場の死体を発見したのは、この窓から覗き込んだ剛醍海であると親方は証言した。

「余計なことかもしれませんが、なぜガス風呂でなく、わざわざ薪で焚く方式なのですか？　管理とか余計に大変でしょうに。それとも、相撲部屋というのは、みなそうしているのですか？」

千代楽親方に、そう中西警部補が質問した。

「いいえ、伝統と格式を重んじる相撲部屋でも、こんな旧式の風呂をもっているのは多くないでしょう。うちの部屋は、江戸時代の千代榊《ちよさかき》部屋から続いている伝統がありまして、歴代の親方たちもその伝統を受け継ぐことを重視しました。それに先代の千代楽親方が、大の薪風呂好きでして——ガスで沸かした湯は、薪で沸かした湯と違って生きていないと申しまして、絶対にガス風呂には入らなかったんですよ。それで、その伝統を受け継いでこんな風呂を持っているわけです。もっとも、この敷地にある私の家族が暮らしている棟には普通のガス風呂がありますがね」

「なるほど。それで、この風呂に入る順番とか、風呂焚き当番が部屋の中で決まっていたそうですが、それについてお聞かせ願えますか？」

「はい。うちの部屋の慣習としては、風呂は午前九時半頃から入り始めますが、入るのは、部屋の中で、番付の高い順からと決められています。うちの部屋で一番番付の位置が高いのは、ご承知のように大関の暁大陸ですが、今は入院中です。したがって暁大陸の次に位の高い前頭・千代弁天が、九時半からの初風呂を浴びることになっています。その後大体三十分区切りで、十両の剛醍海、颪将鳳、幕下の御前山、大炎舞《だいえんぶ》、序二段の忠木《ただき》、序ノ口の北日向の順になります。

風呂を焚く面倒をみるのは忠木、北日向、床祝井の三人の役回りで、今日は朝の初めから十時までは床祝井の当番で十時以降零時半までは北日向という順になっていました」

中西は、親方の証言を手帳に書き留めながら頷いた。

「この部屋に住み込みをしている方々は、今名前が出た以外におられますか？」

「それ以外は、妻の佳代子《かよこ》と娘の聡子、つまり私の家族だけです。あと賄《まかな》いを手伝ってくれる家政婦の八千代《やちよ》さんという女性がいますが、彼女はここに住んでいるわけではなく、毎朝通ってきてくれてます」

「あと金髪の外国人の方がおられたようですが？」

「ああ、彼の名前を挙げるのを忘れておりました。彼はマーク・ハイダウェー、先月アメリカから来たばかりの、新弟子志願者です。彼は、まだ正式に力士になっていない見習いの住み込みです。来月初めの新弟子検査を受ける予定でいます」

「なるほど、新弟子志願者ですか。それで事件当時、その方々は、どこにいらしたんですか？」

「いま挙げた人のうち、大炎舞は、現在実家に帰省中で不在です。妻の佳代子と八千代さんは一緒に買い物に出ていてやはり不在でした。忠木も、その時間は、外に出ていたと思います。御前山はあの時どこにいたか正確には知りませんが、建物のどこかにいたのではないかと思います。

　あの発見時、土俵では、マークと床祝井が稽古しているのを私は見ていました。娘の聡子も、マークの通訳の役として、その場におりました」

　親方は、自分が千代弁天の死体を発見するまでの経緯を、覚えているかぎり克明に中西警部補に語った。

「では続いて、発見時に現場の焚き部屋にいたという北日向さんに訊問《じんもん》させてくださ い」

「居間の方に部屋の者はみな待たせてあります。どうぞこちらへ」

親方はそう言って、中西警部補を手招きした。

＊

中西警部補と千代楽親方が本棟の居間に入ると、中には部屋にいる一同が顔を揃《そろ》えていた。

「お手数ですが、千代弁天さんの遺体が発見されたときどのようにしておられたか、その前後の事情を順にお聞かせください」

中西警部補の呼びかけに、一同が頷いた。

「まず、北日向さん――このお名前は、本名ですか、それとも四股名《しこな》ですかな？」

「両方です。ぼくたちのように、まだ関取になれていない力士は、本名をそのまま四股名にしている場合が多いです」

「お名前と出身地をお聞かせ願えますか？」

「北日向進――北海道の出身です。三年前にこちらの部屋に新弟子として入りました。まだ序ノ口で、一度も勝ち越してないので、上に進めていません」

「千代楽親方にうかがったところでは、あなたは今日は午前十時から風呂の焚き番だったそうですな？　あの焚き部屋に行ったあたりのことから、お聞かせ願えますか？」

「はい、今日は十時までの床祝井と交代で、十時から焚き部屋に入るはずでした。ただ、いつも風呂は前の番の人が沸かしてくれていて、しばらくはそのままにしておいて大丈夫なので、ちょっと怠慢《たいまん》ですが、少し遅れて行くことが多く、今日はあそこに行ったのは午前十時十五分くらいでした。部屋を出るときに、自分の履物《はきもの》がちょっと見つからなかったので、それを探していたら、遅れてしまったんです」

「履物がなくなっていたんですか？」

「いえ、よく見ると、靴箱の脇に落ちていました。自分の不注意で、ちょっと奥に落ちていたんだと思います」

「ふむ。それで？」

「中に入ると、たたきには灰色の草履があり、それが千代弁天関のものだとすぐにわかりました。千代弁天関は、この部屋で一番背が高いだけあって、足のサイズも一番大きいものですから、履物を見ただけで千代弁天関のものはわかります。部屋の中の人たちの履物は、ぼくたち付け人は大体全部把握《はあく》していますから、床祝井や忠木さんに聞いても、その履物の持ち主はすぐにわかると思います」

「なるほど。それで、あの建物に入ったときに戸の鍵は閉めましたか？」

「はい、普通は関取が風呂に入っているときは、関取が閉めてしまうものなんですが、私が行ったときには鍵が開いていたので、私が中に入ってから閉めました。たぶん風呂棟に来た千代弁天関が、焚き番が詰めていないのを見て、鍵を掛けなかったんだと思います。

　たしか千代弁天関の風呂の時間は午前十時までだと記憶していましたが、あの方は長風呂で時間をオーバーすることがしばしばでしたから、特に不審には思いませんでした。

それでそのまま焚き部屋に入り、温度調節のために何度も温度計をにらんで薪をいくつかいれたりしていました。そしたら、三十分ほどして、十時四十五分頃ですか、表の戸をガンガン叩く音がしたので出てみたら、血相を変えた親方たちがいました。それで、親方たちと脱衣室から風呂場に行ってみたら、千代弁天関の死体を発見した——というわけです」

「それ以前には、風呂場か脱衣室の様子はまったくごらんにならなかったのですか?」

「はい。風呂を使っている関取がいるときにあそこを覗くのは失礼にあたりますから——」

「ふうむ。あなたが焚き部屋にいる間、物音がしたり、建物を人が出入りした気配はありませんでしたか?」

「風呂焚きに集中していたせいか、まったく気づきませんでした。結構薪の燃える音がするので、外の物音が聞こえにくいということがあるかもしれませんが」

「待ってくださいよ。千代弁天関が風呂場に向かっていくのを、土俵部屋にいた方たちが廊下の窓越しに目撃したのが、午前十時十分頃でしたよね?」中西は千代楽親方の方を向いてそう訊《たず》ねた。

「たしかそうだったよな、聡子?」千代楽親方は、聡子の方を向いて確認した。

「ええ」と聡子は頷いた。「あのときテレビが始まる時間が気になっていたので、壁に掛かっている時計を何度も見ていたから、その時間はよく覚えています」

「じゃあその前後の人の動きも、細かく覚えていらっしゃいますか?」

「ええ、大体わかります」聡子ははきはきとした声でこたえた。

「あなたが稽古場に行ったのは何時頃です？」

「午前十時頃でした。土俵部屋には父の千代楽親方と、マーク、剛醍海さんがいました。しばらくして、風呂番を終えた床祝井さんがやって来ました」

「それが何時頃？」

「たしか午前十時五分頃でした。親方に着替えてくるように言われた床祝井さんは、着替えに行くためにすぐに退出しました」

「それで、風呂に向かう千代弁天さんを目撃したのは？」

「床祝井さんが出て行ってしばらくした、午前十時十分頃でした」

「十時十分頃ですか。ずいぶん正確に記憶していらっしゃいますな。どなたか、聡子さんの今の証言に異議・異論のある方はおられますか？　もしおられましたら、すぐにおっしゃってください」

　中西はそう言って一同を見回したが、特に聡子の証言に異議を唱える者はいなかった。

「では、続けてください」

「まわし姿になった床祝井さんが現れたのが、そのすぐ後、十時二十分頃でした。それからしばらくして、十時三十分頃、剛醍海さんが退室して行きました」

「自分は一旦自室に戻って風呂用の洗面用具を取りに行きました」聡子の証言を受けて、剛醍海が言った。「一服して戻ってきて、風呂に向かう廊下を歩いていき、もう千代弁天関はあがっているかなと思って、廊下の窓から風呂場を覗き込んだときに、あのむごたらしい死体を発見したというわけです。思わず腰をぬかして、悲鳴をあげました」

「その悲鳴がしたのがちょうど午前十時四十分でした」と聡子。

「その時刻で正しいですかな？」と中西が訊く。

「ええ、そのときは自分も壁の時計を見ましたから、十時四十分に間違いないと思います」と剛醍海がこたえた。「あんな発見をしたときは、時刻が重要な情報になるというのは、テレビのサスペンスドラマを見て学んでいましたから」

その後の死体発見までの動向は、人々が固まって行動していたので、大体において一致した証言が得られた。中西はこくこくと覗きながら、その証言を手帳に書き留めていった。

その場で一人何の発言もしていなかった御前山の方を向いて中西が言った。

「ええと、御前山さんでしたか、あなたはそのとき、どうされていました？」

「私はずっと自室にいました。この棟の二階の突き当たりの部屋です。朝早く土俵の稽古に行ったら、親方に『おまえは自室で自分を磨け』とさとされました。この部屋のビデオライブラリーには過去二十年間の相撲対戦を録画した厖大《ぼうだい》なビデオテープがあります。それを研究することが相撲奥義《おうぎ》の習得の近道であると親方は私にさとしてくれたわけです。高度に知的な奥義の習得には、土俵ではなく自室での学習が最適とされるわけです。そこで、相撲の取組をうつしたビデオを見て、自分の相撲の改善法などを研究していました。十時四十分頃になって、悲鳴のような声が聞こえたので、何事かと思って階下に下りました。そうしたら、電話をするために駆けてきた聡子お嬢さんと出会って、それで事情を聞いて彼女と一緒に現場に駆けつけた次第です」

「そうですか、わかりました……」

そう言って中西は、それまで開いていた手帳をパタンと閉じた。

「およそ皆さんにも見当がついていらっしゃるのではないかと思いますが、現在までの証言をまとめて見ますと、犯行が可能な人が極めて限られてくるのです。というより、一人しかいないように思われるのですが……」

その言葉を聞いて、北日向はさっと顔色を変えた。

「それはつまり、私ということですか？」

「はい。率直に申しまして――」中西はおごそかに頷いた。「異論のある方がおられましたら、遠慮なくおっしゃっていただきたいのですが――」

「そんな、自分は断じてそんなことはしていません！」北日向は身体を震わせて声を張り上げた。

「そうです」と聡子。「北日向さんは、面倒見がいいし、とても優しい人です。あんな残酷な殺しをするはずがないわ」

「私も聡子と同意見です」と親方も言った。「彼は心根が優しく、しっかりした道徳を身につけた若者です。その彼がこんなことをするはずがない」

「私もこれまでいろいろな事件を担当してまいりましたが、犯人に関してよく聞かれるのが、『信じられない』とか『あんな優しい人が』という周りの人たちの証言なんです。しかしここで申し上げておきますが、人柄とか性格とか近所での評判は、無罪の証拠にも有罪の証拠にもなりません。警察が重視するのは、客観的な事実と証拠です。現在の証言を総合すると、あのとき同じ建物で風呂を焚いていた北日向さん、あなたしかこの殺人を行なうことができたと思える者が見当たりません。参考人として署にご同行願えますかな？」

「それは……殺人の容疑者としてぼくを逮捕するということですか？」

「いえ、現段階ではまだこの事件は調査の段階ですから、あくまで参考人招致です。しかし、事件に関することは、もっと詳しく洗いざらいお話しいただきたく思います」

「自分は断じてやっていません。身に覚えがありません。ぼくは潔白です！」首を振って北日向がそう強調した。

「でも、中西さん。少しおかしくありませんか？」と聡子が疑問を呈した。「もし北日向さんが犯人なら、なんで被害者以外に自分しかいない建物を中から施錠したんでしょう？　鍵を掛けずに戸を開けておけば、外から来た人間の犯行にも見せかけられるのに。なぜ北日向さんは、わざわざそんな、自分の不利になることをしたんでしょう？」

「犯人が自分の不利になることをしてしまうのは、現実の事件ではよくあることです。不利になることをわざとしているのだから、その人物が犯人であるのはおかしい——こういう理屈が通用するのは、探偵小説の中の世界だけですよ。

それにあの風呂の建物は、力士が風呂を使っているときには、中から鍵が掛けられるのが普通でしょう。あの時間に限ってわざわざ鍵を掛けずにおけば、中にいた人間が、なにか意図があったはずだとかえって邪推されるおそれがあります。

それに、あの風呂場の脱衣室の引き戸は、開けるときに結構音をたてます。もし北日向さんが焚き部屋にいて、その間に何者かがあそこを出入りしたのなら、あの扉を開閉する音に気づきそうなものです。要するに、あの時間帯に、あそこを北日向さん以外の者が出入りしたとしたら、それは中にいた焚き番担当の北日向さんの手引きによるとしか考えられない。あの位置関係と条件からして、問題の時間帯に焚き部屋にいた北日向さんに気づかれずに、風呂場まで他の人間が出入りするのは、できそうもありません。ですから、北日向さんが、あの事件の実行犯人でないとしても、少なくとも犯人が中に入るのを助けた共犯であるとしか、今の私には考えられませんな」

「マッテクダサイ」

それまで黙っていたマークが口を開いた。

「ケツロン、マダ、ハヤイデス」

「結論を下すのが早いですか？　なにか意見がおありですか？」

マークは何か言いたくて口をもぞもぞさせ、取り出したメモ用紙に鉛筆で英単語を書いた。隣りに坐《すわ》っている聡子がそれを見て、日本語を囁《ささや》いている。

「ナゼハンニンハ、ワザワザクビヲキッタノデショウ？」

「首を斬った理由ですか？　確かにまだ判然としませんな……。何故《なぜ》殺すだけでは飽きたらず、そんな残酷で手間のかかることをわざわざやったのか……」

「モウヒトツ。ナゼチヨベンテンゼキ、フロハイルノニ、マゲシテイタ？」

「風呂に入るのに、なぜ髷をしていたのか、って。そう言えば、皆さん、風呂に入るときに髷はどうしているの？」と聡子が、剛醍海ら力士たちの方を向いて言った。

「たいてい解いてますよ」と剛醍海がこたえた。「髪を洗わないときに面倒くさいので、たまに解かずに風呂に入ることもありますが」

「マーク、ないことはないけれど、珍しいらしいってよ」

「アイ・スィー。アンド・ワン・モア・クエッション」

「なに？」

「ドヒョウヘヤカラミエタチヨベンテキゼキ、ギモン、アリマス」

「疑問って、どういう内容の？」

「オヤカタ、チヨベンテンゼキ、セタケ、イクラアリマシタ？」

「千代弁天の背丈か？　うちの部屋では一番高かった。百九十センチ近くあったと思う。そう言えば、マーク、おまえとほぼ同じくらいの背丈だった」

「ワンハンドレッドナインティ・センティメータ」と聡子が英語に直してマークに囁く。

マークは自信ありげに頷いて、

「アイ・アム・アズ・トール・アズ・ヒー」

「何と言ってるんだ？」

「マークが、自分が千代弁天さんと同じくらいの身長だと言ってるんですよ」

「なるほど」と親方が頷いた。

「ケイコバ、シラベニイキマショウ」

「何のために？」

「タシカメタイコト、アリマス」

マークの提案を受けて、一同は、稽古場に向かった。

時々聡子の援助を受けながら、マークが指示を発する。

「オヤカタ、サッキケイコシテイタトコロニタッテクダサイ」

「さっきのところだな」親方はつかつかと歩いて土俵のそばに行った。

「そう、千代弁天さんが通るのを目撃したときにいた場所にいてください——とのことです」と聡子が通訳した。

「ミナサンモ、キテクダサイ」

マークに指示されて、親方の周りに一同が集まった。

「ワタシ、ロウカ、アルキマス」

そう言ってマークは、稽古場から窓越しに見える廊下の方に駆けて行った。しばらくして彼が廊下を左手から右手に歩いていくのが見えた。聡子の位置からは、窓からはマークの首から下と肩のあたりが見えた。

やがてマークは、稽古場に戻ってきた。

「ハヴ・ユー・ファウンド・エニ・ディファファランス？」

「何か違いがなかったか、って聞いてるわ」と聡子が訳した。

「今日千代弁天が、この廊下を通ったときに見えた光景と比べて、ということか？」と親方が訊く。

「そうね」

「そう言えば確かに少し違う……」と剛醍海がこたえた。「マークは顔が見えなかった。あの窓は身長が百七十センチくらいの者ならちょうどここから顔が見えるが、マークの高さになると、顔が上に出て見えなくなる」

「ワタシ、マエ、チヨベンテンゼキ、コノロウカ、トオルノミタコトアリマシタ。ダカラ、サッキ、ヘンダトオモイマシタ」

「ということは」聡子はマークがなにか言いかけるのを遮《さえぎ》って言った。「マークと同じ身長をしていた千代弁天さんがあそこを通ったときも、顔が見えてはおかしい。それなのに、なぜあのとき、千代弁天さんの顔がはっきり見えたのか？」

「そのとき千代弁天関は、足をかがめて歩いていたとか？」と御前山が言った。「なんでそんな不自然なことをしていたのかはわかりませんが——」

「たしかにそうすれば、顔の見える位置が下がるけれど……。そうか」はっとして聡子は振り向いた。「マーク、まさか、あなたの言いたいことって……!?」

小声で聡子は英語でマークに質問を発した。その問いにマークはやはり小声でこたえた。

「なんと言っているんだ？」

「あのとき目撃された千代弁天さんの顔色は妙に悪くなかったか、とマークは言っています」と聡子がこたえた。

「えっ!?」親方は一瞬戸惑《とまど》ったように、「遠かったし、わしは視力が弱いので顔色まではわからなかった……」

「あたし、見たとき、たしかにちょっと変だと思った」聡子がそのときの光景を思い出しながら、ゆっくりと言った。「たしかに少し顔色が悪く、土色をしているなと思った。でも、ということは……!?」

「なにが言いたいんだ、要するに？」

聡子は息を吸い込んでゆっくりと言った。

「マークが言いたいのは、要するにこういうことでしょう――あのとき通ったのは、千代弁天の頭部だけだったってこと、でしょう」

＊

その聡子の言に、一同は一瞬凍りついたように沈黙した。

「どういうことだ、もう少し説明しろ」

「そんな偽装ができたのは、一人しかいないわ。すなわち、床祝井さん、あなたよ」

聡子の名指しを受けた床祝井はびくっと身体を震わせた。

「そんな、なんで私が……」

「あなたは風呂番をやっていた午前十時以前に、風呂場で既に千代弁天さんを殺して、その首を切断しておいた。そして首だけを抱えて、鍵を掛けずに風呂場を出た。

その首をどこか廊下のそばに隠しておいて、あたしたちがいる稽古場にやって来た。着替えてくるように親方に言われて一旦この稽古場を出たあなたは、用意した千代弁天さんの首を抱えて、廊下が見える窓で、彼が歩いていくように見せかけた。おそらく首の傷は血が飛び散らないように布かなにかが巻かれていたのでしょう。それと、前もって用意してあった千代弁天さんが着ているのと同じタイプの浴衣の内側に竹棒かなにかを通して肩の張りをつくり、首とつなげたのでしょう。それを下から動かして、さっと廊下越しにあなたは歩いてみせた。そんなことをしたのは、千代弁天さんが廊下を歩いているという光景を、稽古場にいたあたしたちに目撃させるのが目的よ。

そして、あたしたちの視界から消える、浴場の窓のところまで来ると、その首を格子の隙間《すきま》から浴場の中に放り込んだ。浴衣もそのとき一緒に窓の隙間から中に放り込んだ。中のつっかえ棒は、どこかに隠したか処分したんでしょう」

「なるほど」感心して剛醍海が頷いた。「そうすれば、千代弁天関が生きているように見せかけて、床祝井はアリバイをつくることができる。犯行が可能なのが、次の風呂番である北日向しかいないと見せかけて、彼に罪をなすりつけることができるわけだ」

「そんな……。第一、あの窓の格子の隙間からは、浴衣は放り込めても、人の首は放り込めません。その仮説は、実行不可能ですよ」

そう床祝井は反論した。

「それは実験して確かめればいいでしょう」自信を持って聡子は言い切った。「中西警部補」

「何かね？」

「あの斬られた首、まだ残ってますか？」

「表の搬送車に既に運搬した後だが――」

「今の私の仮説、説得力があるのは警部補もお認めになるでしょう？」

「そりゃまあね」

「確かめていただけません？　あの首があの格子を通りぬけられるか。あるいはあの窓の格子のどれかが外れていたり、隙間を拡げられるようになっていないか」

「しかし、あの首をそのまま使うのは――同じ大きさの物で実験できませんか？」

「現物でないと確かめられないと思うんです」

「それはちょっと困りましたな……」

中西は困ったような表情をして腕を組んだ。近くの鑑識員を呼んで何か耳打ちをしている。

しばらくして、中西は意を決したように言った。

「わかりました。それは確かに実験して確かめるべき事柄ですな。特別に許可しましょう。今から確認してみることにしましょう」

＊

一行は、風呂場の南側の格子窓に面した廊下のあたりに集まった。警部補の指示を受けた刑事たちが、格子に何か不審なところがないかを念入りに調べ始めた。

「この格子は外れないようになっていますね」

一通り調べ終えた刑事が、そう報告した。「切られたり、後からはめ込まれた形跡は一切ありません」

「つまり、格子の取り外しや切断はなされていないということだ。ということは、残る可能性は、首がこの間から入るかどうかだが――」

　そう言って中西は自分の頭を格子の間に押し入れてみた。しばらく頭を押すと、格子の間に挟まって動かなくなった。

「いたたた……出られん……出してくれ」

　中西がそんな泣き声をあげたので、周りの者があわてて中西の頭を格子の間から引き抜いた。

　助力を得てなんとか頭を外した中西は、頭部を痛そうにさすりながら言った。

「ぎりぎりですな……。目算でおよそ二十数センチほどの隙間ですかな。人の頭が入るか入らないか、きわどい大きさですな……」と言った。

　鑑識員が巻き尺を取り出して、格子の隙間を計測している。

「おっ、来た来た」

　別の鑑識員が、白い布にくるまれた大きな物体を持ってきた。その布をとると中身は、まがうかたなき、千代弁天の首だった。

「死者に対して不敬な行為ですが」手袋をはめて中西は、白い布にくるみ直された首を受け取り、格子の間に押し込めようとした。

　しかし、髪を結った髷がひっかかり、その首は風呂場の中には入らない。

「むむむ、入らない……。髷が引っ掛かりますな……」

「そんな……」と聡子。「ぎゅっとやれば入りませんか?」

「うーん」

中西は頭部の向きをいろいろに変え、何度か格子の間に首を押し込めようとしたが、どうやっても無理だった。

「ちょっと、やはり無理のようですな」

床祝井は勝ち誇ったような顔をして「おわかりになりましたか」と言う。

「でも……」

「マッテクダサイ」とマークが言った。「ソレハカノウデス」

「どうするのよ？」と聡子が訊く。

マークは中西警部補に「ソノアタマ、カシテクレマスカ？」と言った。

中西警部補は「え？」と言って少しためらっていたが、マークに白い布ごと千代弁天の切断頭部を渡した。

マークはその頭部を、窓の格子の間に押し込もうとした。中西が試したときよりは、頭部は奥に入った。が、あと少しのところで、中に入らない。

その様子を中西が観察して、少し感心した様子で、

「さすが相撲とりの方ですな。私よりは奥に入れている。力が違いますな」と言った。

「モチロン、リキシ、チカラ、ツヨイ」

「でも入らないいじゃない」と聡子。

「モウヒトツ――トコイワイサン、マゲユイ、トクイデス」

「髷結い、得意って？」

「ミテイテクダサイ」

マークは慣れた手付きで、千代弁天の髪の髷を解いた。そして髷を解いた頭部を格子の間に押し入れた。今度はその首は、ズズと格子の間に押し込まれ、ゆっくりと浴場の方へと動いて行った。やがてその首は、すぽんと向かいの浴場に落ちて行った。

「おお」一同の感嘆の声があがった。

「こうすれば可能だったわけか」

「でも、そうだとすると、中にあった首は髷が解かれていることになるはず。どうして発見されたときに、千代弁天さんの頭部に髷があったの？」

そう聡子が質問を発した。

「トコイワイサン、マゲユイ、トテモ、トクイデス」

そう言ってマークは、格子の隙間から両手を中に入れて見せた。

マークは聡子に耳打ちして、英語でなにか説明をした。

「要するに、この廊下に立って、首を持ったまま片手を格子の向こう側に出し、もう片方の手を隣の格子の隙間から中に入れる。そこで一旦はずした髷をもう一度結いなおす……そういうことを床祝井さんがしたって主張しているわけね。でも、そんな器用なことって、はたしてできるものなの？」

「デキマス、デキマス」にこにこした顔でマークが頷く。

それを聞いて床祝井は、がっくりとうなだれて座り込んだ。

「おっしゃるとおりです。私がやったのはそのやりかた……千代弁天を殺したのは、この私です」

「でも、何故!?」

「以前にここの弟子だった赤松という男を覚えていませんか?」

「赤松というのは?」と中西警部補が訊く。

「赤松というのは――」と親方がこたえる。「三年前、うちの部屋に新弟子として入って三段目になり、二年前に廃業してこの部屋を去った男です。有望な素質があったのに、残念ながら、重い怪我をしてしまって相撲がとれなくなりました」

「そんなことが……」

床祝井は、目を伏せて淡々と語りつづける。

「その怪我は、千代弁天のしごきと称する暴行にやられたものなんです。あいつは、千代弁天のせいで、相撲はおろか、一生歩くのも自由にできなくなるほどの障害を負わされました。赤松は自分にとって、故郷で唯《ただ》一人の無二の親友でした。そんな彼の人生を台なしにしても羞《は》じない、千代弁天のやつに復讐《ふくしゅう》したい、その一念のためだけにこの部屋に弟子入りしたのです。今日という復讐を実現する日まで。

北日向さんをその犯人に仕立てるというのも、あらかじめ計画に入れてあったことです。なぜなら、北日向さんは、赤松が千代弁天から暴力をふるわれているときに、その場に居合わせながら彼を助けなかったと聞いていたからです」

「そんな、わ、私は……知らないぞ!」北日向は強く首を振った。

「自分の隠蔽《いんぺい》計画は失敗しましたが、恨みを晴らすことはなしとげました。自分のやったことには、一片の悔いもありません……」

そう言って床祝井は、両手を揃えて中西の前に差し出した。

「さあ、連れて行ってください」

第三話
対戦力士連続殺害事件

ぬけるような青空のもと、笛と太鼓の祭囃子《まつりばやし》がにぎやかに奏《かな》でられ、大勢のふんどし姿の若者たちが神輿《みこし》をかつぎ、村祭りは最高潮を迎えようとしていた。

神社の境内にしつらえられた土俵の四方にたてられた赤く塗られた柱には、注連縄《しめなわ》が張られ、神官が祝詞《のりと》を宣していた。

祭りに集った人々が一際《ひときわ》大きな歓声をあげたのは、華やかなまわしに飾られた、本物の力士たちが付け人たちを伴って、列をなして入場してきたときである。

先頭を行くのは、横綱の嘉褒龍《かほうりゅう》を筆頭とする麓六《ろくろく》部屋の一行の力士十名。それに続いて怪我《けが》から復帰した大関・暁大陸《ぎょうたいりく》を筆頭とする千代楽《ちよらく》部屋の力士一行が、盛んな笛太鼓の歓迎の演奏とともに入場してきた。麓六部屋と千代楽部屋は、近所にいる関係で互いの交流も多く、よく共同で地方巡業を催《もよお》していた。

昨年春に正式に角界入りしたマーク・ハイダウェーは、今や四股名《しこな》幕ノ虎《まくのとら》としてその千代楽部屋の一行に加わっていた。初土俵の夏場所でいきなり序ノ口の全勝優勝を飾った幕ノ虎は、つづく名古屋場所、秋場所、九州場所、初場所でも連続優勝を遂げ、十両に昇進した春場所でも十四勝一敗の好成績で見事に優勝の栄冠に輝いた。

来たる五月の夏場所での番付が前頭《まえがしら》十四枚目に決まり、正式に幕内に入ることが決まった幕ノ虎にとって、今回が初の地方巡業であり、幕内・幕ノ虎を披露する初舞台でもあった。結《ゆ》った髷《まげ》を黄色と黒のまだらに染めている。その髪の毛が虎縞《とらじま》を連想させることから、幕ノ虎は「トラチャン」の愛称で親しまれるようになっていた。この一年ですっかり肉付きがよくなり、威風堂々とした力士の風格も身についてきた。

マークは、今年の初め、大学入学のための願書を自力で書き送ったらしいが、書類不備のために受理されず、どこの大学も受験できずじまいだった。それでも時々受験参考書を開いて勉強しているところを見ると、大学をあきらめたわけではないらしい。千代楽部屋は、正式の大学に入るまでの予備校ないしインターカレッジだと認識して、学資稼ぎも兼ねて在籍するものと割り切っているようだ。

背が高く、髷を結った幕ノ虎は、そばにいる聡子《さとこ》が見ても、惚《ほ》れ惚《ぼ》れするくらいのいい男ぶりを遺憾《いかん》なく発揮していた。髪が黄色と黒のまだらなのは、元は初土俵で髪の黒染めに失敗して金髪の地毛が見えたことからくるのだが、そのときのまだら模様が人気を呼び、「トラチャン」の愛称とともにすっかり定着してしまったために、もはや虎縞を模した髷のまだら模様は専門の床山によってつくられるものになっていた。

日の丸などの旗をもった人々が道の左右にぎっしりと押し寄せ、力士たちに歓声を投げかける。暁大陸の後についた幕ノ虎は、にこやかに微笑《ほほえ》んで左右に手を振ってみせた。

幕ノ虎は、隣りを歩く聡子に耳打ちして、

「ニホン、マツリ、トテモゴージャスデスネ」と囁《ささや》いた。

「マーク。私語は今はだめよ」と聡子が小声でたしなめた。

両部屋の力士たちは、神社にしつらえられた土俵の下に到着して整列した。烏帽子《えぼし》をかぶり、きらびやかな金色の麻裃《あさがみしも》に身を包んだ神官にして行司役が、簡単な御祓《おはらい》の儀式をした。

続いて司会役らしい背広とネクタイ姿の男がマイクをとり、

「本日おこしいただいたのは、大相撲・麓六部屋と千代楽部屋の力士の方々です！」

と紹介すると、ドッと観衆から大きな拍手が湧《わ》いた。

司会がひとしきり今日の催しものの説明をした後で千代楽親方と麓六親方にマイクが渡され、集まった人々への御礼と挨拶《あいさつ》が述べられた。

やがて司会役が再びマイクをとり、

「では、本日は、麓六部屋と千代楽部屋の力士の方たちによる七番勝負をお楽しみいただきます」と述べた後、こまごまとした案内と注意を与え始めた。「皆様、こちらの方にあります線を越えないで観戦をなさいますようよろしくお願い申し上げます。係員の指示にその都度《つど》お従いください……」

千代楽部屋の一行は、神殿そばに仮設されたプレハブ造りの建物の控え室に一旦入った。一行は、そこに用意された飲み物と軽食をとり、椅子《いす》に坐《すわ》ってくつろいでいた。颪《おろし》将鳳《しょうほう》と剛醍海《ごうだいかい》は、ぷかぷかと煙草《タバコ》をふかし始めた。

そこへ、麓六部屋からの使いという、力士にしては小柄な男性がやって来た。その男は、千代楽親方に向かって、

「麓六部屋からお伝えしたいことがあって参りました」とあらたまった声で言った。

「何でしょう?」と千代楽親方が訊《き》く。

「今日の対戦の組み合わせのことです――お互いの部屋で位の高い順に七人があたるのが原則ですが、それですと、締めの取組がこちらの横綱・憙褒龍とそちらの大関・暁大陸関になります」

「ええ」と千代楽親方は頷《うなず》いた。「その予定でおりますが、それがなにか?」

「『トラチャン』の愛称で親しまれている、そちらの部屋の幕ノ虎関は、来場所に新入幕される力士ですが、マスコミの注目度が高く、いまこの巡業に来ている力士の中では、人気・知名度ともに抜群です。それで、麓六親方からの提案というのは、一番盛り上がる結びの一番を、こちらの横綱・憙褒龍とそちらの幕ノ虎関の一番に変更しないかというものです」

「なるほど。しかし、うちで一番の実力者は暁大陸ですからな……」

と親方が言いかけると、そばにいた暁大陸が、

「親方。いいじゃありませんか」と口を挟んだ。「私は全然異論はありません。地方巡業はファンサービスです。その取組の組み合わせが、一番見ているお客さんを喜ばせるなら、その取組を実現させるべきです」

「そう言って下さるとありがたいです。その場合、暁大陸関の対戦相手は、うちの部屋の関脇・堂々龍《どうどうりゅう》になりますが……」

「私はそれでいいですよ」

「そうか。暁大陸がそう言うなら、私も別に異論はないが、幕ノ虎、おまえはどうなんだ？」

聡子が、親方の質問をマークに簡単に英訳して耳打ちした。

「オー、ノー・プロブレム。オーケーネ」と幕ノ虎は陽気にこたえた。

「わかりました。こちらは了解したと麓六親方にお伝えください」

千代楽親方がそう言うと、使いの若者は、頭を下げ、

「ご了解いただき感謝いたします。それでは失礼いたします」と言って退室して行った。

＊

神社内に設置された土俵で披露された七番勝負は、両部屋が三勝三敗の五分の星で結びの一番を迎えた。

黄色と黒のまだらの髷をした幕ノ虎が土俵に上がると、周りの客席にぎっしりと詰め寄せた観衆が一斉に湧《わ》いた。「トラチャーン」という黄色い歓声があちこちであがり、星条旗を振っている観衆も多くいた。サービス精神に富んだ幕ノ虎は、歓声に手を振ってこたえてみせた。

行司役の神官が軍配をふり、取組が始まった。立ち合いに猛烈な勢いでぶつかった両者は、がっぷり四つに組んだ。憙褒龍は、がっぷりと組んだときに鼻の穴を大きくふくらませ、ホウーッと大きな息を吐いた。それから顔を真っ赤にして力をいれ、猛烈に幕ノ虎の身体《からだ》を締め上げようとした。幕ノ虎も負けじと応戦し、互いにまわしを取り合う、

熱の入った長い相撲になった。幕ノ虎は、喜褒龍を一時は土俵際まで追い詰めたが、そこで下手出し投げをくらい、惜しくも敗れてしまった。

行司が横綱に軍配をあげ、幕ノ虎は仏頂面《ぶっちょうづら》でお辞儀《じぎ》をして、土俵から下りた。

「マーク。善戦だったわ」と聡子が声をかける。「惜しかったじゃない」

「クヤシイデス」

「相手は横綱よ。今回は仕方ないでしょ。また対戦のチャンスはあるわよ」

「ヒダリテノヒキ、キョウリョクデシタ。ケンキュウガマダマダ、タリマセン。コンナコトデハ、Aヲモラエマセンネ……」

「そうよ。大学に行くにはまだまだ修業が必要よ」

その後、両親方と司会から閉会の辞が述べられ、このイベントは盛況のうちに幕を下ろした。

控え室に戻り、帰り支度をしているとき、聡子はふと、窓の外に変な人影がよぎるのを見た。その人影は、こちらの方に向けて、カメラのシャッターのようなものを切った感覚がある。不審に思って聡子が外に出てみると、窓のそばの茂みがざわざわとざわめいていた。誰か人がいるのかと思って調べてみたが、誰も見つからなかった。しかし、その直前まで誰かがやって来ていたことを示す、足跡のようなものが見つかった。

「おかしいなあ……」

そう呟《つぶや》いて聡子が周りをウロウロしていると、幕ノ虎ことマークが近づいてきた。今は彼は着替えを終えて、上下揃《そろ》いの黒い和服を着ている。普段着になっても髷はしているので、すっかり力士姿が板についてきた感じだ。

「ドウシマシタ、サトコサン？」

「ああ、マーク。いえね、さっきこの辺りを変な人影がよぎったような気がしたものだから……。最近、変なのよねー。うちの部屋の周りでも、誰かに見られているような気がして……」

「オー？　ソンナコトガ？」

「この地方巡業に行くことが決まった日。うちの庭であなたと話し込んでいたことがあったでしょう。そのときも、外の茂みで物音がしたような気がして、シャッターを切るような音が聞こえたの。あのときも『なんかおかしい』ってあなたに言ったことがあったでしょう」

「ソウイエバ……」

「最近、学校から帰るときも、誰かに後ろからつけられているような気がしてならないのよねー」

「オー？　ストーカーデスカ？」

「そうね、そうかもしれない。最近変質者って増えてるって聞くし、相手の前に姿を現さないで情報だけ集めるストーカーもいるって聞くから」

「サトコサン、トテモウツクシイ、キヲツケテクダサイ」

「まあ、マークったら。そりゃあたし、たいていの男が見たら惚れ惚れしちゃうに違いない容姿をしているけどさあ。それにしても、そんな変なやつに狙《ねら》われるのは嬉《うれ》しくないなあ」

「サトコ、コノマークガマモリマス……」

「マーク。頼りにしてるわよ」

そう言って聡子は、マークの頰《ほお》に口づけした。

それから控え室に戻ってマークは、「アレ？　オカシイナ？」と首を傾《かし》げた。

「どうしたの？」と聡子が訊く。

「ジブンノマワシガアリマセン」

「えっ？　あなたのまわしが？　どこかに置き忘れたんじゃないの？」

「ココニタシカニオキマシタ」

マークが自分の白いまわしが紛失したと一同に大声で訴えたので、千代楽部屋の一行は総出で、部屋と付近を捜索した。三十分以上かけて可能性のあるところを虱潰《しらみつぶ》しに探したが、ついにマークのまわしは見つからなかった。

「あれ、幕内昇進にあわせてわざわざ新調したのに……。高かったんだぞ」

「ワタシモカナシイデス……」

お気に入りのまわしをなくして、マークはしょげかえっていた。

「力士の備品を狙うマニアックなファンの仕業《しわざ》かもしれんな……」

「ダトシタラ、ヒドイデス」

マークのしょげぶりを見かねて、親方は、「まあまた新調してやるよ」と慰《なぐさ》め、彼の背中をぽんぽんと叩《たた》いた。

＊

五月になって、第二週の日曜日は、夏場所が始まる日である。

新前頭・幕ノ虎にとっては、記念すべき幕内デビューを飾る初日である。

午前中は塾に行って勉強していた聡子が、午過《ひる》ぎに自宅の千代楽部屋に帰ってみると、既にかなりの数の報道陣が詰めかけていた。みな、黄色と黒のまだらをなしている髷が人気の「トラチャン」目当ての取材らしい。

親方が門のところに出てきて、「大切な取組のある日ですので、これ以上の取材はお控えください」と言っているのが聞こえた。

聡子は、人が集まっている玄関を避け、通用門から勝手口を使って建物の中に入った。

土俵部屋に行くと、土俵で幕ノ虎と凰将鳳がぶつかり稽古をしているところだった。

聡子が「マーク」と話しかけながら、土俵に近づいたとき——

パシャッとフラッシュが焚《た》かれる音がした。

聡子だけでなく、土俵にいたマークと凰将鳳も気づいて、振り返った。

「今のは何だ？　無断立ち入りをした報道関係者か？」

凰将鳳はそう言って、窓から庭の方を覗《のぞ》いた。しかし既に人影はなかったらしく、舌打ちしながら首を振って戻ってきた。

「まったく、まだ幕内に上がったばかりなのに、報道の過熱ぶりにも困ったものだ」

聡子も不安に苛《さいな》まれつつ、窓から庭の方を見た。内心、（また、自分を追っている変質者じゃ……）との懸念が拭《ぬぐ》えない。

　廊下をドスドスと歩く音が聞こえて、黒い和服姿の千代楽親方が土俵部屋にやって来た。

「幕ノ虎、颪将鳳、今日はもうそのへんにしておけ。本番にむけて、力を蓄《たくわ》えておくのが肝心だ」

「はいっ！」と颪将鳳はこたえて、土俵を下りた。

「オーライ」と答えたマークの頭を千代楽親方はぴしゃりと叩いた。

「日本語で言え、日本語で。一体何度言ったらわかるんだ」

「スミマセン」

「今日の初日の相手は、鷹顎《たかあご》部屋の軋鷹《わきぎたか》だ。小兵だが左の足技が得意な粘り腰の好敵手だ。十両では優勝したおまえでも、幕内にあがれば格段に相手のレベルが違ってくる。どの相手もみな一筋縄ではいかないぞ、ゆめゆめ油断してはならぬ」

「オー。コンドモユーヌネライマス」

「優ではない。優勝だ」

「オールＡネ」

「あっちの部屋に、過去の軋鷹の取組を録画したビデオを用意してある。これから、対戦相手の研究をしに来い」

「オーケーネ」

「日本語で言え、日本語で——聡子も来るか？」

「うん、行く」

親方とマーク、聡子の三人はビデオデッキの設置された居間に行った。

居間に来てソファに三人が坐ったところへ、千代楽親方夫人が顔を見せた。

「あなた」

「何だ？」

「今日は、マークの初日でしょう。お祝い用の日本酒、用意しましょうか？　赤飯も炊いてあります――」

「それは、幕ノ虎がちゃんと相手を倒して、初日を出した場合だ。祝い酒は勝利のためにとっておけ」

「はいはい、わかりました」微笑んで頷き、親方夫人は退室して行った。

親方は、ビデオデッキの電源を入れ、再生ボタンを押した。

「過去二年間の、軋鷹の取組をすべて編集してある」

流れてきたのは、テレビで放映された、軋鷹の取組の録画だ。

画面を見てマークが呟く。

「オー……。ヒー・イズ・ヴェリ・クイック・アンド・タネイシャス」

「何と言ってるんだ？」親方が聡子の方を向いて訊く。

「この力士、すばやくて、粘っこいって言ってるわ」

「うむ、そのとおりだ」

そのとき、電話のベルが鳴ったので、親方が立ち上がって受話器をとった。

「はい……千代楽ですが……えっ、何ですって？　輒鷹が行方《ゆくえ》をくらました？　一体なんで……そうですか……それで、今日の取組は……？　幕ノ虎の不戦勝ですか？……はい、はいっ……わかりました……ご連絡ありがとうございました……」

　その親方の言《げん》を聞いているだけでおよその連絡内容がつかめた聡子は、親方が電話を切るなり、

「今日の取組はなしなの？」と訊いた。「マークの不戦勝ってこと？」

「どうもそうらしい。なんで輒鷹が突然行方不明なんかになるんだろう。向こうの部屋では、原因がさっぱり思い当たらないと言っているそうだがな……」

「あまりに強いマークに恐れをなしたんじゃない……」

「そんなこと、あるわけないだろ」

「じゃあ今日はマークの勝ちってことね。不戦勝でも勝ちは勝ち。さっ、お祝いをやりましょうよ」

「バカ、まだ早すぎるわ」

　マークは当惑した顔で聡子の顔を見つめているので、聡子は、英語で簡単に、いま電話で伝えられた連絡内容を彼に伝えた。

「オー・ゼン・アイ・アム・アン・ウィナー」

「ザッツ・ライト。ユー・アー・ストロンガー・ザン・ヒー」と聡子が応じる。

「メイビー・アイ・キャン・ビカム・ア・スモー・チャンピオン」

　そのマークの英語は理解できたらしく、親方は丸めた新聞でマークの頭をぽんと叩い

た。

「バカ。調子に乗るな」

＊

夕方が近づいて、千代楽親方と暁大陸、颪将鳳ら本取組のある力士は、車に乗って国技館の方に赴《おもむ》いた。

不戦勝が決まった幕ノ虎ことマークも、国技館に出向いて勝ち名乗りを受けてきた。その後、部屋に戻ってきたマークは、聡子らとともに、夕食の席で初勝利を祝うことになった。

「いつもチャンコばかりだし、今日はマークをお祝いするために、アメリカ風の食事にしましょう」

そう聡子の母は宣言し、取りそろえたのは次のようなメニューだった。ハンバーグ、フライドポテト、ロースカツのサンドイッチ、ローストビーフ、大型のベーコンピザ。それに赤飯と日本酒が添えられた。

「お母さん、この取り合わせ、なんか変」聡子は率直な感想を述べた。

「たまにしかないメニューなんだから、文句は言わないの」

しかしマークは「オー・デリシャス、ナイス・アパタイト」などと言いながら、その食事をとてもおいしそうに食べている。

聡子は、マークの隣りの席で、彼女の口には合わないピザをちぎって頬張っていた。

茶の間のテレビでは、相撲中継が流れている。

そこで突然画面が切り替わり、ニュース中継の映像が流れてきた。

《ここで臨時ニュースをお知らせします。今日午後四時頃、東京都板橋区の荒川の土手で、鷹顎部屋所属の大相撲力士・輒鷹、本名和田八五郎さん二十八歳が頭から血を流して死亡しているのが発見されました。和田さんの遺体は、ペットの犬の散歩にきた近所の主婦によって発見され、駆けつけた救急隊員によってただちに病院に運ばれましたが、既に死亡しているのが確認されました。和田さんは鈍器のようなもので強く頭を殴られており、警察では和田さんの死は何者かによる他殺の疑いが強いとみて、周辺の聞き込み捜査を始めました。また、和田さんの身辺になにかトラブルのようなものがなかったか捜査を始めました。和田さんは、一昨年の秋場所で幕内に昇進し、昨年の夏場所は十勝五敗の好成績で敢闘《かんとう》賞にも輝いたことがあり、今場所は前頭二枚目、成績次第では三役への昇進が期待される力士でした……》

聡子は漫然とそのニュース音声を聞いていたが、途中で聞き覚えのある名前が出てきた瞬間、プッと口に入れていたものを吐きだしそうになった。母親とマークも、ニュースの内容がわかると、食べるのをやめ、顔を青ざめさせた。

「輒鷹って今日のマークの対戦相手だったはずの人じゃない」

「そんな人が殺されるなんて、なんという……。最近は、角界も物騒《ぶっそう》になったわねえ……」

「ワズ・ヒー・キルド?　バイ・フーム?」

「誰にかはわからないけれど、とにかく、あなたと対戦する予定だった軋鷹関が、殺されたのよ！」

続いて居間の電話のベルが鳴った。聡子の母親が立ち上がり受話器をとると、相手は千代楽親方だったようだ。

「あなた……ええ、見ましたよ、いまニュース……そちらでも大騒ぎですか……ええ、こちらにはまだ……はい、はい……」

電話を終えて部屋に戻ってきた母親に、聡子は、

「お父さん、何だって？」と訊いた。

「鷹顎部屋の親方と、今度の事件のことで話しているって……。失踪《しっそう》した理由がわからないって騒いでたところにこのニュースが飛び込んできたそうよ。鷹顎親方が一番可愛《かわい》がっていた力士の一人だったそうで、鷹顎親方はショックで虚脱状態になっているって言ってたわ」

「軋鷹関が殺された理由、なにか心当たりはないの？」

「それが全然心当たりがないって話よ。特に恨《うら》みを買う相手もいないし、暴力団との付き合いとか借金とか女性のトラブルがある力士でもないそうだし……」

「そうなの……。気の毒な話だけど、うちの部屋の力士でなくてよかったわね」

「まあ、そうなんだけどね……」

＊

翌月曜日は、夏場所二日目でもある。聡子は、相撲とマークのことが気になっていたので、課外活動は理由をつけて休むことにし、早い時間に学校から帰ってきた。

千代楽部屋に戻り、居間に行ってみると、千代楽親方とマークがともに相撲の録画ビデオを見ながら研究しているところだった。

「今日おまえと対戦が予定されている、九門《くもん》部屋の鉢門谷《はちもんだに》は、前みつをとらせるとうるさい。先に頭をおっつけて速攻で決めた方がいい」

親方は、ビデオの画面を一時停止させ、今日のマークの対戦予定相手らしい力士の腕と腰の位置を指で示しながら解説した。

「オー・ヒー・イズ・ヴェリ・スキルフル」などとマークは英語で応《こた》えている。

「マーク」と聡子は声をかけた。「昨日は予想外の事件で土俵に上がれなかったから、今日が実質的な初日ね。頑張ってね」

「ビ・ピースフル」マークは陽気にそう応えてウィンクしてみせた。

そこへ居間の電話のベルが鳴った。親方が受話器をとり、

「はい、千代楽です」とこたえる。「えっ、また!?」

親方が顔色を変え、身をこわばらせているので、聡子もマークもびっくりして親方を見つめた。

「……はいはい、それで……そういうことですか……いえ、それはまだ……はい、では

……後ほど……よろしくお願いします」

三分ほどあれこれと話した後、電話に向かってお辞儀をして千代楽親方は受話器を置いた。

「一体、どうしたの、お父さん？　顔色が真っ青よ」

「まただ。また幕ノ虎の相手だ」

「え？」

「九門部屋の鉢門谷が、部屋近くの工事現場で遺体として見つかったそうだ。鉄骨を上から叩きつけられたらしい。警察では他殺と事故の両面で捜査しているという話だ」

「そんな、まさか……」

親方がテレビニュースにチャンネルを切り換えた。しばらくしてニュースの時間になり、九門部屋の鉢門谷が変死体として見つかったニュースが流された。《相次ぐ現役力士の変死事件に、角界には騒然とした空気が広がっています》とアナウンサーが喋《しゃべ》っている。親方が言ったとおり、警察では事故と他殺の両面で捜査中と報じられている。

「二日続けてマークの相手なんて、これは偶然かしら……!?」

「警察でもその繋《つな》がりに着目していると言っていた。今日はこれから警察から事情聴取にくるだろうとも……」

「これでマークは、今日もまた不戦勝になるわけ？」

「制度上はそうなる」

そう話しているときに、ピンポーンと呼び鈴の音が鳴り響いた。

親方が玄関に出ると、話していたとおり、制服を着た警察官だった。聡子も親方に続いて、玄関に出向いた。

「事件のことはお聞き及びかと思いますが……」

「うちの幕ノ虎ならずっとこの部屋にいましたよ。私がアリバイの証人です」

機先を制する形で親方がそう言った。

「いえいえ、幕ノ虎関のことを疑っているわけではありません。ただ、事件との関係で、なにか心当たりがないか念のため聞いて来いといわれただけでして……」

「ホワッ？」

そう言いながらマークが玄関にやって来た。片言の英語と日本語を交えながら、警察官は簡単な訊問《じんもん》をマークにした。マークは丁寧《ていねい》にそれに応対し、事件に関しては何も心当たりがないと述べた。警察官はお辞儀をして、敬礼をして帰って行った。

「それにしても、変な話よねぇ。マークの相手が二日続けて殺されるなんて……」

「わしもわけがわからん」親方は首を振って言った。「角界に四十年近く身を置いているが、こんな奇妙な事件は初めてだ」

「でも、とにかく、不戦勝でもマークの勝ちは勝ち。マーク、イッ・ユア・ヴィクトリー。コングラッチュレーション」

「オー・サンキュー」そうこたえてマークは相好《そうごう》を崩した。

*

翌日の火曜日。学校の授業を終えて、聡子が自宅に戻ってきたのは、ほぼ午後四時ごろだった。門の前にパトカーが止まっているのが見え、さらに近づいてみると、玄関のところで、警察官と千代楽親方がやりあっているのが見えてきた。

「すると、あなたがたは、うちの幕ノ虎が、勝ち星を得るために、相手力士を殺して回っているとお疑いなんですかっ⁉」

親方の怒声に対し、相手の警察官は、

「そうは申しておりません」と穏《おだ》やかに応対した。「ただ、こうも事件が重なりますと、なんらかの関係をわれわれとしても想定せざるをえません。幕ノ虎関の身に危険が及ぶことも考えられます。どうか幕ノ虎関に監視をつけるのをご許可いただけませんか？」

親方は興奮して顔を赤くしていたが、ここでぐっと感情を抑えた様子で、声のトーンを下げてこたえた。

「まあ、監視くらいなら、この際やむをえんでしょうな。しかし重ねて強調しておきますが、彼は潔白ですよ。一昨日も昨日も今日も、ずっと私と一緒にこの部屋にいて、一歩も外に出ていないんですからな」

「その証言は既にうけたまわっておりますし、他の部屋の方の証言でも確認されています。ですから、無論、彼を実行犯であると疑っているわけではありません。ただ、彼の周囲を調べれば、事件との何かの接点が見つかる可能性があります。それを調査させていただきたいとお願いしているのです」

「お好きなだけお調べになればよろしかろう。しかし、何も出てこないと思いますがな」親方は冷ややかな声でそう応じた。

そこで話が一段落したらしく、警察官は敬礼をして、車の方に戻って行った。脇に引いてその様子を見守っていた聡子は、話が終わったのを見て父親のところに駆け寄った。

「お父さん——警察、マークのこと疑っているって？」

「聡子か。そのとおりだ。三つも事件が重なってはな」

「三つ？　今日も事件があったの？」

「なんだ、知らないのか。今日の幕ノ虎の対戦予定相手の、筒ケ竹《つつがたけ》部屋の霧雨錦《きりさめにしき》がさきほど遺体で見つかったとの報《しら》せがあった。遺体は、近くの公園の木の枝に首を吊《つ》るされていたので、最初は自殺かと思われたが、検死をしてみると、霧雨錦は、吊るされる前に首を絞められて死亡していたことが判明した。警察では他殺と断定して、犯人の行方を追っているとの話だ」

「三日続けて？　一体どうなっているの？　マーク！」

聡子がそう叫ぶと、中からマークが現れた。

「サトコ？」

「トゥデイ・ユー・ウィン・アゲイン！」

「オー・グレイト」

「お父さん。マーク、これで三連勝で、優勝争いのトップだね」

「バカ。そんなこと言っている場合か」

「ねえ、この事件、うちの暁大陸さんを襲ったあの復讐鬼《ふくしゅうき》のしわざじゃないの？　去年のあの事件の犯人、それが今度は、マークの対戦相手を狙い始めたんじゃないの？　まだ捕まってないでしょう？」

「わしもそのことに思い当たって、警察に言っておいた。警察の方では、鋭意調査中ですとこたえるだけで要領を得ないが、向こうでも、その可能性は念頭にあるらしい。以前うちの部屋に在籍していた、筒カ錦《つつがにしき》のことを聞き出して行ったからね。わしも捜査に協力する意味で、知っているかぎりのことは警察に伝えた」

「そもそも、マークがこんな事件を起こすわけないじゃない。マークには、完璧《かんぺき》なアリバイだってあるんでしょう？　初日は、あたしがずっと彼のそばにいたし」

「そう。佳代子《かよこ》も、警察の訊問で幕ノ虎と一緒にいた証言をしている。ただ、身内の者の証言だけではいま一つ弱いと思われている節《ふし》がある。部屋の者が、口裏を合わせて、幕ノ虎をかばっているのではないかという疑いを抱かれているようだね」

「そんな、ひどい……」

「だから、今日からはここに泊り込みで、幕ノ虎を監視する刑事を置かせてほしいと言ってきた」

「お父さんは、それを認めたの？」

「仕方ないだろう。それで、幕ノ虎への疑いが晴らせるなら、いいじゃないか」

そう話しているところへ、さきほど表の車の方へ引き返した警察官が戻ってきた。その隣りに茶色い上衣を着た男性が同行している。

「本庁の犬成《いぬなり》という刑事です。今日からしばらくお世話になります」

名刺を差し出し、犬成と名乗った刑事は、千代楽親方と握手をかわした。ピシッとスーツを着こなし、髪をオールバックに整え、清潔感のある好青年に思える。

「それで、幕ノ虎の見張りを？」

「彼の居場所が自分に把握《はあく》できるようにしてくれれば結構です。稽古や普段の生活の邪魔は決していたしませんので――」

＊

翌水曜日、学校は休みだったので、聡子は朝から家にいた。きりっとした犬成刑事の人柄には好感がもてたが、それでも自宅に刑事が泊り込んでいると、何もなくても少し息苦しい感じがする。

居間に下りてみると、父親の千代楽親方とマークが、ビデオで対戦相手の研究をしている。同じ部屋に、ジャケット姿の犬成刑事の姿もあった。

「そのビデオにうつっている力士が、今日のマークの対戦相手？」

聡子は、そう声をかけて、彼らの坐っているソファに近づいた。

「そうだ」と千代楽親方がこたえた。「麓六部屋の早稲桜《わせざくら》だ。去年の秋に骨折したので先場所まで休場していたが、怪我をする前は、右も左もひきつけが強く、力押しもできる力士だ」

「今日は……何も起こらないかしら？」

「今日は、無事に乗り切れるとよいのだが……」

「でも、刑事さんがずっとそばにいたわけだから、マークのアリバイに関しては、完璧ですよね——ねえ、犬成さん？」

「え、ええ、それはもう……」

「でもそうすると、今日に限って事件が起こらなかったら、昨日まで見張りのなかったマークがかえって怪《あや》しまれる……ってことにならないかしら？」

「お嬢さん」刑事は苦笑してこたえた。「それは考えすぎですよ。幕ノ虎関のアリバイを、我々が信用していないわけじゃありません。ただ、幕ノ虎関の対戦相手ばかりが続けざまに殺されるという、この事件の被害者の連鎖からして、犯人は何らかの形で幕ノ虎関と係わりか接点があるのではないか——捜査当局としてそう睨《にら》んだので、こうやって番をさせてもらってるんですよ」

「ええ、それはまあ、わかるんですけどね——」

そのとき、刑事のポケットに入っていた携帯電話がピリリと鳴った。

「はい、犬成です……えっ、またですかっ！」

その声が室内に響きわたった途端、聡子と親方は、その電話の連絡内容を予想して、びくっと身をこわばらせた。

犬成刑事は、「少し失礼します」と言って、廊下に出、聡子らの聞こえないところに行ってから電話での話を再開した。

二分ほどして、少し顔を青ざめさせて、犬成刑事が戻ってきた。

「まさか……またですか?」そう訊く親方の声には若干の震《ふる》えと怯《おび》えが混じっていた。

「ええ」犬成刑事の声にも若干の震えが混じっていた。「たった今連絡がありました……。世田谷区の公園の敷地で早稲桜関の遺体が発見されたそうです。刃物で首と背中をめった刺しにされていたそうです……」

「そんな、四人も続けて……」

「ホワッ・ハップン?」とマークが聡子に訊《たず》ねてくる。

「ユー・ハヴ・ウァン・アゲイン」

「オー・マイ・ヴィクトリー?」

「でも素直に喜べないわ、マーク」そう言って聡子は、マークの手を握った。「ユア・オポネント・ワズ・キルド・アゲイン」

「クルーアル・インディード……イズ・イト・アナザー・ウェー・ツ・ビート・アン・エネミー・イン・スモー?」

「ノー・ネヴァー。サチァシング・ネヴァ・ハプン・ビフォ」

また、犬成刑事の携帯電話に電話がかかってきた。

「……はい……私も参りましょうか?……はい。幕ノ虎関はここにいます。ずっと付きっきりで、外にも出ていません。はい……じゃあ私は引き続きここで待機します……はい、よろしくお願いします……」

といった声が断片的に聞こえてきた。

＊

重大な連続殺人事件として警察が捜査人員を倍増して捜査態勢を強化したにもかかわらず、力士連続殺害事件は止《や》むことがなかった。

五月場所五日目の木曜日、幕ノ虎と対戦予定の龍悦《りゅうえつ》部屋の呉耐海《くれたいかい》（二十二歳＝本名呉《くれ》剛一《ごういち》、前頭七枚目）が、港区の神崎埠頭《かんざきふとう》で水死体として発見される。警察は、事故・自殺・他殺の三つの可能性があるとみて、捜査を開始した。幕ノ虎は不戦勝で五勝目をあげた。

五月場所六日目の金曜日、幕ノ虎と対戦予定の龍悦部屋の青栃樹《あおとちぎ》（二十三歳＝本名栃《とち》木繁男《ぎしげお》、前頭六枚目）が、港区の下崎《しもざき》埠頭の倉庫で服毒死体として発見される。死因は、そばに落ちていた水筒に入っていた飲み物に混ぜられた青酸カリを飲んだことによると推定される。警察は自殺・他殺両方の可能性があるとみて捜査を始めた。幕ノ虎は不戦勝で六勝目をあげた。

五月場所七日目の土曜日、幕ノ虎と対戦予定の至勢《しせい》部屋の囲勢山《いせいやま》（二十七歳＝本名南《みなみ》田敏夫《だとしお》、前頭五枚目）が、世田谷区の路上で射殺死体として発見される。死因は、何者かに至近距離から拳銃で胸部を撃たれたことによるもので、出血多量でほぼ即死した模様。警察は他殺事件として捜査を始めた。幕ノ虎は不戦勝で七勝目をあげた。

五月場所八日目の日曜日、幕ノ虎と対戦予定の麓六部屋の巨魁来《きょかいらい》（二十五歳＝本名小《こ》枝敦志《えだあつし》、前頭四枚目）が、世田谷区の路上で焼死体として発見される。何者かに殴られた上、ガソリンをかけられて火をつけられた模様。警察は他殺事件として捜査を始めた。幕ノ虎は不戦勝で八勝目をあげた。

警察は相撲協会に、次の被害者を出さないために、前もって取組の予定相手を発表しないよう要請したが、慣例に反するとして相撲協会は、その要請を拒否した。

五月場所中日の晩、千代楽部屋では、幕ノ虎の勝ち越しを祝うささやかな祝宴が開かれた。

「この状況ではお祝いというのはちょっと不謹慎だけど」聡子が手の杯をマークのもつ杯にカチンとぶつけて言った。「とにかく成績だけでみれば、マークは、一敗のわが暁大陸をぬき、無敗の熹褒龍と並んでトップよ。このまま絶対優勝してね、できれば全勝で」

「オー、ワタシ、Aトリマス」とマークもこたえた。

その場にいた御前山は、もったいぶった声で、「私が幕ノ虎関の対戦相手になって狙われれば、たちどころに犯人をとらえてしんぜるところなのですがね」と言った。「残念ながら、私は、幕ノ虎関と同部屋なので、対戦のしようがない」

「万年幕下、そもそも幕内の力士が幕下と対戦するわけないでしょ」素《そ》っ気《け》ない声で聡子が言い返した。「取組するのに、番付が離れすぎてるでしょ」

「聡子、こんなやつの相手になるんじゃない」親方が不機嫌そうに言う。

「ごめんなさい」

＊

五月場所九日目の月曜日、幕ノ虎と対戦予定の鷹顎部屋の破天荒《はてんこう》（二十五歳＝本名法正守《ほうしょうまもる》、前頭十二枚目）が、世田谷区の路上で感電死体として発見される。何者かにしばられて動けなくされた上、高圧電流を身体に流された模様。警察は他殺事件として捜査を始めた。幕ノ虎は不戦勝で九勝目をあげた。

五月場所十日目の火曜日、幕ノ虎と対戦予定の縄串《なわぐし》部屋の華菖蒲《はなしょうぶ》（二十四歳＝本名花満大輔《はなみつだいすけ》、前頭三枚目）が、立川市の雑木林で、全身を雀蜂《すずめばち》に刺され全裸で死亡しているのが発見された。検死解剖の結果、華菖蒲は睡眠薬を飲まされ、全身に蜂蜜を塗られていたことが判明したことから、警察は他殺事件として捜査を始めた。幕ノ虎は不戦勝で十勝目をあげた。

五月場所十一日目の水曜日、幕ノ虎と対戦予定の鷹顎部屋の猪獅子《いのしし》（二十四歳＝本名猪木五郎、前頭九枚目）が、港区の神崎埠頭の冷凍倉庫で凍死体として発見された。猪獅子は、何者かに身体をしばられ、動けなくされて、冷凍倉庫に閉じ込められ、そのまま凍死した模様。警察は他殺事件として捜査を始めた。幕ノ虎は不戦勝で十一勝目をあげた。

五月場所十二日目の木曜日、幕ノ虎と対戦予定の大滝葉《おおたきは》部屋の滝打錦《たきうちにしき》（三十二歳＝本名滝田真実《まさみ》、前頭筆頭）が、板橋区高島平《たかしまだいら》の高層マンションの下で血を流して倒れているところを発見された。滝打錦は頭を強く打っていて、すぐに病院に運ばれたが間もなく死亡が確認された。現場検証の結果、滝打錦は同マンションの屋上から墜落した模様。警察は、事故・自殺・他殺の三つの可能性があるとみて、捜査を開始した。幕ノ虎は不戦勝で十二勝目をあげた。

五月場所十三日目の金曜日、幕ノ虎と対戦予定の鷹顎部屋の葡萄錦《ぶどうにしき》（二十歳＝本名アンガス・ハミルトン、小結）が、世田谷区の路上に駐車している車中でぐったりしているところを通りがかりの者に発見された。すぐにかけつけた救急車で病院に運ばれたが、死亡しているのが確認された。死因は一酸化炭素中毒によるもので、頭部に殴打傷があり、両手首に縄のようなものでしばられた傷痕があることから、警察は他殺とみて捜査を始めた。幕ノ虎は不戦勝で十三勝目をあげた。

五月場所十四日目の土曜日、幕ノ虎と対戦予定が組まれた大拙《だいせつ》部屋の桃栗山《ももくりやま》（二十五歳＝本名実末《じつすえ》桃太郎、関脇）が、幕ノ虎との対戦が組まれたことに抗議するため、相撲協会に赴いた途中、路上で車に撥《は》ねられて死亡した。警察は轢《ひ》き逃げ事件として捜査を始めた。幕ノ虎は不戦勝で十四勝目をあげた。

＊

そして五月場所の千秋楽がやって来た。今日の取組は、麓六部屋の横綱・憙褒龍と、幕ノ虎となっている。両者ともこれまで無敗の十四勝零敗、勝った方が全勝優勝を飾ることになる、結びの大一番である。

既に千代楽部屋に詰める警察関係者の人員は、相当数にまで膨れ上がっていた。そして門の前には、報道関係の車が群れをなしている。

午後三時になって、ものものしい警護に守られて、幕ノ虎を乗せた車が国技館へと向かった。その前後は、警察の車両が固め、路上では一般の車両が到底近づけない厳重な警備体制が敷かれていた。

千代楽部屋の門の近くで、車に乗った聡子は、また、至近距離で隠れてカメラのシャッターを切る音を聞いたような気がした。

(誰かいる……?)

急いで振り返ったとき、道の上をカメラを手に逃げていく男の姿を聡子は発見した。

「あれ……!」

独りだけでその男を追うのは危険であると判断した聡子は、この十日あまり生活をともにして親しくなった犬成刑事の袖《そで》を引っ張った。

「いま不審な男がそっちに走っていきました……」

「あれか!」犬成刑事は、路上を走っていく男が角を曲がる姿を目でとらえた。「よし、追ってみよう!」

「あたしも行きます!」

犬成刑事と聡子は、一緒にダッと駆けだした。鍛えられた刑事の体力にさすがにかなわないが、聡子の脚力もさほど負けてはいない。男が消えた角まで来たときに、その男がまた向こうの角を左に曲がっている姿を聡子はとらえた。

「待て!」犬成刑事が、そう叫び、後を追う。聡子もその後を懸命に走る。

次の通りに出てから、犬成刑事は、左手の信号の方角に走って行った。

聡子もその後を追おうとしたが、視界の端に、怪しい人影がちらりと動いたように感じて、振り返った。

(……あれ?)

聡子は、そこに見える敷地と建物に見覚えがあるのに気づいた。表札を見てみると、麓六部屋とある。

(横綱の憙褒龍がいる麓六部屋だ)

怪しい人影は、その麓六部屋の中に入り込んだように見えた。

門のそばに人がいないのを確認してから、聡子は、ゆっくりとその敷地に足を踏み入れた。

建物の玄関のところに人が現れたので、聡子は慌てて、近くの茂みに身を潜めた。

玄関のあたりは、人の出入りが激しいらしく、うかつに近づけない。聡子は茂みづたいに、建物の奥の方にそっと進んで行った。

庭の方でも、見習いの力士らしい大男が掃き掃除をしているようだ。

茂みに身を隠した聡子がふと建物の上を見上げると、二階のベランダに物干し台が置いてあるのが見えた。

(あれ……!)

聡子は、そこに見覚えのあるものが掛けられているのを見て、息を呑《の》んだ。

それは、紛《まご》うかたない、マークの白まわしである。例の地方巡業に行ったときに、マークがなくしたと騒いでいたものだ。

（あれがなんで……？）

（こんなところに……？）

見回すと、ちょうどそのベランダのところに太い枝が突き出た楠《くすのき》が生えている。

聡子は、周りに人がいないのを確認してから、その楠にとりつき、その幹を昇り始めた。

枝分かれしたところまで登って一休みし、それから張り出した枝づたいにそろそろと聡子は、目指すベランダの方へ近づいた。充分近づいたところで、思い切って枝からベランダの方へジャンプする。どしんという音がたったのでびくっとしたが、無事にベランダの内側に着地することができた。

ベランダの物干し台に掛けてあるのは、近くで確認してみても、やはりマークがつけていたまわしだ。

「どうしてここにこんなものが……？」

歩みを進めて、ベランダに面したガラス戸に手をかけてみると、鍵は掛かっておらず、すっと横に開いた。

「うっ！」

部屋の中に入るなり、聡子は絶句した。

その部屋は、壁全面にわたって、マーク・ハイダウェーを撮った写真が貼られていた。

相撲で活躍している写真から、隠し撮りしたとおぼしき、日常生活をうつしたものまで、その数は厖大《ぼうだい》だ。それを見るなり、聡子は、頭をガツンと殴られたような感覚を覚えた。その枚数は到底勘定する気にはならないが、数百枚は下らないだろう。

「なに、これは？」

その写真の中には、そばにいた聡子が写っているものがいくつもあった。しかし、常に写真の中央にはマークがいて、撮影の目的が聡子でなくマークなのは明らかだ。

（もしかして……？）

（最近あたしの周りに出没していた、怪しい撮影者って……？）

（この部屋の……住人？）

（あたしじゃなくて、マークが目当てだった？）

その部屋の机の上には、いくつかの優勝トロフィーが置かれている。

そのトロフィーには『優勝　第××代横綱　憙褒龍』と書かれている。

（憙褒龍……？）

（ここは、あの横綱・憙褒龍の部屋……!?）

ぐらり、と聡子は自分のたっている世界が揺れたように感じた。

彼女は、先日の地方巡業のときに、わざわざ憙褒龍の部屋側から、千代楽部屋に対戦相手を変えてほしいと申し入れがあったのを思い出した。

（あれは……？）

（憙褒龍の方から？）

（マークと対戦したいために？）

彼女はまた、土俵でマークとがっぷり組んだときの、憙褒龍の、顔を真っ赤にして鼻の穴をふくらませた表情を思い出した。

（あのとき……!?）

（憙褒龍が赤くなっていたのは……!?）

（性的に興奮していたせい!?）

（憙褒龍は……!?）

（マークが好きだった……!?）

（えっ!?）

（ひょっとして……!?）

（この連続殺人も……!?）

聡子の頭の中に、今度の力士連続殺害事件のおぞましい真相の推測が浮かんだ。

（憙褒龍は……マークと対戦したいがために……!?）

（そして他の力士をマークと対戦させたくないために……!?）

（この殺人を……!?）

我知らず、聡子の口から悲鳴が洩《も》れ出た。

そしてまた、聡子は、今日の千秋楽の取組が、マークと憙褒龍であることを思い出した。

「マーク……マーク!?」

自分が不法に侵入した者であることも忘れて、彼女は廊下に飛びだした。

「マーク……マークが危ない……！　助けなきゃ……！」

「誰だ？」

聡子の声を聞きつけて、廊下に麓六部屋の力士らしい人物が現れた。

「おまえ、誰だ？　どうやってここに？」

その力士の出てきた部屋からテレビ中継の音が洩れている。相撲中継をやっている最中で、ちょうど幕ノ虎と嘉褒龍の結びの一番が始まったところであるらしい。

聡子は、思わず、そのテレビの前に走り込んだ。《両者がっぷり四つに組みました……！》

興奮したアナウンサーの声が、テレビから聞こえてくる。

《両者、一歩も譲りません。優勝決定の大一番にふさわしい、熱の入った相撲になりました》

聡子が目を見開くと、テレビの画面には、堂々たる体軀《たいく》の横綱・嘉褒龍にがっしりとつかまれたマークがきつく締め上げられている光景がうつっていた。マークは苦しそうに顔をしかめている。一方の嘉褒龍は、顔を真っ赤にし、嬉しそうににやけた顔つきをして、ますます強く両腕でマークを締め上げている。

「マーク！　マーク！　そいつが犯人なのよ！」

届かないと知りつつも、聡子は、テレビに映っているマークに向かって声を張り上げた。

「はやく逃げなさい！　そこから！」

「何だ、おまえ！」と麓六部屋の力士が聡子の肩をつかんだ。

「警察を」振り向いて聡子は真剣な表情で言った。「警察を呼んでください」

聡子はポーチにいれた携帯電話を取り出し、教えてもらった犬成刑事の番号を押した。

「犬成さん……すぐに来てください。近くの麓六部屋にいます。事件の犯人がわかったんです……！」

＊

聡子の電話を受けて急行した犬成刑事によって、聡子は無事に保護された。

聡子の告発を受けて憙褒龍の部屋を調査した警察は、連続殺害事件の被害者の血痕や遺留品をいくつも発見した。憙褒龍が力士連続殺害事件の犯人と断定され、彼は迅速《じんそく》に逮捕された。自供によって、麓六部屋の見習い力士一人と憙褒龍の付け人二人もまた、憙褒龍の指示を受けて殺人に協力していることが判明し、逮捕された。殺人の動機は、聡子が推定したとおり、千代楽部屋に属する幕ノ虎ことマークに懸想《けそう》した憙褒龍の、嫉《しっ》妬《と》心が爆発したことによるものだった。麓六親方に訊ねたところでは、先の地方巡業の際に、憙褒龍の対戦相手が幕ノ虎に変更された経緯はあずかり知らず、憙褒龍が独断で決めて自分の付け人を使いにやらせていたことが判明した。

千秋楽の戦いで憙褒龍に締めつけられたマークは、肋骨《ろっこつ》を折られて敗北し、入院することになった。五月場所は全勝で憙褒龍が優勝の栄冠をかちとり、彼はそのまま拘置所に直行することになった。

見舞いにきた聡子にマークは泣き顔で、

「オー。サトコサン。マケテクヤシイデス」と真顔で訴えかけるように語った。「ツギコソ、カチマス。トムライカッセンデス……」

事件の事後処理がひと通り片づいてから、犯人逮捕に多大な貢献をなした聡子に感謝の意を示すために、犬成刑事は単身、千代楽部屋を訪ねてきた。

「今度の事件解決の最大の立役者は間違いなく聡子さん、あなたです。あなたの洞察がなければ、事件解決はもっと長引いたことでしょう」

「そんな、たまたまですよ」聡子は照れ笑いを浮かべて言った。

「捜査の結果、憙褒龍は以前から同性愛の傾向があったらしく、同部屋の力士や付け人とも性愛関係があったという証言が得られています。しかし、そんなことのために十四人もの力士を殺害するとは……ちょっと考えられない事件でしたねぇ」

「あの部屋に入った途端、背筋《せすじ》がぞくっとしました。あんな感覚を得たのは、あのときが初めてです」

「犯行が複数の人物によって行なわれていたために、警察も裏をかかれてしまいました。どれか一つの事件でアリバイがあった関係者を、容疑から除外していたんです……」

「それにしても、よく警察の目をかいくぐって十四人もの力士たちを……」

「ええ、まったくです。とにかく、現役の力士というのは、手ごわい相手でした。対戦予定の相手を警護していたのに、裏をかかれたり、背後から殴られたりして負傷者も大勢出ました。捜査を担当した刑事は三人も辞表を書かされましたよ。

それに、あの熹褒龍は部屋を越えて、力士の間に同嗜好《しこう》の者たちの互助会的なネットワークをつくった中心人物らしいですな。被害者となった力士たちは、熹褒龍の呼び出しに応じて、護衛官の目を盗んで出かけるものだから、次々と横綱の魔の手にかけられていったようです。

しかし、どうして熹褒龍は、十四人もの力士を排除する必要があったんでしょう？　幕ノ虎関と対戦したいなら、待っていてもそのうち機会がめぐってきたでしょうに」

「それは、横綱の嫉妬深さゆえだと思います。彼は、他の力士が、国技館でマークと取組といえども、抱き合うことが許せなかったんでしょう」

「でも……」

「それに、マークは幕内に上がったとは言え、前頭では一番下の位置でした。その位置だと普通は、横綱との対戦はありません。横綱が対戦するのは、番付が上の力士だけですから。ですけど、下位の番付にいる力士でも、成績が優秀で優勝を争っているなら、上位の横綱・大関との取組がまわってくる可能性があります。相撲の規則として、取組が決まってから対戦ができなくなった場合には、その力士は不戦敗になるというきまりがあります。熹褒龍は、取組が決まった相手を抹殺《まっさつ》してマークに不戦勝をつけることで、彼の成績を優秀なものにし、勝ち続ける自分との対戦が組まれるように仕組んだのだと思います」

「そんなことをもくろんでいたのですか？　自分は相撲に通じていないので、そんなならわしがあることさえ知りませんでした」

「あたしにとっても、相撲の世界は、窺《うかが》い知れない部分がとても大きいです……」

首を振りながら、聡子はそう言った。

「しかし、今回の事件では、あんな横綱に狙われた幕ノ虎関も気の毒でしたな。彼は、この事件のことは、なんと言っているんです？」

「たしかこう言ってました。『スモー、イッパイヒトシニマス。スモー、イノチノヤリトリダト、ニホンニキテマナビマシタ』」

「は、はあ……」どう返答してよいか決めかねて、犬成刑事は目を白黒させていた。

それに続けてマークの言った言葉を、聡子は口にしなかった。

（サトコ、マモルタメ、スモウ、ツヅケマス……）

思い出すと胸がきゅんとするその言葉を、自分の心のひきだしに大事にしまっておこうと聡子は思った。

第四話

女人禁制の密室

鞄《かばん》をぶらぶらと前後にゆらしながら、聡子《さとこ》は自宅の千代楽《ちよらく》部屋に帰ってきた。

「あーあ。マークがいないとつまんないなあ」

誰に言うとでもなく、そんな言葉が彼女の口から洩《も》れてくる。

今週の日曜日から九月場所が始まっていたのだが、幕ノ虎《まくのとら》ことマークは、五月場所十四勝一敗の好成績で準優勝に輝いたものの、千秋楽の結びの一番で肋骨《ろっこつ》を折る重傷を負い、それ以降入院生活を送っている。そろそろ退院できるとの話を聞いているが、相撲の稽古を再開できるのは、まだまだ時間がかかるだろうと予想された。

聡子は土俵部屋のある建物の横を通って、自宅の建物に向かおうとした。その途中、庭に屈《かが》み込んで、地面になにやら文字を書いている力士がいた。力士にしては細身で、眼鏡《めがね》をかけた御前山《おまえやま》である。力士の形をした人形を二つ地面に並べていて、人形相撲で遊んでいるように見える。

彼は、聡子が近づいてくるのを見て眼鏡を直し、顔を上げた。

「おかえり。聡子くん」

聡子は、彼を見て、不快そうにむっと顔をしかめた。人形のようなものを二つ抱えた

御前山はさらに、

「今日は早いね。早引けかい？」と訊《き》いてくる。

「早引けかいじゃない。放課後のサークル活動がなければ、これくらいの時間に帰宅するの」

　頭の左右を桃色のリボンで結んでツインテールにしている聡子の髪形に目をやって、御前山は、

「なかなか可愛《かわい》いじゃないか。その髪形。なんと言ったかな、あの、逆立ちして、顔が下にあって、尾が二つに分かれている怪獣……」

「あなた、この可愛い女子高生をグドンの餌《えさ》に見立てるつもり？」

「なんですぐにわかる」

「やかましい、この万年幕下が」

「私を万年幕下と呼ぶのは正確さを欠いている。私は過去に序ノ口だったこともあれば、序二段、三段目だったこともある」

「要するに一度も幕下以上にあがれてないってことでしょう」

「しかし幕下に一万年もいたわけではないよ」

「大体あなた、うちの部屋に入って一体何年になる？　七年よ、七年。なのにいまだに関取にもなれず、鳴かず飛ばずのふんどしかつぎ。うちの部屋はね、鷹顎《たかあご》部屋や三杉岩《みすぎいわ》部屋のように大きなところじゃないの。出世できる見込みのない力士をいつまでも置いておけると思わない方がいいわよ。少しは相撲で勝つ方法を身につけたら？」

「聡子くん、君を呼び止めたのは、まさにそのことだよ。相撲の運動力学に関して第一人者を自認しているこの私が、おさおさ勝つ方法の研究を怠《おこた》っていたとお思いか。今日、勝利のメソッドとして、偉大な発見をしたことをまず最初に君に知らせたかったんだ。今までの相撲は因習に囚《とら》われ、非科学的で前近代的な世界に束縛されてきた。しかし、これからは相撲もサイエンスの時代だ。私は、サイエンティフィックな相撲の先駆者として、その名を歴史に刻まれるであろう」

「勝ってるなら、聞いてあげてもいいんだけど――あなた、昨日、おととい続けて負けたんじゃなかった？」

「昨日の段階では、私の理論にまだ未完成なところがあった。たった今、私は、この優秀な頭脳をもって、必勝無敗の相撲のメソッドを確立したんだよ。いまそのことを確認する実験をしていたところだ」

「実験？」

「これを見るがいい」

御前山が示したのは、庭の土に置いてある二体の人形だった。一つは赤いダルマ人形で、もう一つは、細身の変身ヒーロー人形だった。

「この二つの人形は、どちらもほぼ同じ重量をしている。秤《はかり》で計測して確認した。科学者たるもの、前提の確認を怠るわけにはいかないからね」

聡子は、呆《あき》れたようにため息をつき、「それで？」と訊いた。

「見るがいい」

御前山は、立っている変身ヒーロー人形をポンとはじいた。変身ヒーロー人形はパタンと、地面に倒れた。

「ふふ」満足気に微笑《ほほえ》んで、御前山は、聡子の方を見やった。聡子は、つまらなさそうにそっぽを向いている。

「次にこれだ」

そう言いながら、御前山は、ダルマの方をぽんと叩《たた》いた。ダルマは倒れそうになったが、すぐに起き上がった。

「これがどういうことかわかるか?」

「つまり?」

「同じ重量をもった物体なのに、一方は倒れやすく、もう一方は倒れそうになってもすぐに起き上がる。君にはその秘密がわかるか?」

聡子は、無言で御前山を睨《にら》みつけた。

「この秘密は重心にある。このダルマの方が、重心がずっと低いところにある。だから倒れにくい。わかるか、この原理を適用すれば、相撲とりは、重心が低ければ低いほど倒れにくいことになる。体重が重いものが勝つのではなく、重心を低くしたものが勝つ

——偉大な発見だと思わないか?」

「あなた、今頃そんなことに気づいたのっ!?」聡子が爪先で地面を蹴《け》ると、少量の土が舞い上がった。

「これに気づいたからには、もうこの私に敵はないよ。まあ大船に乗ったつもりで、明

日の取組を見ていてくれたまえ。ハッハッハッ」

そう言って高笑いする御前山を呆れ顔で聡子は見つめた。

＊

翌日の水曜日の朝、創立記念日で学校が休みである聡子は、母親から自分の代わりに国技館に行って、支度部屋に荷物を届けるよう頼まれた。

「すまないんだけど、今日どうしても外《はず》せない用事ができちゃってねぇ」

「今日、遊びに行こうと思ってたんだけどなあ。まあいいわ。その代わりお小遣い、はずんでね」

「まったく、この子はちゃっかりしてるんだから――。でも、なかなか出世しない力士を抱えているうちの部屋の財政では、あまりあなたのお小遣いをアップする余裕もなくってねぇ」

「やっぱり御前山ね――こいつが悪いんじゃん」そう言って聡子は近くに立っている御前山を指さした。

「まあ国技館に行けば、相撲もただで観戦できるでしょう」

「幕下の取組なんか観戦しても全然面白くないわよ」

「まあそう言わないで」

横で話を聞いていた御前山が、口を挟んできた。

「ちょうどいいじゃないか、聡子くん。私の勝利の晴れ舞台を君にお届けしよう」

「ますます見とうないわ」

そう口を尖《とが》らせながらも、聡子は、午前中から国技館に行くことになった。

＊

本場所が開催されている国技館の座席が埋まり始めるのは、幕内力士が取組を始める午後四時頃からである。取組自体は、朝から、序ノ口、序二段、三段目、幕下、十両の順で行なわれている。

幕下の御前山の取組が行なわれたのは、午後一時過ぎの時間である。幕下の取組を見に来ている客はごく少なく、客席は閑散としている。観戦しているのは、よほど熱心な相撲ファンか、相撲の関係者だけに限られている。

聡子はつまらなさそうな顔をして、ポップコーンを頬《ほお》ばりながら、中段の席で観戦していた。呼出が「ひがぁし、おまえやま〜」と御前山の登場を告げた。

土俵に登った御前山は、軽く塩をまいてから、ぐるりと客席の方を見回した。そして、聡子の姿を認めると、にやりと笑ってVサインを送った。

「あいつ……」

恥ずかしくなって、聡子は、持っていた雑誌で顔を隠した。御前山は得意げな顔で、四股《しこ》を踏んでいる。

行司が両力士に見合うよう軍配をかざした。

御前山の体勢は、いつもより顔を沈め、腰を低くしている。どうやら本気で重心を低くしようとしているようだ。

見合っているうちに、御前山はますます体勢を下げて、腹がほとんど土俵につきそうになるまでになった。

「もう、身体《からだ》さげすぎよ……」と聡子はつぶやいた。

「八卦《はっけ》よい、のこった！」

行司が開戦の合図を送ると同時に、身体を下げすぎた御前山は、相手と組むより先に、前のめりに倒れてしまった。腕で身体を支える前に、膝《ひざ》が土俵についてしまった。軍配は、対戦相手の廓山《くるわやま》にあがった。

「ぶうっ！」聡子は思わず、きりきりと歯を噛《か》みしめた。

「くるわやま〜」と行司の声が響く。

「ただいまの決まり手は、『つきひざ』。『つきひざ』で廓山の勝ち」との場内アナウンスが流れる。

「つきひざ？　その決まり手は、なに!?」

席から立ち上がって、聡子はそう叫んだ。

＊

その後、電車に乗って千代楽部屋に聡子は戻ってきた。門を入ると、また御前山が、庭で屈み込んで何やら地面に線を引いているのが見えた。

聡子は、御前山の尻を後ろから蹴り上げた。

「もうっ！」

御前山はびくっとして飛び跳《は》ねた後、後ろを向いた。

「なによ、あのぶざまな負けざまは。相手と取り組まないうちに、自滅するなんて」

御前山は、人指し指をたてて、チッチッと舌打ちした。

「ノー・プロブレム」

「なにがノー・プロブレムよ」

「昨日の計算には少々誤りがあることが判明した。重心が低いほどよいというのは、ダルマや起き上がりこぼしにならあてはまるのだが、相撲の取組はそもそも条件が違う。わかるかな？」

「そんなこと、初めからわかってます」

「一つ君に問題を出そう。綱引きをしたとき、重心を低くしているのと高くしているのとでやりあったら、どちらが勝つと思う？」

「そりゃ低い方でしょ」

それを聞いて御前山は、得意そうな笑みを満面に浮かべた。

「そう思うだろう。ところが違うんだな。先ほど読んだ科学入門書に書いてあった。重心が高い方が勝つんだ。その理由は、高い方が垂直抗力が大きくなるからなんだ。その分だけ、地面の摩擦抵抗も増すことになる」

「だから、何？」

「むしろ重心は高くして取組に臨めばいいということだ。その方がそれだけ垂直抗力が増すんだからね。重心が低い方がいいという迷信に囚われていた連中は、この私の戦法の前にはひとたまりもあるまい。ハッハッハッ」

「一生やってなさい、じゃあね」

そう言って聡子はそっぽを向き、すたすたと自室のある生活棟の方に歩いて行った。

＊

その翌日の夕食の席には、聡子と父母の他に、御前山も同席していた。千代楽親方が、御前山を招待したからである。

「よろしいんですか、私なんかがお相伴《しょうばん》に与《あず》かって……」

「まあ飲め」

千代楽親方が、御前山にビールを注いでやる。

「はっ、ありがたくいただきます」

「ところで御前山、おまえ、この部屋に入門して何年になる？」

「ヒィ、フゥ、ミィと……七年目ですか……」

「それで現在幕下か。今場所の星取りはどうなっている？」

「零勝三敗よ」と聡子がかわりにこたえた。「幕下の場所は七日間、あと一敗で負け越しが決まる。今場所も勝ち越しは望めそうもないわね」

「なにを言う……聡子くん」御前山は、強がってみせようとしてか、ぎっと聡子を睨みつけた。

「うちの部屋の財政事情が豊かでないのは、おまえも知っておろう。幸い幕ノ虎という有望力士を得て、順調に出世してくれたから、一息つけるようになったが、まだ先々場所の怪我《けが》が癒《い》えない。ここしばらくは、あいつの取組が期待できず、あいつの入院費用も負担しなくちゃいけない。要するに、うちの部屋も人件費削減が必要になってきているということだ」

「なるほど。この不景気の折ですからね」

「そこでだ、そのリストラ対象としてわが部屋で真っ先に名前があがってきているのが、……誰だかわかるかね？」

「さて。賄《まかな》いの八千代《やちよ》さんですかね？」

「おまえだ、おまえ」

「は？」

「これ以上うちには、上にあがる見込みのない力士を飼っておく余裕はないということだ」

「そんな……。私は栃木県きっての俊英といわれ、村では未来の大横綱としてもっとも将来を嘱望《しょくぼう》されている逸材ですよ。ここで私を手放せば、親方、最大の損失として一生後悔することになりますよ」

「そういう能書きは勝ってから言うことだ――大体、角界には村相撲で一番になったやつなんて、掃《は》いて捨てるほどいるんだ。とにかく、幾ばくかの猶予期間は与えるが、成績向上がないかぎり、じきにおまえの居場所はなくなると思え」

「そんな……」御前山は、助け船を求める眼差《まなざ》しを聡子に送った。

聡子はついと横を向いて御前山と目を合わせるのを避けた。

「あたしもお父さんに賛成。うちの部屋に穀潰《ごくつぶ》しは要《い》らないわ」

しばらく気まずい沈黙が流れたので、親方夫人が気を回したのか、口を開けて別の話題を持ち出した。

「そう言えば、ずっと建造中だったD県の新・国技館が完成したそうね」

D県といえば、首都移転の候補地に名乗りをあげ、県をあげて県庁所在地を新首都にしようと大規模な都市整備をやっている県である。

「おお？　もうできたのか」親方が耳をそばだてた。

D県の新・国技館のことは、聡子も耳にしていた。来年からは、そこでも年に一回大相撲の本場所が開催される予定であるという。

「うちの部屋もそこでとることになるわけだし、今のうちに、下見に行っておいた方がいいな……」

「ねえ、D県と言えば、有名な温泉があったでしょう。そこの旅行も兼ねてなら、私、下見に行ってもいいよ」と聡子が言った。「リュウマチに効く温泉があるそうだから、リュウマチもちのお母さんの治療にもなるでしょう。お母さんと一緒に湯浴《ゆあ》みを兼ねて下見に行くって計画。ねえ、どうかしら？」

「ふむ、それもいいかもしれんな」

「そうと決まれば早い方がいいわ。今度の週末とか、どうかしら？」

「しかしまだ今週は、場所中だろう。それに、あのあたり、鉄道が整備されていないし、行くとしたら、自動車が要るぞ。私が運転するわけにもいかんし」

「じゃあ御前山、あなた、運転手やってよ。あなたも一応運転免許は持ってるそうだから」

原則として力士は運転しないことになっているが、関取になっていない御前山は時々自分で車を運転することがあるのを聡子は知っていた。

「えっ、私が？　まだ場所中ですよ」

「一日休んで不戦敗がついても、あなたなら大差ないでしょ」

「そうだな」と親方も賛意を示した。「おまえなら大差ない。日曜日になる前に負け越しは決まってるだろうし。御前山、娘と佳代子を連れて、新・国技館とD市の温泉に連れてってやれ」

「私に場所を休んで運転手をやれってことですか……」

「そうだ。そういうことを受け持つなら、おまえの処遇について温情を挟まなくもないぞ」

「しかし、私はまだ負け越しが決まったわけではありません。明日から全勝すれば、まだ優勝の可能性だって残されています」

「四勝三敗の星で優勝した幕下なんて過去にいたっけ？」

「明治以降の百年間でみれば、一人、二人はいたかもしれんが、要するにまだ勝ち越しの可能性があると言いたいのだろう。じゃあ明日の取組の結果で決めよう。明日おまえが負けて負け越しが決まったら、週末に運転手をやる。それでいいな？」

少し息を吸い込んで、御前山は頷《うなず》いた。「……わかりました」

「やった、これで週末の温泉旅行は決まりね」

聡子ははしゃいだ声をあげた。

＊

その翌日。

その日は校内行事のため午前中は授業がなかったので朝寝を満喫した聡子が、昼頃に階下に下りていくと、父親の千代楽親方が、難しそうな顔をしてテレビを見ているところだった。画面に流れていたのは、衛星放送の相撲中継だった。地上波では放映されていない幕下の取組の模様も、衛星放送では放映されている。聡子が画面を覗《のぞ》き込むと、ちょうど御前山の取組が始まるところだった。

塩をまいた御前山は、テレビ中継を意識したのか、カメラの方に目線をやって、手を軽くあげて微笑《ほほえ》んだ。それがまるで自分に向けられた仕種《しぐさ》のように感じた聡子は、「なにやってんだか」と呟《つぶや》いた。

一昨日と違い、御前山は、立ち合いのときから腰を浮かせ、重心を高くしていた。取組相手は、蛇錦《へびにしき》部屋の喝火山《かつかざん》だ。

「このあいだのたわごと、本気でやるつもり？」聡子が呟く。「本当に重心を高くしてるわ」

行司が軍配を振り、取組が始まった瞬間、重心の高い姿勢の御前山は、相手の力士に軽くひねるように投げられてしまった。

行司が喝火山に軍配をあげ、「喝火山」との声を発した。

「ただいまの決まり手は上手投げ」とのアナウンスが続いて聞こえる。

「予想どおりだ」と千代楽親方が呻《うめ》くように言った。「お灸《きゅう》をすえたのに、さっぱり効果が出ていないな。あれほど進歩と学習のないやつも珍しい」

「四敗したから、これで今場所の負け越しが決まりね。ついでに温泉旅行の運転手も決まり、ね」

聡子はそう言ってにこっと微笑んだ。

＊

御前山がハンドルを握る乗用車は、景色のよい緑の山岳地帯を通り過ぎた。やがて見えてきたのは、山を切り開いてつくられた、人工的な未来都市めいた一帯である。シャープなデザインの建物が、幾何学模様を描くかのように規則正しく配列されていて、あまり生活の匂いを感じさせない。D県の県庁所在地であるD市は、先頃大合併をして市域をひろげ、中心市街地から外れた広大な未開発区域に、計画的な文化都市を建造している。新・国技館の建設もその一環であった。

そのD市の計画文化都市エリアは、入れ物だけをつくって、住む人のことがどこかに置き忘れられている――そんな印象を与える。立派に舗装され整備された高速道路なのに、その計画都市のエリアに入ってからは、ずっと車を走らせても、他の車がほとんど見られない。まるで自分たち専用の道路を走っているような気分にさせられる。

「整備はされてるんだけど、辺鄙《へんぴ》なところねえ」と聡子が感想を述べた。

出かける前に父親の千代楽親方から母親のことをよろしく頼むといわれたときに、幕ノ虎ことマークも、まだ傷は完治していないが退院して暇を持て余しているので、後で聡子たちを追いかけて行くかもしれないと告げられていた。

「マーク、最初から一緒に来ればよかったのになあ」

聡子は車中で、流れゆく周囲の景色をぼんやりと見ながらそう言った。

予約を入れた温泉宿についた三人は、広々とした駐車場に車を止め、周囲の美しい景観に目を楽しませた。予約をいれた宿は、計画都市がつくられる前からあったらしい、古い、和風の木造の鄙《ひな》びた建物で、近代都市の中にあってどこかちぐはぐな印象を与えている。宿に入り、広いフロントでチェックインの手続きをすませ、用意された部屋に入り荷物を置いて一服した。

宿の中にある、目当ての温泉を見にいくと、ひろびろとした湯船で、あまり客もいなさそうなので、聡子は結構満足して頷いた。

「これなら合格点をあげていいわね。わざわざ遠征してきた甲斐《かい》があるというもの」

部屋に戻ると聡子の母親は疲労を訴え、今日はもうどこにも動きたくないとのこと。ここで休んで、ゆっくり温泉に浸《つ》かりたいとの意向だった。

「わかった。じゃああたしは、御前山と新・国技館に行ってくるね」

聡子は、動きやすいTシャツに赤いカーディガンを羽織り、短いスカートに着替えた。それから、御前山の運転する車に乗って、完成したという新・国技館に行くことになった。

新・国技館は、宿から車を十五分ほど走らせたところで、その姿が見えてきた。広々とした空間に、東京の国技館をはるかに凌《しの》ぐ、その宏壮な建物が傲然《ごうぜん》とそびえたっている。しかしその建物の周りに人のにぎわう商店街や繁華街が見当たらないので、まるで死滅した都市の壮麗な墓みたいだという不吉な連想が聡子の頭に浮かんだ。

新・国技館に付随している駐車場もやはり広々としていて、ゆうに千台くらいは車を止められそうな広さなのだが、とまっている車は数台しか見当たらない。適当な場所に車を止め、御前山と聡子は、新・国技館の入口の方に向かった。

正面の入口に向かうと、入口そばの階段をのぼったところに、数人の人が集まっているのが見えた。二手にわかれて、何やら言い争っているように見える。

近づいていくと、言い争っているのは、三人ずつ男性と女性にきれいにわかれていた。女性たちの中には、抗議文を書いたタスキを身体に巻いている者がいて、何やら激しく抗議をしている様子である。三人の男性たちはいずれも背広にネクタイ姿で、女性たちをなだめている様子である。

その人々は、聡子と御前山が階段をのぼってくるのに気づくと、口論をやめ、振り向いた。

「あなたたちは?」赤いフレームの眼鏡をかけた細身の女性が、眉《まゆ》を顰《ひそ》めながら訊いた。

その女性が値踏みするように目を細めて聡子を見つめたので、聡子も相手を見返して、その容姿を観察した。フリルのレースをあしらったクリーム色のブラウスとクラシカルなひざ丈のスカートを着ている。栗色の髪の毛をアップにし、耳元でヴェネチアングラスとおぼしきイヤリングがゆれている。ダイエットのしすぎではないかと思えるほど、手足がひどく細い。

「新しい国技館を見学に来たものです。私は千代楽部屋の千代楽親方の娘の崎守《さきもり》聡子という者です――」と聡子がこたえた。

「千代楽部屋？　あの『トラチャン』って力士のいる？」

「そうです。『トラチャン』こと幕ノ虎のいる千代楽部屋です。大関の暁大陸《ぎょうたいりく》もいます。こちら、その部屋の御前山です」と言って聡子は、隣りの御前山を紹介した。

「御前山？　知らないわねぇ」

眼鏡をかけた女性がそう言うと、その隣りにいたタスキを巻いた女性も「知らない、知らない」と相槌《あいづち》を打った。

「まだ関取じゃありませんから……」と聡子は笑顔でこたえたが、自分のことは棚にあげて、内心、その女性たちの失礼なもの言いにむっとしていた。

タスキを巻いた女性は、ゆるくウェーブのかかった肩下まである黒髪をしていた。繊細な薔薇《ばら》模様をあしらった薄紅色のワンピースがグラマラスな身体によく似合っている。目鼻だちのくっきりした、まだ二十歳代半ばに見える女性だ。

「そんなの、知るわけないわよねえ……」などとその女性は口走っている。

「御前山じゃありませんか。私は存じていますよ」

もう一人の人物がそう言ったので、聡子と御前山はちょっと驚いてそちらを見た。

よく見ると、そこには、テレビや雑誌などでよく見かける、見覚えのある人物がいた。

「あの、ひょっとして、串間《くしま》知事……さんでしょうか？」聡子は記憶にある名前を口に出した。「あのD県史上、初の女性知事になった？」

「串間です。よろしく」

自分の名前が知られていることにいかにも慣れた様子で、にこやかに微笑み、御前山と握手した。

D県史上初の女性知事に当選した串間知事は、テレビに出演する機会も多く、その顔は全国に広く知られていた。その宝塚歌劇団の男役のような容貌《ようぼう》と立ち居振る舞いで、女性たちに人気が高く、選挙のときには女性層の広汎《こうはん》な支持を得ていた。最近はダンディさにさらに磨きがかかったともっぱらの評判で、若い女性秘書の肩に手を回している姿が週刊誌の誌面を賑《にぎ》わしたばかりである。

細身のブルーのストライプのシャツの上に群青《ぐんじょう》色のパーカーを羽織り、しぶい焦茶《こげちゃ》色のゆったりしたズボンを穿《は》いている。服装がちょっとエキセントリックな取り合わせなのに、さりげない着こなしが何とも言えず似合っている。髪は短めで、背は高く、大柄で、声質も太かった。

「串間知事――お姿はテレビで何度も拝見しています」聡子は、知事の方に向かってお辞儀《じぎ》をした。

「申し遅れましたが、知事の秘書をつとめております、楡野《にれの》です」

そう言ってさきほど聡子たちに最初に声をかけた眼鏡の女性も挨拶《あいさつ》をした。

聡子はあらためてその女性を観察し、

「あっ。もしかして、知事と一緒にテレビにうつっていた人じゃないですか？　どこか外国に行ったときに？」

「この間の東南アジアの視察旅行のときのことでしょうね。私は、知事がどこに行くときも必ずおともさせていただいてますから」

その女性秘書の隣りにいた、タスキを巻いた女性が聡子と御前山に名刺を差し出した。

「D県の市民新聞の記者を務めている佐々間《さ さ ま》です。県内の女性問題評議会の会長も務めています。相撲界でみられる女性差別問題を記事で取り上げようと、知事とともに取材に来ました」

「はあ……」聡子は、名刺を受け取って気のない返事をかえした。

「で、なんでまだオープンもしていないこの国技館へいらしたの？」と楡野秘書が訊いてくる。

「来年から、うちの部屋も使うところですし、見学しておこうと思いまして――」

「でも、まだ来訪者が入れるようになってないわよ。ちょうど今日は神官が来て、清めの儀式をやっているところよ」

「清めの儀式？」

「この国技館の無事安全を祈る儀式ね。私たちは、その儀式のことで抗議に来ているんだけど――」

「抗議？　どういう抗議ですか？」

「もしかして神道《しんとう》の儀式が政教分離の原則に反している、とか――あるいはなにか政治的な問題でも絡《から》んでいるんですか？」横の御前山が眼鏡を直しながら言った。

「相撲協会のやることは、国の政策じゃないでしょ」と聡子が御前山に言った。

「そうじゃないわ」眼鏡の秘書がこたえる。「土俵に女性を上げてはいけないという不合理な規則があるのは、あなたもご存じでしょう？」

「ええ。父親が相撲部屋やってますから、それくらい知っています」

「今日行なわれている儀式では、土俵上に女性を決してあげないという誓いの祝詞《のりと》もあげられるの。そんな儀式をやらせては、またしても、この国技館も女性が土俵にのぼれないことになってしまう。私たち女性団体は、その不合理に抗議するために、串間知事にもご同行いただいて、ここに来ているのよ」

　楡野の言葉をついで佐々間は、聡子が気のない返事をかえしているのを意に介さず、言葉をまくしたてた。

「私どもは、相撲界の不合理に抗議するために参りました。来年Ｄ県で相撲の場所が開催されたときに、優勝した力士には当然知事賞も贈られることになります。しかし、今の規則では、知事であっても女性は土俵に上がれず、優勝力士を表彰することもできないわけです。男性知事ならそれができるのに、知事が女性なら代理人を土俵に送らなければならない。こんな不合理を許すことができますか？」

「それは……相撲界にはきまりや慣習がたくさんありますし……それに、力士は一番ゲンをかつぐものです」

「そんな不合理はあらためていくべきだと私は考えます」と串間知事は、明瞭な発声で言った。「わが県は、この新・国技館の建設に相当の資金を出資しているわけですから、その運営方針についても意見をはさめる立場かと存じます」

「串間知事は、私たちからすると、女性の立場にたって政治をすすめる改革の旗手なんです」と佐々間が言う。「既に県内に存在していた、いくつもの女性差別制度をあらため、また県内に残存する旧態依然たる、多くの女性差別問題を告発しています。前の知事の時代までは私たちは県政のありようを批判してずっと戦ってきました。私たちの新聞は旧式の男性政治家たちをずっと批判してきましたが、串間知事の代になってスタンスが変わりました。串間知事の姿勢には多くの女性層から支持と共感が寄せられています」

「串間知事」と横の御前山が口を挟んだ。「相撲というのは、元々神道とわかちがたく結びついていて、神に捧げる儀式として発祥したものです。伝統や慣習を否定しては、相撲は成り立ちません。土俵というのは、相撲の伝統では……」

「土俵は性別が女性とされているのね」と串間知事が言葉をついだ。「女性である土俵に人間の女性を乗せると、嫉妬《しっと》で土俵についた女性の神がお怒りになると言われている。だから、土俵には女性をあげてはいけないという慣習があるわけですね」

「おお、相撲のことに結構通じてらっしゃるんですね」と御前山が感心したように言った。

「そのくらい、勉強してますから」素《そ》っ気《け》なく知事がこたえた。

横の佐々間は目を大きく見開いて、知事に賛嘆の眼差しを送った。

「串間知事は、多くの方面について、かなりの勉強家でいらっしゃる」

背広を着た、銀縁《ぎんぶち》の眼鏡をかけた男が、相槌を打った。

聡子と御前山は、その発言をした男の方を向いた。青いストライプのネクタイを締めた、五十歳前後とみえる男性である。

「申し遅れましたが、この新・国技館の館長を務めることになっている吉田です」

「御前山です、千代楽部屋の」

「こちらは、いずれもこの館のスタッフを務める者たちです。佐藤君と鈴木君」

そう言って吉田は、脇の二人の男性を紹介した。二人とも、吉田よりは年が少し若く、ネクタイと背広を着て眼鏡をかけた謹厳実直そうな男たちである。

「どうも、よろしく」

吉田と名乗った男は、御前山と握手をかわしてから、串間知事の方を向いた。

「とにかく、串間知事。相撲の慣例は、私一人の判断で動かせるものではありません。今日のところはお引き取り下さい。慣習の変更に関しては、相撲協会全体の合意がないかぎり、なされようがありません」

「そんな硬直化した対応を続けていると」と佐々間が言う。「前時代の遺物として、相撲も国民から見離されますよ」

「伝統と格式を重んじるのが角界の美風ですから」

「ともかく、今日の対応に関しては、県として正式に抗議をさせていただくつもりです」居丈高《いたけだか》な口調で串間知事が言った。「よろしいですか？」

「ご随意に」

「行きましょう」そう宣して、串間知事は、くるりと身を翻《ひるがえ》した。

串間知事の後に、秘書の楡野と新聞記者の佐々間も従う。

「あのー」彼女たちの後を追いながら、聡子は訊《たず》ねる。「この新・国技館の中、入って見られないんですか？」

「まだ一般公開されてないですからね」と楡野がこたえる。

彼女たちはつかつかと歩を進めて、新・国技館の反対側の面に出た。

しばらく進んだところで佐々間が立ち止まったので、他の者も足を止めた。

「知事、知事」佐々間が国技館の裏手の面を指差して言う。「あそこに裏口があるみたいですね。あそこから中に入ってみませんか？　中で、儀式をやっている連中にも抗議を示しましょう」

「し、しかし……」

「知事の権限なら許されますよ」と言って佐々間が知事の手を引いた。「行きましょう」

「あ、お待ちください」と楡野もその後に従う。

聡子と御前山も彼女たちの後について行く。

国技館の裏手には、荷物の搬入に使われるとおぼしき、戸口があった。

佐々間がその戸をそっと押し開けて、中を覗いた。「真っ暗ですが……行けますよ。入ってみましょう」

「えっ、でも……」と楡野はためらっていたが、知事も続いて入っていったのを見て、「あっ、知事。お待ちください」と言って中に入って行った。

佐々間は、明かりをとろうとしてか、持っていた煙草《タバコ》を口にくわえて、ライターで火をつけようとした。

「だめよ、こんなところで煙草は」と知事がたしなめる。

「そうですか、すみません」注意を受けて佐々間はおとなしく煙草とライターをしまった。

三人がその入口から中に消えていくのを聡子はたたずんで見ていた。

「面白そう。あたしたちも行ってみましょう」と聡子が言うと、

「いや」と御前山は聡子の手首をつかんで首を振った。「こんな規則違反は好ましくない」

「D県知事がいるんだから平気よ」

御前山の手を振り払って、聡子も後に続いた。建物の中は、佐々間が言っていたとおり、明かりがともっておらず、薄暗い。

「おい！　戻ってこい！」

後ろから御前山が叫んでいるのが聞こえたが、聡子はかまわずに中に進んでいった。

＊

奥に進むにつれて、ますます暗さが増してきた。聡子は、弧を描いて左右にひろがる廊下に出て、どちらに進もうか迷った。足音のようなものが時折耳に入ってくるが、どちらの方角からくるのかはっきりしない。手元がようやく見えるほどの暗さなので、壁に手をついてそろそろと廊下沿いに左向きにしばらく進んだ。やがて、観戦席へ通じるとおぼしき大扉を見つけたので、それを押し開けた。

中は仄《ほの》かな明かりが差していて、外の廊下より少しは明るい。観客席はすり鉢状に中央に向かってさがっていて、おそらくその中央に土俵があるのだろうと思われた。客席と土俵の構造とつくりは、東京の国技館と同型だろうが、客席の広さや規模はより大きそうである。中央の、土俵があると思われる周辺がボーッと明るくなっているのが見え、そこに誰か人がいるらしいのがかすかにわかる。しかし、客席に明かりはなく、闇に包まれてほとんど視界が利《き》かない。

客席の中のどこかから、「ちじ……」と呼んでいる女性の声がかすかに聞こえたような気がした。その声はすぐにやみ、暗い客席エリアはしんと静まり返っている。

どうやら闇の中で、さきほど中にはいった女性たちも互いにはぐれてしまったように思える。

明かりの見える中央の土俵の方へ、聡子はゆっくりと進みだした。横の座席を手でつかみ、足元に気をつけながら、段差のついた階段を、慎重におりていく。視界が利かないので、非常にゆっくりした速度で移動しないと、足を踏み外してしまいそうになる。中央の土俵に近づくにつれて、明るさが増し、徐々に視界が利くようになってきた。

一段、また一段。土俵の明かりに魅せられたように、聡子はそろそろと歩みを進めていく。

やがて土俵の様子がかなりよく見える位置にまで下りてきた。

土俵上に、何かが横たわっているのが目に入ってくる。

白い装束をした人のようで、土俵上に寝そべっているようだ。

不審に思い、さらに近づいて聡子は、目を凝《こ》らした。

黒い烏帽子《えぼし》をかぶり、鶴と松の模様の入った白衣と半襦袢《じゅばん》を着て、白い足袋《たび》をつけ、正装した神官のようだ。そののびた右手の近くには、榊《さかき》の小枝に白い紙垂《しで》をつけた玉串《たまぐし》も落ちている。

ついに土俵の真下まで来たとき、聡子ははっきりと土俵上の様子を視認した。倒れているのは、神社の神官に間違いない。その首の周りに注連縄《しめなわ》がきつく巻かれ、顔は土色に変色し、白い目玉が飛びだしそうになり、口から涎《よだれ》が垂れている。見たかぎり、既に死んでいるように見える――何者かに絞め殺されたらしい。

「きゃあああ」

聡子は思わず、客席全体に響き渡るくらいの大きな悲鳴をあげた。

＊

聡子は持っていた携帯電話で警察に連絡し、すぐに警察と鑑識が急行した。国技館の中は、明るい光が灯《とも》された。

駆けつけてきた御前山は、土俵に横たわる神官の死体を見て、「なんと罰当《ばちあ》たりな……」と呟いた。「神聖な場所である土俵で、神聖な儀式をやっている最中に、尊ぶべき注連縄でしめ殺すとは――こんな冒瀆《ぼうとく》的な殺人、聞いたことがない……」

土俵で倒れていた人物は、監察医によってすぐに死亡が確認された。吉田館長の提供した情報によって、死体の身元もまたすぐに確認された。名前は樹村宗之介《きむらそうのすけ》、年齢は五十三歳、地方相撲では相撲の行司を務めることもある、近くの神社の神官である。今日は午後二時から四時まで土俵で清めの儀式をしているはずだった。

現場の指揮を任せられた大貫《おおぬき》警部補が、現場および現場近辺にいた関係者をただちに集めて訊問《じんもん》を開始した。その結果、事件の前後の経緯は大体次のようになることがわかった。

午後二時から三時までは、樹村宗之介は、国技館長とスタッフ、助手らと新・国技館の土俵で神事を行なった。その後、樹村が一人で儀式を行なう段取りとなり、午後三時に樹村以外は国技館から出て、客席の明かりも消された。そのときも土俵のところだけは、明かりが灯されていたそうだ。

串間知事ら三人の女性が、土俵の女性立ち入り禁止に抗議して、この国技館に現れたのが午後三時五分頃。国技館前の階段付近で、その後十分ほど館長らと押し問答になる。聡子と御前山がそこに現れたのが、ほぼ午後三時十五分。その後、抗議は一旦終了し、女性たちは帰るふりをして、後ろの裏口から国技館の中に侵入した。先頭の佐々間が館内に入ったのが、大体午後三時二十五分で、続けて串間知事、楡野秘書が入り、聡子が館に入ったのは、大体午後三時半だった。

そのとき御前山は、中に入らず、裏口のところで立っていた。じきにそこに立っている御前山に気づいた館長らがやって来て、御前山から、女性たちが館内に入ったことを聞いたのが、午後三時五十分。彼らが急いで中に入ってすぐ、入口そばのあたりで、聡子の悲鳴を聞いたという。樹村宗之介の死体を発見した聡子が悲鳴をあげたのがほぼ午後三時五十五分。こういう時間上の経緯となっていた。

樹村の死因は、注連縄で首を絞められたことによる窒息で、死亡推定時刻は午後三時半以降とされた。女性の力で絞殺することができるか、との疑問が出されたが、縄を首にかけて体重をかければ、充分可能であるというのが監察医の見解だった。

警察は到着してすぐ、国技館への出入口を封鎖し、中を隅々まで探索した。トイレから二階の控え部屋、関係者以外立ち入り禁止の部屋まで探索したが、人の姿は発見できなかった。中に立ち入れるのは、正面の玄関と裏口の二ヵ所だったが、事件当時玄関は錠が下ろされて封鎖され、吉田館長らがそばに待機していた。

国技館の二ヵ所の入口には、出入りする者を監視するカメラが設置されていた。オープン前だが、今日はその性能を試すために、たまたま録画機能が働いている日だった。そこにおさめられた、今日の録画をチェックしたところ、正面の玄関からは前述の儀式関係者以外の立ち入りは一切ないことが確認された。また、裏口からの出入りに関しては、二十四時間遡《さかのぼ》って調べたが、午後三時半頃に中に侵入した先述の女性たち以外の出入りは、一切見つからなかった。

警察が、今日の経緯を御前山に確認したところ、聡子の証言を裏付けた。御前山は、聡子が館内に入って以降ずっとその裏口のそばに立っていたと証言した。その場所は、監視カメラにもうつされていたので、御前山の証言に間違いがないことが確認された。そして聡子が中に入って二十分ほどした三時五十分頃に、館長らスタッフが御前山のところにやって来て、事情を聞き始めている様子も録画されていた。

以上の事情を調べあげた大貫警部補は、

「要するに、問題の樹村さんの死亡推定時刻に、館内にいたのは、四人の女性の方たちだけということになります」と要約した。「館長らが国技館を退場した午後三時の時点では、樹村宗之介さんが生きていたことは確かです。樹村宗之介さんが殺されたのは、死亡推定時刻からいっても、午後三時半以降の時間です。したがって、樹村さんを絞め殺す機会があったのは、そのとき国技館の中にいた四人の女性の方たちのみということになります」

聡子は、自分がその四人の容疑者の一人に勘定されているのを自覚して、歯を噛《か》みしめた。

いと思います」

「待ってください」と御前山が声をあげた。「この事件は、それほど簡単なものではな

「ほう。どういうことですかな?」

「さきほど私も、土俵上に倒れている樹村宗之介さんの死体を見ました。死体は土俵の真ん中に倒れていました」

「ええ、そのとおりです。それが何か?」

「つまり、犯人が樹村宗之介さんを絞め殺すのは、土俵の外からは無理だということです。世界一腕の長い人でも、土俵の外から土俵の中央にいる人を絞めることはできません。犯人は、土俵にのぼっていかないと、土俵中央にいる樹村さんを殺せません」

「ええ、それはそのとおりですな」

「そうすると、この事件は密室ということになります。これは不可能状況で起こった事件ですよ」

「え、何故《なぜ》ですか?」不意を衝《つ》かれて、大貫警部補は訊き返した。「別に土俵には誰でものぼれるようになってますし、塀もなにもないですよ」

「違います。館内にいたのは、女性だけです。女性は、土俵にのぼってはいけないというタブーがあるのはご存じでしょう。ですから、女性があの土俵にのぼれたはずがない。そうなると、この殺人は、不可能状況の密室事件ということになります」

御前山は、勿体《もったい》をつけるようにゆっくりとそう言った。

＊

「言ってみればこれは、〈女人禁制の密室〉というやつですな」御前山が、得意そうに言った。

「はて？」御前山の言《げん》が理解できず、大貫は腕を組んだ。「ああ、そういうタブーがあるのは私も存じています。しかし、殺人事件の犯人がそういうタブーを守るという保証はないでしょう。犯人が、相撲界の禁忌《きんき》を破って土俵に昇り、樹村宗之介さんを殺害した——そう考えてしかるべきでしょう。本官には、この事件が密室とか不可能状況とは到底思えませんな」

「しかし、土俵に女性がのぼってはいけないというのは、有史以来尊重されてきた重大な慣習であり、タブーですよ。殺人もタブーではありましょうが、有史以来そのタブーは無数に破られてきました。ですから、同じタブーでも重みが全然違うわけです。良識ある女性が殺人を犯すことはあっても、土俵にのぼることは、到底ありえません。有史以来尊重されてきた重みのあるタブーがバリアになっているからです。だから私はこの殺害現場となった土俵が〈女人禁制の密室〉になっていたと主張します」

「それはまあ、あなたの意見でしょう。相撲界に身を置く方にとっては、それだけ神聖なタブーなのかもしれませんが、ここにいる関係者の方全員がそういうタブーを尊重しているとは必ずしも限らないのです」コホンと咳《せき》払いをして大貫は、四人の女性たちの方を向いた。「お手数ですが、もう一度、この建物の中に入ってからのことをお聞かせ願えますかな？」

「私は」とまず佐々間が口を開いた。「真っ先に入ったんですが、中が真っ暗なので戸《と》惑《まど》いました。視界が利かないので、あっちにふらふらこっちにふらふらしているうちに、方向感覚がよくわからなくなりました。土俵の側が明るくなっていたのはわかっていたので、そっちに向かおうとしたんですが、座席にぶつかったり、躓《つまず》いたりしていました。そんなこんなでうろうろしているうちに、悲鳴が聞こえて、あの死体が見つかったことを知らされた次第です」

続いて二番目に中に入った串間知事が言った。

「私は、佐々間さんの後を付いていこうとしたのですが、彼女の動きが早かったので、すぐに見失ってしまいました。それであちらこちらと、暗い中を右往左往しているうちに、方向感覚がわからなくなってしまいました。やがて佐々間さんと同じく、例の悲鳴が聞こえたという次第です」

その次は、三番目に入った楡野秘書である。

「私は、知事のおそばに付いて行こうとしたのですが、私は強度の近眼で、眼鏡をかけていてもなかなか目が利かないため、知事がどっちに行ったかよくわからなくなりました。シートに蹴躓《けつまず》いたりして、よくわからないうちに、高いところに出たりしてました。客席で何回か知事を呼んだのですが、返事がありません。あちこちと探してうろうろしているうちに、あの悲鳴が聞こえました」

「あたしもたしかに、何回か『ちじ』と呼ぶ声を聞きました」と聡子が同意する。「あれはたぶん、闇の中で、榆野さんが串間知事を呼んでいた声だったんですね」

「それで崎守さんの動向はいかがでしたかな？」

「あたしも他の方たちと似たようなものです。中に入って、先に入った方たちの姿が見えないので、明かりの見える中央の土俵の方にそろそろと近づいていきました。そして、あの死体を発見したというわけです」

「ふうむ。そうすると、中に入ってからは、皆さん、バラバラにいたということになりますな。互いにアリバイを証明する者もいない。そうすると、この殺人も、誰もが均等になす機会があったということになりますな……」

「マッテクダサーイ」

聞き覚えのある声がしたので、聡子が振り向くと、そこにマーク・ハイダウェーの姿があった。胸部がふくれあがり、包帯がまかれているのがわかる。

「マーク!?　どうしてここへ……？」

「サトコノコト、シンパイデミニキマシタ……」

「身体はもういいの？」

「ダイジョーブデス。ライゲツニハスモートレマス」

「いま大変な事件が起こって、あたしも事件の関係者……っていうか容疑者の一人にされているの」

「ハナシ、イチブ、キキマシタ。モーイチドクワシクキカセテクダサイ」

マークは陽気そうにそう言った。聡子は、心のどこかで自分がホッとしているのを感じた。

*

聡子は、やって来たマークのために、事件の経緯を詳しく、英語をまじえて説明した。

「フム」マークは腕を組んで聡子の話に耳を傾けていた。

「ギョージ、ツナ、ヨコ、ハラレテ、コロサレタ。ヨコツナ、ココカラキタナマエデスカ？」

「この注連縄が横綱の名前の由来かって？　違うわよ。たしかに、注連縄を横にはられて行司が殺されたけど――」

「シメナワ？　ロープ・フォー・ストラグリング？」

「そのしめるじゃないって。それで、マーク、なにかわかったこと、あった？」

「ハンニン、ダレカ、スグニワカリマシタ」

「えっ？　これだけの情報で、あなた、犯人が誰かわかるの？」

「キムラソーノスケ、スモー、デントー、オモンジマス。ジョセイ、ドヒョウニチカヅクノ、ゼッタイユルシマセン」

「それはそうでしょうね」

「デモ、キムラ、ドヒョウノマンナカデ、タオレテイタ。ホワイ？　ナゼ？　モシ、ジョセイガキタラ、ドヒョウノハシニヨルカ、ドヒョウカラオリテ、カノジョヲトメヨウトスルハズデス」

「言われてみればそうね」

「ナノニ、キムラサン、ドヒョウ、マンナカイタ。ナゼ？」

「ウーン。何故かしら？」

「タブン、ソレ、コウイウコト。キムラ、キタヒト、ダンセイダトオモッタ」

「樹村さんが、やって来た人間を男性だと思った？　でも、問題の時間に館内にいたのは女性だけよ」

「ヒトリ、ダンセイニミエルヒトガイマス」

「えっ？」

そのマークの言葉に、その場にいた人はみな、周囲を見回した。その視線の行先は、やがて一人の人物に収斂《しゅうれん》した――串間知事である。

＊

「そんな、なぜ私が……!?」

「アナタ、ヒトリダケ、スカートハイテナイ。カラダ、オオキイ。サトコ、カワイイジョシコウセイ。オトコニミエナイ。ヒショノカタ、トテモホソイ。オトコニミエナイ。キシャノカタ、ワカイジョセイ、ジョセイラシイフク、オトコニミエナイ。アナタ、オトコニミエル。アナタダケ、キムラコロセタノ」

「そんな……」

マークの推理は、大貫警部補も説得力があると感じたらしい。

「串間知事。弁明をお聞かせ願えますかな?」

威厳のある声で、大貫はそう言った。

「あなたまで……」

「待ってください」と御前山が声をあげた。「今の推理に根拠があるのは認めますが、私は、知事がそんなことをする人だとは思えない」

「あなた、知事のことをそんなに知っているわけではないでしょ」と聡子が言う。

「いや、つまり、知事は、人殺しはするかもしれないが、大相撲のタブーを破るとは思えないんだ」

「どういうことよ?」

「最初に会ったときのことを覚えているだろ。知事は、私の四股名《しこな》を知っていた。有名力士ならいざ知らず、自分のような幕下の力士まで知っているのは、よほど相撲に詳しくないとありえないことだ。それに、土俵に女性をあげないのが、相撲界では土俵が女性とされているからだという慣習のことも知っていた。

この建物の裏口から入ろうとするときも、煙草をふかそうとしたそこの女性を知事が制止している。国技館という神聖な建物を尊重する姿勢が見られる。それに比べて、そこの二人の女性は、あまり相撲のことにも通じていないようだった。この建物に入って、座席にぶつかったり、上の方に迷い出たというのも、東京の国技館で相撲観戦を経験したことがあるなら、起こりえないはずだ。明かりがなくて暗くても、東京の国技館と似た構造の建物なのだから、歩き方は、経験者ならわかるはず。そうやって歩けていたのは、聡子くんは別にして、知事だけだったようだし」

「もういいんです、もう！」

串間知事が声を張り上げ、だっと駆けだそうとした。

「おっと！」

知事が駆けてきた方向にいた御前山は、その腕をとって知事をとめようとした。そのはずみに知事はバランスを崩し、御前山の方に倒れかかった。

「大丈夫ですか……」

知事を抱く恰好《かっこう》になって、御前山がそう訊いた。

「え、ええ」

「知事……あなた、まさか……」御前山の顔色が青ざめ、なにかに驚愕《きょうがく》しているらしいのが見てとれた。

「お気づきですか……お察しのとおりです……」御前山から身体を離しながら、知事が低い声で言った。

「えっ!?」よくわからず、聡子は声をあげた。「御前山、どういうこと?」

「いや、その、知事の身体は……」

「私がお見せします」

知事は、穿いていたズボンを自らおろし始めた。

突然の意外な行動に啞然《あぜん》とした一同は、やがて知事の露《あらわ》になった下着越しの股間のふくらみに視線をひきつけられた。

「えっ……ふくらみが……！」と大貫が驚きの声をあげる。「どういうことです？」

「もしかして、知事、あなた、男性なんですか……!?」驚愕した様子の楡野が、震え声で訊く。「性別をこれまで偽っていた……？」

「いえ……」がっくりとうなだれて、串間知事は膝をついた。「違うの。性別を偽っていたわけじゃない。性転換手術を受けたの」

「一体、いつの間に……？」

「この間、東南アジアに視察旅行に行ったときに、タイでこっそり手術を受けたの。でもその手術は、私を完全な男性にしてくれなかった。いま私は男性でも女性でもない状態にいるの」

「どうして、そんなことを……？」

「性同一性障害のために性転換なさったんですか？」と大貫が訊く。

「違う。相撲を愛していたためよ」

「相撲を愛していたため……？」

「それもこれも土俵にのぼるためよ！」串間知事は声を張り上げた。「私は子どもの頃から大の相撲ファン。父は短期だけど、角界の力士をつとめたこともある、串ノ山《くしのやま》だった」

「串ノ山ですか……」と御前山。「お名前は存じています。それで知事も相撲にお詳しくなられたんですね……」

「私は、小さい頃から自分で土俵にあがるのが夢だった。けれども、女性であるがために、相撲部への入部は許されなかった。応援のときも、女性は土俵にのぼることが許されない。だから、私は必死で勉強した。県知事になろうと思っていた。県知事になれば、千秋楽に土俵にのぼって知事賞を渡せる――そのことをかなえたいがために、必死で勉強し、市会議員になって、県会議員になって、とうとう去年の選挙で初の女性知事として当選を果たした。なのに、なのに、知事になっても、土俵にのぼれないって、相撲協会から通知を受けたときは目の前が真っ暗になった。そのためだけに必死に勉強し苦労を重ねてきた私の四十年間は一体何だったの？　そのときは相撲協会の人間を全員抹殺《まっさつ》したくなったほどよ。でも、私は夢をかなえたかった。だから数カ月前、こっそりと性転換手術を受けることにした。でも、その性転換をおおっぴらに明かすわけにはいかなかった。私はあくまで女性の知事として当選しているのに、その私が男性になったことがバレたら、有権者を裏切ったことになってしまう……」

「樹村宗之介さんを殺したのは？」

「初め樹村さんは、私を男性だと思って、土俵にあげてくれた。長年の夢がかなって私は、涙が出るほど嬉しかった。でも、じきに私の顔をよく見て、『あなたは串間知事。女性じゃないですか！』と烈火のごとく怒り始めた。『土俵を汚《けが》す冒瀆だ』と口をきわめて罵《のの》り始めた。私が下の服を脱ぎ、性転換したのだと見せても、宗之介は、納得してくれなかった。それで、思わず、そばにあった注連縄を宗之介の首にかけ、グイと思い切り引いたの……」

そこまで言って串間知事は、わっと泣き崩れた。

「串間知事……」

一同は、串間知事の凄惨《せいさん》な告白を聞き、言葉を失った。

「わかっただろ」と御前山が言った。「これだけ追い詰められても、知事は相撲界のタブーそのものは守ろうとしていたんだ」

新・国技館の館長である吉田が、がっくりとうなだれた。

「知事はたしかに相撲界のタブーを守ろうとしたかもしれませんが、この新・国技館を守ってはくれませんでした。清めの儀式がこんなことになってしまって……これではこの国技館で大相撲が開催できなくなるおそれがあります……」

「まあまあ吉田さん」御前山が、慰《なぐさ》めるような声で言った。「今日の清めの儀式は、予期せぬトラブルで中断しましたが、また別の機会にやり直せばいいではありませんか」

「御前山」横から聡子がこづいて言った。「あなた、こんな神官がくびり殺された土俵で相撲、とりたい？」

そう訊かれて御前山は一瞬沈黙した。しばらくして大きく首を横に振った。

「力士は、ゲンをかつぐものですからね」

第五話

最強力士アゾート

＝毎朝新聞掲載の記事より

十月一日、午後二時十五分頃、東京都墨田区××町の工事現場で、人が倒れているとの通報があり、警察がかけつけたところ、鷹顎《たかあご》部屋所属の、大関・霧乃鷹《きりのたか》関（本名＝岩国小三郎《こさぶろう》、三十三歳）が地面に半ば埋められる形で倒れているのが発見された。岩国さんは、胸を刃物のようなもので刺され、右腕が肩のつけねから切断されており、病院に運ばれたが、既に死亡しているのが確認された。警察では何者かに岩国さんが殺害されたとみて、付近を不審な人物が通りかかっていないか、聞き込み捜査を開始した。また、発見現場近くを捜索した結果、岩国さんの右腕が発見されていないことから、岩国さんを殺害した人物が、右腕を持ち去ったとの疑いがあると警察ではみている。

＊

十月三日午前六時半頃、東京都板橋区の荒川河川敷で、籠扇《かごおうぎ》部屋所属の関脇・籠石橋《かごいしばし》関（本名＝石橋敏夫、三十歳）が、頭から血を流し倒れているのを、通りかかった近所の人が発見し、警察に通報した。現場にかけつけた警察が調べたところ、石橋さんは、腹部を刃物のようなもので刺され、出血多量で既に死亡していた。石橋さんの遺体は左腕が肩のつけねで切断されていて、付近では見つかっていないことから、警察では石橋さんの腕は何者かに切り取られ、持ち去られたとの見方を強めている。二日前には、同じような手口で、やはり大相撲力士の大関・霧乃鷹関が殺害され、切り取られた腕が持ち去られるという事件が起こっており、警察では同一犯による連続殺人事件の疑いもあるとみて、角界関係者に警戒を呼びかけるとともに、現場付近を不審な人物が通っていないか捜査を開始している。

＊

十月五日午前六時頃、東京都武蔵野市の井の頭公園で、池に人らしい物体が浮かんでいるとの通報があり、警察が駆けつけたところ、龍悦《りゅうえつ》部屋に所属する大関・貴鳳凰《きほうおう》関（本名＝太田四郎、三十二歳）の遺体を発見した。太田さんは、腹部を刃物のようなもので刺されていて、右足が腰の部分から切断されていた。現場の池などを捜索したところ、太田さんの足は見つかっていないことから、警察では、太田さんを殺害した人物が太田さんの足を切断し、持ち去ったとみている。二日前には同じような手口で、大相撲力士の関脇・籠石橋関が殺害され、また四日前には大関・霧乃鷹関が殺害され、切り取られた腕が持ち去られるという事件が起こっていることから、警察では、角界の力士を狙《ねら》った何者かによる連続殺人事件の可能性もあるとして、捜査を開始した。大関・関脇の相次ぐ殺害事件に角界では、衝撃と波紋が広がっている。

＊

「大相撲の世界も災難続きよねぇ」大関・貴鳳凰の遺体が発見されたことを報じる新聞記事を読みながら聡子《さとこ》が言った。「こないだの十四力士殺害事件に続いて、また三人も殺されて。一年前に幕内にいた力士も、この一年で四十パーセントくらいいなくなっちやったわねぇ」

「人ごとじゃないぞ、聡子」苦虫を嚙《か》みつぶしたような表情で千代楽《ちよらく》親方が言った。「うちの部屋の力士も、いつ狙われるかわかったものじゃない。この間も暁大陸《ぎょうたいりく》を狙った事件が起きたばかりだし。警察には、この部屋を重点巡回区域にしてもらっているが、なにせ相撲部屋は数十ある。警察が警備してまわるには、数が多すぎるからな」

「でも、この力士連続殺人事件の犯人の狙いは一体何なのかしら？　力士を殺害して、その手足を切断して持ち去るなんて……」

「私、思うのですが……」それまで黙って、親方の家族の食卓に同席していた御前山《おまえやま》がおずおずと口を挟んだ。

「なぁに？　万年幕下」

「これは、犯人は、最強力士の人肉人形《アゾート》をつくろうとしているのではないでしょうか」

「アゾート？　なによそれ？」

「知りませんか。ミステリ小説ではよく出てきますよ。島田荘司《しまだそうじ》先生の『占星術殺人事件』とか笠井潔《かさいきよし》先生の『薔薇《ばら》の女』とか……」

「そんなの知らないわよ。大体、相撲とりのあなたが、なんでそんな変なもの読んでるのよ？」

「これからの相撲とりは」眼鏡《めがね》を直しながら御前山は、きどった声で言った。「そういう教養も必須であると考えます。なにせわが角界は、去年生じた土俵での爆発殺害事件以降、〈大量死〉の時代に突入しました。サバイバルのためには、どのような方法で力士たちが殺害される可能性があるのか、その方法を研究しておく必要があります」

「なんか、わかったようなわからないような理屈ね。それで、さっき言ってたのは、どういうこと？　アゾートって」

「最初に殺害された大関・霧乃鷹関——彼の力士としての得意技は何だったか覚えていますか？」

「霧乃鷹関の得意技？　ええと、霧乃鷹関はよく投げ技をうってたわよね……」

「右からおっつけての上手投げが得意だったな」と千代楽親方がこたえた。「霧乃鷹の右腕は〈黄金の右〉との異名《いみょう》をとったくらいだ」

「そのとおりですね。右からの上手投げが得意技で、彼の勝ち相撲の決まり手は圧倒的に上手投げが多かったと思います。では、二番目の被害者・籠石橋関の得意技は？」

その問いにも親方が聡子より早くこたえた。

「籠石橋も投げ技を得意としていた。籠石橋はたしか左利きで、左からの下手投げ、あるいは下手出し投げを得意としていた」

「ですよね。では、三番目の被害者の大関・貴鳳凰関は？」

「貴鳳凰は、足技を得意としていた。右足を駆使した、外小股《そとこまた》や蹴返《けかえ》しなどの技は、今の関取の中でも、一番うまかったんじゃないか」

「そうですよね。そうすると、殺された三人の力士の共通点が浮かび上がってきませんか？」

「殺された三人の力士の共通点……？　地位が高いことか？　三人とも大関か関脇。相撲界を代表する力士たちだった」

「それだけじゃないでしょう。殺された力士たちの持ち去られた身体《からだ》の部位に着目してください」

「霧乃鷹は右腕。籠石橋は左腕。貴鳳凰は右足……。そうか、三人とも、一番の得意技を使うときの、身体の部位だ……」

「でしょう、親方。いまの相撲界で最強力士が誰かを決めるとなると、百家争鳴《ひゃっかそうめい》状態になるでしょうが、右腕を駆使した技なら霧乃鷹。左腕なら籠石橋。右足を使わせたら貴鳳凰。このあたりは、相撲関係者なら異論が出ないところではないですか？」

「た、たしかに……。しかし、今度の犯人は一体何のために……？　そんな力士の身体の一部を切り取って……」

「だからさっき申しました。最強力士のアゾートですよ」

「だから何よ、それ？」聡子が茶々《ちゃちゃ》を入れるような口調でせっついた。「はやく説明してよ、御前山」

「おそらく今度の殺人事件の犯人は、大相撲界の革命をもくろむ、頭のイカれた科学者か誰かでしょう。彼はおそらく人造人間の製造に命を賭けている。そしてまた彼は相撲の大ファンでもあった……。そんな彼が抱いた夢が、最強の相撲力士の人造人間を誕生させることです。そのためには、霧乃鷹の右腕、籠石橋の左腕、貴鳳凰の右足が必要だった。あと角界最強の左足、胴体、頭部が揃《そろ》えば、最強力士の人造人間をつくるのに必要なパーツは揃います。それで彼は念願の、最強力士の人造人間を出現させることができる。競馬でいえば、シンボリルドルフとミスターシービーとハイセイコーといった歴代の名馬たちのすべての長所を兼ね備えた、最高の競走馬を生み出そうとするようなものです」

「それでその科学者は、力士の身体の部位を集めて何をしようとしているんだ？」

「もちろん、その力士を相撲界にデビューさせて、最強の横綱に仕立てあげ、この相撲界をその配下におさめることをもくろんでいるんでしょう。百年間、他の力士たちが束になって挑戦し続けても決して勝てない人造人間の最強力士を、この角界に出現させようとしているに違いありません……。何らかの策を早急に講じなければ、間もなく角界は、この最強人造力士の前にひれ伏すことになるでしょう……」

「なにをバカな……」親方が呆《あき》れ顔で言う。

「でもお父さん」と聡子が口を開いた。「いま御前山の言ったことは、あたっているところもあると思う。そりゃそんなイカレたマッド・サイエンティストが現実にいるとは思えないけれど、今度の連続殺人で犯人は、角界でもっともすぐれているとされる力士の、右腕、左腕、右足を切り取っていったのよ。これからも事件が続くとしたら、今後狙われるのは、身体の他の部位——左足、胴体、頭でしょう。そしてその標的となるのは、その部位が最も強いとされる力士になるはずよ」

「な、なるほど、たしかに、それは……」親方は頭を振ったが、「狂っているとしか思えない発想だが、今までの事件を見れば、たしかに犯人はそれを狙っているとしか思えない」

「だとすると、次に犯人が狙いそうなのは、どの力士かしら？　残りの部位が強いとされる力士を挙げるとしたら、誰になる？」

「左足、頭、胴体か」しばらく親方は、腕を組んで考え込んだ。「胴体は、よくわからんな。胴体の強さは、かたさとか弾力だけでは一概に決められないし、技に使われる箇所じゃないからな。左足となると、番付の高い方からみるなら、やはり足技が得意な龍悦部屋の横綱・霞花巻《かすみはなまき》か、うちの部屋の大関・暁大陸あたりじゃないか。頭突きが強いのは、石頭で有名な鷹顎部屋の関脇・極堅頭《きょくけんとう》だろう」

「胴体だと、うちのマークも候補じゃない？」

「頑健な胴体をしているとなると、今の角界じゃたしかに、幕ノ虎《まくのとら》はトップクラスだな……」

「お父さん、ヤバイじゃない。うちの部屋に、次に殺人者に狙われそうなのが、二人もいるじゃない……」

「たしかに……。いまその二人に欠けられたら、うちの部屋の経営はまったくお手上げだ」

「それだけ殺されたら、うちの部屋の経営問題だけじゃすまないでしょ。今の相撲界の横綱・大関・看板力士がほぼ全滅することになるじゃない。うちの部屋だけじゃなくて、相撲界全体が滅びるかもよ」

「そりゃいかん。角界始まって以来の危機だ……」親方は、黒檀《こくたん》の机をドンと拳で叩《たた》いた。

「まったく、警察は何をやっているんだ！　こんな大事件が起こっているのに、取り締まることもできないとは」

「それは同感。早く犯人をつかまえてくれるといいのにね……」

「しかしそれより何より、怪《あや》しいのがいるだろう。今度の事件も、あの『復讐鬼《ふくしゆうき》』の仕業《しわざ》じゃないのか」

「去年の、あの暁大陸を襲った事件の犯人ね……」

「はやく警察が、その犯人をつかまえてくれるのを願うばかりだ。でないと、角界にいる者は、いつまでたっても枕を高くして寝られやしない……」

＊

その日の夕方、警察から千代楽親方のところへ「犯人逮捕」を告げる電話連絡が入った。と言っても、いま世間を騒がせている、力士の身体の部位が切り取られている連続殺人の犯人ではなく、昨年起きた事件の犯人のことであった。逮捕されたのは、暁大陸あてに、爆発性のニトロゲトロンを湿布薬《しつぷ》と偽って送付した犯人である。

犯人は、千代楽親方らが想像していたとおり、三年前の国技館での相撲観戦のおりに、娘が力士たちの下敷きとなって癒《い》えない障害を負わされたことを恨んでいた筒カ錦《つつがにしき》夫人・五条悟美《ごじようさとみ》であった。悟美が潜伏していたアパートからは、証拠品となるファックス機、ニトロゲトロン、その他爆発物や危険物が証拠品として押収されたという。警視庁では、他にも余罪があるとみて、悟美容疑者を追及しているという。

ただし、悟美の夫の元関取・筒カ錦と他の家族の行方《ゆくえ》はつかめていない。筒カ錦には、障害を負った娘とその弟、と二人の子どもがいたはずであるが、悟美の住居に彼らはいなかった。悟美の供述では、家族と別れ、単独行動で復讐をはかっていたという。警察は、筒カ錦の行方については、さらに追及する方針だという。

その報《しら》せを父から聞いて、聡子は「よかったじゃない」と弾んだ声で言った。

「たぶん、今度の力士連続殺人事件も、その悟美の仕業でしょう。これでこの事件も終《しゅう》熄《そく》するでしょう」

「そうだといいんだが……」と親方は言葉を濁した。「ただ、聞いたところでは、まだ今度の力士連続殺人事件と明白に関連づけられる証拠は見つかっていないそうだ。だから、はたしてこれで事件の終熄となるかどうか……」

「そんなに力士を殺したがっている人が世の中にたくさんいるとは思えないけれど……。いや、そうでもないか。最近よく力士殺し、起こってるしなあ。じゃあやっぱり別の力士殺人犯がまだいるってこと？」

＊

疋潮《ひきしお》殺害と暁大陸殺害未遂の犯人が警察に逮捕されたという報があった翌日——。

一日の稽古を終えた、チャンコ鍋を囲んだ昼食の時間、一同を見回して千代楽親方が言った。その日は、聡子と母親も、生活棟でなく、稽古棟で力士たちと同じ食卓についていた。

「実は皆に相談したいことがある。今日、龍悦部屋から、合同の稽古合宿の申し入れがあった」

「稽古合宿？」暁大陸が、チャンコの盛られた碗をお膳に置きながら訊《き》いた。

「毎秋、龍悦部屋ではやっている行事だそうだ。しかし、知ってのとおり、このところの度重なる惨事で、龍悦部屋は主力力士を四人も失っている。最近の連続事件でいなくなったあの部屋の力士は、呉耐海《くれたいかい》、青栃樹《あおとちぎ》、大関の貴鳳凰と三名もいる。それで、現在幕内の現役力士の数がわずか四名にまで減ってしまい、立ち合い稽古も充分満足にできなくなっている。そこで、今年はうちの部屋と合同で稽古をしたいとの申し入れがあった。

うちの部屋も、龍悦部屋ほどではないが、去年の事件で千代弁天《ちよべんてん》と床祝井《とこいわい》を失って、主力力士の減少に見舞われている。うちの幕内力士としては暁大陸と幕ノ虎が健在なのは頼もしいが、それ以外に幕内をはれる力士がいなくては、力量の釣り合う稽古がなかなかできないのが現状だ。それでこの提案を受け入れようかと考えているのだが、諸君らの意見はどうかな？」

「親方さえ同意しているなら、私に異論はありませんよ」一同を代表して暁大陸がこたえた。「その合宿の日程はいつなんです？」

「来週、十月十日から三日間を予定している。では、この合宿をすることは、皆も賛成してもらえるわけだな？」

親方が一同の顔を見回し、一同は頷《うなず》きを返して賛意を表した。

＊

十月十日、バスに乗った千代楽部屋の一行が到着したのは、D県の山中の龍仙渓谷《りゅうせん》である。渓流の流れる深い山奥の森林を切り開いたところに、龍悦部屋の所有する、土俵のついた温泉宿があった。その宿は、澄んだ河が流れ、鳥がさえずる、緑豊かな美しい景観の中にあった。

その宿にやって来たのは、千代楽親方、大関の暁大陸、前頭《まえがしら》の幕ノ虎、十両の剛醍海《ごうだいかい》、颪将鳳《おろししょうほう》、幕下の御前山と聡子の計七人だった。龍悦部屋から来ていたのは、龍悦親方、横綱の霞花巻、関脇の琴知巻《ことちまき》、前頭の霞隆砲《かすみりゅうほう》、龍大策《りゅうだいさく》、十両の剣磯《つるぎいそ》、龍中策《りゅうちゅうさく》と、綿国星《めんこくせい》と、使用人として雇われている龍大策の弟の御坊《ごぼう》少年の計九人だった。

御坊少年は、既に中学を卒業しているらしいが、まだ小学生に見えるほど身体が小さい。野球帽をかぶり、半ズボンを穿《は》いて、所在なさげにいつも兄の龍大策にくっついていた。

「御坊さんというの。よろしくね」

そう聡子は挨拶《あいさつ》したが、御坊少年は疑り深そうな眼差《まなざ》しをかえしただけで、返事をしなかった。

十月十日の夜に着いた一行は、その日は稽古を行なわず、顔合わせと互いの挨拶をかわした。食事をとった後めいめいが温泉に浸《つ》かって疲れを癒《いや》した。

相撲部屋の管轄《かんかつ》する宿にふさわしく、立派な土俵が二つ備えられている。

翌十一日は、午前中は、土俵部屋を使って、身体をならすための部屋ごとの軽いぶつかり稽古が行なわれた。昼食休みをはさんで、午後から本格的な合同の稽古が始まった。

午後一時になり、龍悦部屋の力士たちが全員まわし姿になって待っているところに、千代楽親方に率いられた千代楽部屋の力士たちが到着した。

千代楽親方が、土俵部屋に入ると、龍悦部屋の人たちが一斉にお辞儀《じぎ》をして挨拶した。千代楽部屋の一行も、それにこたえて挨拶をする。その後、千代楽親方が龍悦親方に言った。

「では、うちの者四人の稽古をお願いいたします」

「こちらこそよろしくお願い申す……」

「あの……」その場に控えていた御前山が言った。「われわれの部屋の力士数は、四人でなく五人でないですか？　暁大陸、幕ノ虎、剛醍海、颪将鳳……」

「あっ、おまえは勘定に入っとらん」素《そ》っ気《け》なく千代楽親方は言った。「ここで稽古をするのは、十両以上の関取だけだ」

「そんな……。じゃあ私はどうすれば……」

「聡子と温泉でも行ってろ。大体来なくてもよいと言ったのに付いてきたのはおまえだろ？」

「オーマイゴー」御前山はそう言って天を仰いだ。

横にいた聡子が御前山をつついた。

「この宿、いい露天風呂があるってよ。一緒に行きましょ」

「聡子くん。私は君と違ってここに遊びに来たんじゃないんだよ」

「することないんじゃ、あたしと似たようなものでしょ」

「私は一人でも、相撲の理論を完成させるための、日々の研究があるんだよ」胸を叩きながら御前山は力説する。

御前山は、また千代楽親方の方を向いて、

「それに、龍悦部屋の力士は、横綱、琴知巻関、霞隆砲関、龍大策関、剣磯関、龍中策関、綿国星関と、計七人の奇数じゃないですか。うちの部屋で稽古に出るのが四人では、対戦に一人余るじゃありませんか」

「横綱は、今日は一人で修業するそうだ。この先の山にある龍仙滝に打たれに行くそうだ」

「龍仙滝？　そんなところがあるんですか？」

「ここから徒歩で一時間ほどかかるところにあるそうだがな」

「さようでございます」と脇にひかえていた番頭がこたえた。「その滝に近道で行ける〈小児窟《しょうにくつ》〉というところがございます。このあたりの観光名所の一つなので、よろしかったら、ご案内いたしましょうか」

「へぇ、面白そう。御前山、あとで一緒に行ってみるか」と聡子が嬉《うれ》しそうに言う。

そっぽを向いて、御前山は不満そうに呟《つぶや》く。

「なんで、私が」

*

宿に備えられた稽古部屋の土俵では、両部屋の力士たちの激しいぶつかり稽古が始まった。身体の大きい力士たちの中にあってもひときわ巨体の横綱・霞花巻は、浴衣《ゆかた》姿のまま、のしのしと歩いて、宿を出て行った。

聡子は、御前山と連れ立って温泉に行き、脱衣所前で彼とわかれ、一人で広い女湯の露天風呂を堪能した。三十分ほどであがり、午後二時四十分頃に御前山と連れ立って土俵を覗《のぞ》いたところ、まだ二人ずつ組んだぶつかり稽古が続いていた。

「さっき番頭さんの言ってた〈小児窟〉というところに案内してください」

フロントで聡子はそう申し出た。

若いのに頭髪が相当薄くなっている、上田という従業員が出てきて、

「よろしいですよ。ご案内いたします」とこたえた。

「御前山、行くぞ!」と聡子がそばにいた御前山に号令をかける。

「なんで、私が」

ぶつぶつ言いながらも、御前山は、聡子の後に従った。宿を出たのは、ほぼ午後二時五十分頃のことだった。

その従業員の先導で、宿を出て、バスに乗ってきた車道のある方角とは反対側の西側の小道に入った。この宿より奥には、もはや自動車の入れる道はなくなっている。鋪装された道ではなく、濃い山の緑に包まれた、細い山道である。道の脇には枯れ葉や小枝、

小石が堆積《たいせき》している。

　近くで川のせせらぎが聞こえ、左右に鬱蒼《うっそう》と木々の繁る道を五十メートルほど進むと視界がひらけた。

　道の右手に流れる川を覗くと、ところどころ川底から蒼黒《あおぐろ》い苔《こけ》のむした岩が突き出していた。

　三分ほど山道を進んだところで、切り立った岩場に囲まれた小さな洞窟を従業員が示した。

「ここです。ここが〈小児窟〉と呼ばれる洞窟でございます。ここを抜けると、すぐに、横綱が修業しておられる龍仙滝に行くことができます」

「そうなの？　じゃあその滝まで歩いてすぐ行けることになるじゃない。なぜその滝まで徒歩で一時間もかかるって説明があったの？」

「それはこの洞窟が、普通の大人には通り抜けられない小ささだからでございます。奥を覗いていただければ、おわかりいただけるかと思いますが、ごく小さな子どもさんでないと、奥の小穴は通り抜けられません。お嬢様はスリムなのでもしかしたら通り抜けられるかもしれませんが、お連れの方は通り抜けるのは無理かと存じます」

「だから普通の人たちは、遠回りして行かないと滝に行けないわけ？」

「さようでございます」

「滝のところに、別方向からの道はきていないの？」

「滝のところで、行き止まりでございます。別の高い山道から、滝が見下ろせるところはありますが、滝のところへは、その唯一のルートでなければ、この〈小児窟〉を通る以外に道はありません。ここは、県の安全基準からは危険だとされて、通らないように注意されてはいるのですが、このあたりは景観がよいので観光の目玉の一つになっておりますし――。

前に大水《おおみず》がきたときに、〈小児窟〉に小岩が詰まって通れなくなったことがありました。そのときはこの小道も閉鎖の危機に陥りましたが、龍悦部屋の皆さんが協力して岩を片づけてくれたので、また元通りになりました。あれだけ力の強い方たちに手伝ってもらえるのは、本当に心強いことです」

「なるほど、力士でも頼りになる人とそうでない人がいるからねぇ」そう言って聡子は御前山をじろりと見た。

「何です?」

「あなた、先に行って、その小穴覗いてみてきてよ」

「なんで私が」

ぶつぶつ言いながら、御前山は、言われたとおり、その洞窟の奥へと進んで行った。姿が消えた御前山は、しばらくして、すぐに戻ってきた。着ている服に少し汚れがついて湿っている。

「たしかに奥の穴は、自分には通れません。聡子くんなら、ぎりぎり通れるかもしれませんが、相当きついですよ」

そう御前山が報告した。

「行ってみるわ」

　そう言って聡子は、そろそろと洞窟の中に入って行った。すぐに洞窟の天井が低くなり、四つん這《ば》いで進まなければならなくなった。奥に光の洩《も》れる小さな穴があるのが見える。

「あの穴……！」

　聡子は、その穴にそっと首を突っ込ませた。向こうにより広がった空間が見える。バンザイの姿勢で先に両腕を通し、身体を進めていくと、胸のあたりがつっかえて苦しくなる。しかしなんとか向こうに出られそうな大きさなので思い切り身体を前に押し込むと、スポッという感覚とともに、洞窟の一番狭まったところを抜け出ることができた。そこはもう外の光が射し込んでいるところで、上体を起こして数歩進むと、外に出ることができた。

「おーい」と後ろから御前山の声が聞こえてきた。振り向くと、聡子が抜けてきた小穴に顔をくっつけて覗いている。「行けているか、聡子くん？」

「無事通れたわよ。ちょっとそこで待ってて。こっち側覗いてくるね」

　そう言って聡子は、洞窟の向こう側に出てみた。いきなり眼前に水しぶきが広がっている光景に遭遇した。そこは、川沿いにのびた細い山道で、正面の川の向こう側には、深く濃い緑に彩られた山がそびえている。石製の低い手すりの向こうは、流れの緩やかな清流があり、その左手には、水しぶきが舞って虹を描いている大きな滝があった。やって来た側よりも山の緑がさらに濃くなった感があり、空気もひんやりして清々《すがすが》しい。

十メートルは落差のある高さから、柱のごとく水が流れ落ち、雄壮な音をたて辺り一面に水しぶきをまきちらしている。

その滝の下の岩場に坐《すわ》って、水流に打たれる裸の男の巨体の姿が、水しぶき越しにかすかに見える。

「横綱！」

霞花巻は、滝壺で、落下する激しい水流に打たれながら、坐禅を組んでいる様子である。一旦は呼びかけたが、ここで話しかけるのは、横綱の修業の邪魔になると思い、聡子はそれ以上声をかけるのを控えた。

「これ以上いるとびしょ濡《ぬ》れになっちゃう……」

美しい景色に心魅かれたが、聡子は早々に引き返すことにした。

例の小穴のところに来ると、まだ御前山がそこに控えていた。

「御前山。あたしがそちらに首と肩をいれたら、腕をもって引っ張ってちょうだい」

そう聡子が指示すると、御前山は頷いた。

さきに両腕を中にいれて、向こうの御前山に支えてもらい、上半身を徐々に中に押し込める。御前山に引っ張ってもらったので、さきほどよりははるかに楽に穴を通り抜けることができた。

「ありがとう、助かったわ」

「向こうの光景、どうでした？」

「とっても綺麗《きれい》。大きな滝があったわ。横綱が滝にうたれて坐禅を組んでた」

洞窟の入口まで戻って後ろを振り返ると、左右に大きな二つの岩がもたれあうようにして、洞窟が形成されているのが見える。

「行きましょう」

従業員の先導で、聡子と御前山の三人は宿に帰った。洞窟から宿までは、ほんの徒歩三分ほどの距離である。時計を見ると午後三時を少し回った時刻である。

宿に戻り、土俵部屋に行ってみると、やはり力士たちの稽古が続いていたが、そこにいる力士の数は減っていた。そこに立ち、力士たちの稽古を見つめていた千代楽親方が振り返った。

「御前山。おまえも稽古に入ってよいぞ」鷹揚《おうよう》な調子で親方が言った。

「えっ、いいんですか？」

「今は自由時間の稽古に入った。あがりたい人間はもうあがってよいことになった。それぞれの土俵で、二十分区切りで、二人ずつ対戦をまわしている。夕食までの時間は、おまえも好きに稽古してよい」

「はい！」威勢よく御前山は返事をかえした。「稽古させていただきます！」

「じゃあ」と聡子は手を振った。「あたしは部屋に戻ってるわね」

＊

自室に戻った聡子は、手持ち無沙汰だったので、また温泉に行った。湯からあがって部屋を覗くと、マークが稽古からあがって浴衣に着替えていた。

マークに声をかけてロビーに行き、そこにあった将棋盤を広げた。壁に掛けられた時計を見ると、午後四時を少し回った時刻である。

「マーク。将棋を教えてあげる」

「オー？　ジャパニーズ・チェス？」

「イェス。ザ・ゲーム・フィチ・ティーチィズ・ユー・ジャッパニーズ・カルチャー」

駒の並べかたを教え、各駒の動きを聡子が教示する。チェスの心得があるマークは呑《の》み込みが早く、十分も練習すると、初歩的な将棋指しができるようになった。

一度、くらくらと地面が揺れたような気がした。遠くで地鳴りのようなものが聞こえた。

「あら？」と聡子は目を上げた。「地震かしら？」

「アースクェイク？」とマークも顔を上げて首を傾《かし》げた。

やがて五時近くになり、浴衣姿の龍悦親方と、関脇の琴知巻、前頭の霞隆砲の三人がロビーに現れた。霞隆砲は身体の大きさでは、横綱・霞花巻と双璧《そうへき》で、体重では一番重そうである。琴知巻は小柄で体重は比較的軽めで、ひきしまった身体つきをしている。

「まだ霞花巻は戻ってこないのか？」と龍悦親方が訊くと、二人の力士が首を振った。

「まだのようです」

「遅くとも五時までには戻ると言っていたのに、おかしいな……」

「滝まで見に行きましょうか？」と霞隆砲が提案した。

「すまんが、そうしてくれるか？　七時から夕食にする予定だが、今から行けば往復二時間で、なんとかここまで帰ってこられるな」

「はい。私も霞隆砲とともに行ってまいります」と琴知巻が言った。

「携帯電話は持っているか？」

「はい」と霞隆砲が帯のところに差し込んである携帯電話を取り出した。「ただ、このあたりは、あまり電波が入らないようなので、滝からだと掛けられないかもしれません」

「わかった。とにかく、よろしく頼む」

「はいっ」と返事をして、二人の力士は、宿を出て、滝へつづく道の方へ歩んで行った。

そういう会話がかわされている脇のテーブルのところで、聡子はマークと将棋の試合に興じていた。

＊

時刻が六時近くになったとき、ロビーのソファに坐っていた龍悦親方の携帯電話のベルが鳴った。

「はい……もしもし……えっ……なに？　よく聞こえん……霞花巻が、死んでいた？　殺された？　そんなバカな……警察を呼んだって……うん、うん、わかった……すぐそちらへ行く……」

という声が響いてくる。親方の切羽詰《せっぱつ》まった声を聞きつけて、聡子とマークも将棋を指すのを中断した。

「どうしたんですか?」

「ホワッ・ハップン?」

「いまちらりと聞こえましたが、まさか、横綱が殺されたって……!?」

「ああ」青ざめた顔の龍悦親方がハンカチで顔の汗を拭いながら言った。「電波の入りが悪かったので途切れ途切れにしか聞こえなかったが、霞隆砲はたしかにそう言っていた。部屋の者たちに、変事発生を知らせに行ってくれないか？」

「は、はい……！」聡子は急いでこくりと頷いた。「行きましょう、マーク」

「ヤー」とマークも真剣そうな顔で頷いた。

聡子と龍悦親方たちが知らせてまわり、宿にいた者たちの間にざわめきと動揺が広がった。六時半近くなって、四人から成る警察の一行が宿に到着した。

D県警の緒方警部補は簡単に自己紹介し、龍悦親方は、霞隆砲から電話で聞いた内容を簡単に説明した。

滝のあたりは道が険《けわ》しく、車は入れないところなので、警察と龍悦部屋の一行は、徒歩約一時間かかる滝道を通り、滝壺に向かうことになった。聡子と御前山、マークも、その一行に付いて行くことにした。

途中、聡子が今日の午後通り抜けた〈小児窟〉の横を通った。

「あそこは、子どもかすごく細い人ならぬけられるところです」と聡子が指差して、警察隊に説明した。

「今日の午後、試したら、この御前山は通るのは無理でしたが、あたしはなんとか通れました。何でしたら、あたしだけ、ここを通って、滝に先回りしておきましょうか？」

「いや、聡子くん」と御前山が首を振った。「現場保存の原則というものがある。ここから行って警察より先に君が現場に着いた場合、現場をいじって証拠湮滅《いんめつ》をしたのではないかと疑われかねない。痛くもない腹をさぐられても不愉快だろう。ここは素直にわれわれに同行した方がいいだろう」

「それもそうね」

と聡子も納得し、〈小児窟〉は通らずに、一行に付き従うことにした。

既に日がおちてだんだんと暗くなってきており、緒方たち警察の一行は、用意した懐中電灯を点《つ》けた。深い山中を行く小道は、右手は低い手すり越しに川が流れ、左手はせり上がる灌木《かんぼく》の繁った崖がそびえ立っている。

しばらく滝道を進んだ午後六時五十分頃、一行は向こうからやってくる霞隆砲と遭遇した。

「おお、霞隆砲」と龍悦親方が声をかける。

「親方。それに警察の方たち。来てくれたんですね、電波の入りがよくありませんでしたが、連絡はできたようですねー」少し安堵《あんど》した声で霞隆砲が言った。

「琴知巻はどうしてる？」

「現場で番をしています。私が皆に知らせに行く役割を請け負いまして、ここまでやって来た次第で――」

「もう一度現場に戻る元気はあるか？」

「はい、それはもう」

「じゃあ我々とともに来てくれ」

龍悦親方にそう命じられて、霞隆砲は頷いておとなしく一行に合流した。道は北に向かってずっと進み、滝へ到るほぼ中間地点にある天狗岩《てんぐいわ》という突き出た岩に沿ってゆるやかに弧を描き、やがて進行方向が南向きへと変わった。

だんだんと暗くなってくる細い山道を一列に並び、できるかぎり早足で進んでいく。午後七時半過ぎになって、ようやく目指す滝が見えてきた。

「あれです、あれ！」

すっかり日が落ちて暗くなった中、大きな水音を轟《とどろ》かせる滝の方角を霞隆砲が指し示す。

そちらに近づいていき、ライトを照らすと、青いビニールシートを被せられた物体のそばに一人の浴衣姿の男が立っているのが見えた。ずっと現場の番をしていた琴知巻である。その足元近くにおかれたビニールシートから太い足が一本はみ出ていて、それが横綱の亡骸《なきがら》であると察せられた。

先頭を行く緒方警部補が、琴知巻の方に近づいて、「あなたが第一発見者ですか？」と訊いた。

琴知巻は頷いて、「はい。龍悦部屋の琴知巻です。私と、そこにいる霞隆砲の二人が発見しました」と言った。

「この青いビニールシートは、どうしたんです？」

「最初からここにありました。たぶん、横綱が、地面に坐るためのシートとして持参したものだと思います」

「なるほど」

続いて緒方警部補がシートをめくった。

首のあたりが真っ赤な血にまみれ、肌が土色に変色し、おそろしい形相《ぎょうそう》をした霞花巻の死体が中から現れた。

一同が衝撃を受けたのは、その横綱の死体の左足が、つけねから切断されてなくなっていたことだ。

「えっ！」「これは！」

その光景を見るなり、多くの者の脳裏に同じことがよぎったようだった。

「あの力士連続殺人事件の、また新しい被害者……！」

＊

「現場のものにはむやみに触らないでください」

緒方警部補がその場を仕切り、ついてきた二人の鑑識員が、現場の写真をとって、指紋など残留物の捜査を始めている。

「最初の発見者の方は、発見したときの状況をお聞かせください」

そう緒方に促《うなが》されて、琴知巻と霞隆砲は、死体を発見した際の事情を説明した。と言っても、あまり話す内容は多くなかった。今日の午後は横綱・霞花巻は一人でこの滝に修業しに来ていたこと、午後五時までには宿に帰るとあらかじめ言っていたのに五時になってもまだ横綱が滝から戻ってこないので、龍悦親方に命じられて、二人で滝に迎えに来たこと。そこで、今と同じような恰好で、シートをかぶせられて横たわっている霞花巻の死体を発見した。霞隆砲が持っていた携帯電話で、警察と、龍悦親方の携帯電話にかけて事情を説明したが、電波の入りが悪かった。そして、琴知巻が死体のそばで番をし、霞隆砲が宿に知らせに戻り、その帰途、山道の途中でやって来た警察官たちの一行と出会った。

「大体以上です――」

「なるほど、大体の事情はわかりました。後は、詳しい現場検証の方は、到着した鑑識の者たちに任せますので、関係者の皆様は、一旦あの宿にお戻りいただけますか」

緒方が一同にそう語ったのと時を同じくして、ライトをつけた一団が滝道をこちらに向かって来るのが聡子の目に入った。それは青い制服を来た鑑識員と警察官たちの一行だった。

＊

一部の捜査員を発見現場に残して、聡子たちの一行は宿に引き返した。より一層暗くなった、うねる山道をとぼとぼと歩き、ようやく宿に帰り着いたのは、午後九時頃だった。夕食を食べずに長い山道を往復したので、皆空腹を感じていたようだ。惨劇が起こった沈んだ空気の中で、一同は宿に用意されていた、すっかり冷めてしまった遅い夕食をとった。

緒方警部補は、宿にいる者に一人ずつ順番に、今日の各人の動向のことなどを訊問《じんもん》している。

早めに夕食を終えた聡子は、御前山とロビーのソファに坐り、お茶を飲んでいた。

「また恐ろしい事件が起きましたねー」

御前山がそう言うと、聡子は、

「頭脳明晰な人なら、今度の事件、もう犯人の見当がついているんじゃない？」と挑発的に言った。「少なくとも、あたしには怪しい人物が既に大体見当がついているんですけど――」

「ほう、これはこれは。では是非、聡子くんの推理をお聞かせ願いたいものです」

「御前山が相手じゃいささか物足りない感があるけれど、まあ特別に聞かせてつかわす」

「どうぞお願いします」

「いいかしら。まず、あの滝のところは行き止まりで、この宿からの一本道を行くしかない。その滝にいた横綱が殺されたということは、その山道を通って行くか、あの〈小児窟〉を通るかどちらかしかないわけだけれど、あの〈小児窟〉はあたしくらい細い人か子どもしか通れないから、ルートとしては除外できると思うの。この宿に泊まっているのは、子どももはいないみたいだし――」

「君の他に、龍悦部屋の御坊とかいう少年がいるよ」

「あっ、そうか。あの子がいたわね。でも、あの男の子、あの〈小児窟〉を抜けられるかしら？」

「それは実験してみないと何とも言えないな」

「でも仮にぬけられたとしても、巨体の横綱を殺害するのって、あたしやその子のような女子どもには無理でしょう。体力に差がありすぎるでしょ。だから、その子のことはひとまず除外していいと思うの」

「それはもっともだね。続けてくれたまえ」

「だとすると、殺人をできるのは、この宿にとまっていた男たち――力士たちが主だけど――に限られるはず。でも、力士たちは、今日の午後、大体土俵のところで稽古をしていたわよね。あなた以外」

「自分も三時以降は、稽古に参加したぜ。それ以前は大体君と一緒にいたし」

「まあ別途アリバイのあるあなたは別にして、稽古に参加している力士は、休んだりして場を外《はず》していた人もいるでしょうけど、二時間にもわたって不在だった人はいないと思うの」

「そりゃそうだろうね。親方たちに訊いて確認しておく必要はあるだろうが」

「だとすると、今日の午後の稽古の時間に、宿をぬけだして、往復で二時間もかかる滝に横綱を殺害に行ける力士はいたはずがない。とすると、機会がある力士は、おのずと限られてくるでしょう」

「つまり――」

「そう。発見者となった二人のどちらかよ。彼らにしか殺人の機会がないわ。彼らが、滝に行って横綱を殺害し、発見者になったふりをしたのよ。二人の共犯か、単独犯かは別にして、あの二人しか横綱殺しをする機会がないわ。もし単独犯だとしたら、現場に残った琴知巻の方が犯人である見込みが大きいと思う」

「なぜだい？」

「琴知巻なら、死体の左足を切断する機会が充分にあるからよ。現場に一人で残っていた時間に、彼は死体の足を切り落とすことができる」

「切り落とすための道具が要《い》るだろう」

「それは、浴衣の下に忍ばせて持って行くかしたんじゃないかしら。逆に、霞隆砲が単独犯だとすると、琴知巻の目を盗んで横綱を刺殺しなければいけなくなって、相当犯行が難しくなるし、琴知巻の目を盗んで死体の左足を切断する時間があったとは思えない。したがって、唯一可能な犯人は、琴知巻よ。彼の単独犯か、もしくは霞隆砲との共犯か、そのどちらかしかありえないと思う」

「筋が通っているね。敬服するよ」

御前山の声の調子が本気かからかい半分なのかは、聡子には判別がつけがたかった。

そのとき巡査が聡子のところにやって来て、緒方警部補が聡子に訊問を求めていると伝えてきた。

「わかったわ」と頷いて聡子は立ち上がった。

彼女は御前山の方を向いて、「緒方警部補にこの推理話してみるわ」と言い残して、ロビーから立ち去った。

＊

臨時の捜査部屋になった客室に行き、緒方警部補と猪俣《いのまた》巡査の立ち会いのもと、聡子は今日の自分の動向を詳《つまび》らかに語った。その話が終わった後、自信をもった口調で、

「自分なりの推理があるので聞いていただけませんか？」と言った。

「ほう、どんなものですか。お聞かせ願えますかな」

聡子は頷いて、御前山に披露したのと同じ推理を緒方警部補に語って聞かせた。

緒方警部補はじっと黙って、聡子の話に耳を傾けていた。

聡子の話が終わると、緒方は鷹揚に頷いて、

「あなたのおっしゃる可能性は、私も既に考えていました――」

聡子は少し出鼻を挫《くじ》かれたような気がして、「そうですか？」と言った。

「しかし、残念ながら、その推理は成り立ちません」

「どうしてです？」

「鑑識の方から、暫定的《ざんてい》ではありますが、霞花巻関の死亡推定時刻を知らせてきたのです。それによると、霞花巻関が殺害されたのは午後三時半から四時半の間ということです。したがって、琴知巻関と霞隆砲関が午後五時頃にこの宿をたったときには、既に霞花巻関が死亡していたことになるわけです。ですから、あの二人が午後五時以降に霞花巻関を殺害したという推理は、成り立たないのです」

＊

虚《きょ》を衝《つ》かれて聡子は一瞬絶句した。

「……それは本当なんですか？　死亡推定時刻が午後三時半から四時半というのは？」

「正式な死亡推定時刻決定は、検死解剖を待たなければなりませんが、監察医の所見は大きく外れることはないはずです。ですから、午後五時以降の殺害というのは、成り立たないことになります。

　監察医から伝えられた所見に関して付け加えておくと、霞花巻関の遺体に残された傷口を調査した結果、傷口の位置からして、自殺ではまずありえないとのことです。左足の切断は、死後のものであることも確認されました」

「そうすると、どうなるのでしょう。この宿にいた人たちは、誰も霞花巻関を殺害できなくなるのではないですか。滝までの道とか山の中をつたって、よそから殺人者が現れたとしか考えられなくなりますね――」

「われわれは、一足飛びに結論にとびつくことはいたしません。考えられるあらゆる可能性を吟味していきます。山奥を通っている小道は、滝までの区間、両脇は川と崖に区切られていて、人が他からやって来るのはまずありえないと見受けられます。この一帯の地理に詳しいこの宿の主人に訊いてみたところ、あの滝道に、途中の場所から入り込むのはまず不可能であるとの見解でした。しかし、一応可能性は吟味する必要があるので、明日には、滝道の周りを徹底的に調査する予定です。

しかしさしあたっての考察としては、宿の主人の言葉を信じて、滝道に別ルートから立ち入るのはありえないという前提を受け入れることにしましょう。そうすると、どうなるでしょう？　あの滝道に入るには、この宿の前を通るしかありません。この宿に今日ずっと詰めていた従業員の話では、外部の者で、今日宿の前を通って滝道に入った者はないそうです。したがって、犯行の機会があったのは、この宿に泊まっていた人たちに限られてきます」

「でも、誰も二時間も、この宿をあけた者はいないように思います。それは無理なんじゃ——」

「それが次の検討課題です。ひと通り関係者の訊問は終えましたので、全員、ロビーに集まっていただきましょうか。そして誰か横綱殺害が可能だった者がいないか、検討することにいたしましょう……」

＊

ロビーには、この宿に宿泊している龍悦部屋の一行八名、千代楽部屋の一行七名、宿の従業員六名が全員揃っていた。

緒方警部補は、監察医の所見など横綱・霞花巻死亡の状況に関してこれまでに判明した事実を簡単に説明した。そして、この宿に泊まっていた者たち以外に犯行の機会がないと考えられるということも説明した。

「死亡推定時刻がさきほど申しましたように、午後三時半から四時半の間ということが判明しています。この宿にいらっしゃった方で、その時間に滝に行けた方がおられるかどうか、それを今から検討したいのです」

一同を見回して緒方はそう語り、テーブルの上に手帳を広げた。

「まずその時間のアリバイがはっきりしている方から申し上げます。従業員の方たちは全員、ずっとこの宿で働いているのを互いに証言なさっています。揃って偽証しているのでないかぎり、この方たちは除外できます。

また、龍悦親方と千代楽親方は、昼食後の午後一時から五時までずっと土俵のところにいたと証言し、互いのアリバイを証しています。そこで稽古していた大勢の力士たちは皆、二人の親方に見られて稽古していたと証言しているので、お二人の親方もアリバイが成立しています。

あとの力士の方たちですが、午後一時から始まった稽古は、滝に行った横綱・霞花巻関と、千代楽部屋の御前山さんを除く全員が参加されていたそうです。すなわち、千代楽部屋の暁大陸、幕ノ虎、剛醍海、颪将鳳の四力士と、龍悦部屋の琴知巻、霞隆砲、龍大策、剣礎、龍中策、綿国星の六力士。この十人の力士たちが、午後一時より三時までは土俵で稽古していたことは、互いの証言によっても確証されています。

ただ一人稽古に参加していなかった御前山さんですが、その間、千代楽親方の娘さんの聡子さんと行動をともにしていたそうですな？」

「三時頃に、一緒に〈小児窟〉に行ったときは御前山と一緒だったわ。その前は、一緒に温泉を浸かりに行ってます」と聡子がこたえた。「風呂に浸かっている間は、もちろん男風呂・女風呂に分かれていましたから、互いのアリバイは証言できませんが」

「聡子くんのおっしゃるとおりです」と御前山も言った。

「わかりました。御前山さんと崎守聡子さんは、午後三時以前は大体行動をともにしていて、互いのアリバイを証言し合っています。この時間帯は、犯行時刻ではないですから、さして問題とするには及びません。問題は、その後の、午後三時以降の人々の動向です」

緒方は一旦言葉を切って、一同をねめつけるような視線で見回した。

「この後は、龍悦親方と千代楽親方に聞いたところでは〈対戦自由稽古〉となり、めいめいが休みを取りながら稽古をする時間になったそうで、それぞれに三、四十分程度の休みをとりながら午後五時まで稽古を続けられたそうですね。

あそこに二つある土俵は、方位に合わせて西土俵、東土俵と名付けられているそうですね。その時間帯の土俵での稽古の組み合わせを、力士の皆様に証言していただいたことをもとにまとめると、次のようになります」

そう言って緒方警部補は、ロビーの脇に用意されたホワイトボードに次のような表を描いた。

「大体、親方が時間を見計らって、二十分で土俵の対戦組み合わせを変えていたそうなので、多少の前後はあるにしても、これがおよその土俵での取組表だそうです。親方、よろしいですか?」

緒方にそう言われて、二人の親方は肯定《こうてい》の頷きを返した。

取組表

三時～三時二十分
西　綿国星――琴知巻
東　幕ノ虎――龍大策

三時二十分～三時四十分
西　霞隆砲――御前山
東　琴知巻――剣　磯

三時四十分～四時
西　龍中策――剛醍海
東　幕ノ虎――颪将鳳

四時～四時二十分
西　剣　磯――綿国星
東　剛醍海――龍大策

四時二十分～四時四十分
西　霞隆砲――琴知巻
東　御前山――颪将鳳

四時四十分～五時
西　龍中策――暁大陸
東　綿国星――御前山

※時間は大体の目安

「この時間帯の、稽古に出ておられない力士の方たちの動向は、人によって違いますが、風呂に入っていたり自室にいたりとさまざまで、概して証人がおらず、アリバイを持っていない場合が多い。それに対して、この表に名前が書かれている時間帯に関しては、土俵で稽古をつけていたのが、複数の証人によって確認されているので、アリバイは確実に成立していると言える。

この対戦表を見ると、当時この宿におられた十一人の力士は、いずれもこの時間帯に稽古に出ておられるわけです。一番回数が少ないのは、四時四十分以降五時までの稽古をした暁大陸関ですが、それ以外の十人の力士は複数回この稽古表に登場しています。

この時間帯がまさに横綱・霞花巻関の殺された時間帯になるわけですが、力士たちの方は、この時間帯に二時間も不在だった人はいない。一番空白の長い暁大陸関にしたところで、四時四十分からの稽古に参加している以上、空白時間は最大限長く見積もって一時間四十分です。暁大陸関以外の方々は、空白時間は大体が四十分から一時間程度になります。これだけの時間では、あの滝まで行って帰ってくることは時間的に不可能です。小道は狭く、走ることができにくいので、徒歩で一時間かかる所要時間を、急ぎ足にしたところでそんなに減らすことはできないからです。

そうしますと、この時間帯に稽古に参加していた力士さん方は、みなアリバイが成立し、犯行が不可能であるとみなさざるをえない。では、残るお二人、崎守聡子さんと、御坊仁心《じんしん》さんは、どうでしょうか。

崎守聡子さんは、午後二時五十分頃、御前山関と従業員の上田さんと伴って、〈小児窟〉と呼ばれる小さな洞穴に行っているそうです。その穴は大人には抜けられないが、聡子さんは細い身体でそこを抜け、横綱・霞花巻関が滝打ちの修業をしておられる龍仙滝においでになったそうですな」

「ええ」聡子は、緒方の目をにらみつけながら頷いた。「そのとおりです」

龍悦部屋の力士たちの中から、「まさか、そのときに彼女が……」という声が洩れた。

「いいえ。そのときの時刻はまだ午後三時少し前の時刻で、霞花巻関の死亡推定時刻には早い。三時十分頃までには、聡子さんは、御前山関、上田さんとともに、宿に戻っておいでなので、時間的にそのときに殺人をするのは無理です。

その後も、午後四時頃から幕ノ虎関とこのロビーで将棋を指しておられた。聡子さんのアリバイが確認されているのは、この二つの時間帯で、その他はお一人でいられたそうなので、聡子さんのアリバイを確認する方がいない。

また、龍悦部屋の使用人を務める御坊さんは、午後四時から五時までの間、龍悦部屋の力士が泊まっている部屋で、休みにきている力士たちのマッサージや肩もみをしていた。稽古を休んでいる剣磯関、龍大策関、龍中策関らが入れ代わりに出入りして、御坊さんにマッサージをしてもらい、彼のアリバイを証言している。したがって御坊さんのアリバイは、午後四時以降は成立していると言えます。しかし、午後四時以前は御坊さんはお一人でおられたそうなので、アリバイを証明する証人がいない。

要するに、聡子さんと御坊さんも、午後の時間、アリバイのある時間とない時間がある点では力士の方たちと共通している。そしてまた、二時間以上にわたる空白時間は、聡子さんと御坊さんも含めて、どなたにもないことがわかりました。ただし、もうおわかりかと思いますが、聡子さんと御坊さんにだけは違う条件がある。つまり――」

「つまり？」

「身体の小さいお二人は、〈小児窟〉を使って滝への近道を行くことができる。このお二人は、十分程度の時間で、滝までを往復することができたのですよ」

＊

「そんな……。あたしや御坊さんに、あの大きな横綱が殺せたとお思いですか？」

聡子は強い抗議の意思をこめてそう言った。同意を求めようとして御坊少年の方を振り向くと、彼は顔を青ざめさせて黙っている。

「まともに正面から戦ってはまず無理でしょうな。しかし、不意を衝《つ》いて急所を刺せば、決して不可能ではありませんよ。霞花巻関の死体には、首の後ろ側にも刺し傷があった。延髄《えんずい》を細身の刃物で刺すと、少ない力で人を即死させることもできます」

「プロの殺し屋じゃあるまいし、そんな器用なことができますか」

「いや、まだ、私は何事も断定したわけではありません。あくまで所与のデータから、ありうる可能性を吟味しているだけです」

「そんなことを言うなら、他の可能性だってまだ色々と想定できるでしょう」

「たとえばどんな？」

「そうですね。たとえば……犯行現場が、あの滝でなかった場合。そう、横綱の霞花巻関は、犯行時刻には滝におらず、ずっとこの宿に近いところにいた。この宿に近いところで殺害すれば、所要時間はずっと少なくてすみます。二時間ものあき時間は要りません」

「なるほど、それはそうでしょうな。しかしその場合、あの巨大な死体をどうやって滝まで運んだんです？」

「一つ考えられるのは、霞花巻関の様子を見に行った方たちが、死体を運んでいた」

「そんな無茶な」と霞隆砲が声をあげた。「私も琴知巻関も手ぶらで向かったんですよ。大きな死体を抱えて、あんなところに行けるわけ、ないじゃないですか」

「まったくです」と琴知巻も相槌《あいづち》を打つ。「自分も霞隆砲も手ぶらで滝道に入りました。死体なんか運べるわけないじゃないですか」

「……それもそうですね。あるいは、犯人は〈小児窟〉を利用して、自分は通れずとも、霞花巻関の死体だけを滝に戻したとか」

「あの穴は、子どもしか通れないんですよ。切断した霞花巻関の左足なら、〈小児窟〉を通すことはできますが、霞花巻関の巨体を通すのは無理です」

素《そ》っ気《け》なく緒方警部補がこたえた。

「うーん……だとすると……」

額に汗を浮かべて聡子が考え込んだときに、緒方警部補のポケットからベルの鳴る音が聞こえた。緒方は携帯電話を取り出し、「ちょっと失礼」と断って、部屋の隅に行って、小声で話し始めた。緒方の声は、大体聡子の耳に入ってきた。

「はい……。えっ？　登山者の中に、殺人を目撃した者が……？　それは何時ですか？　午後四時過ぎ……。はい、それなら時刻はあいます。死亡推定時刻のど真ん中です。滝を見下ろす山道で……。そうですか……。それで、どう証言しています？　顔は見ていない……？　力士の身体……？　はい、はい……それでどういう……そうですか……後で詳しく伺います……はい、はい……」

二分ほどの通話を終えて、緒方はロビーの中央に戻ってきた。

「ただいま本庁の方から連絡がありました。たまたま、滝を見下ろせる登山道を通っていた登山者の中に、滝での殺人を目撃した人がいたそうです。時刻はほぼ午後四時から四時十分頃という話なので、死亡推定時刻とは合致しています。その証言内容をいま簡単に聞いたところでは、霞花巻関は、巨大な体格の男に襲われていたそうです。その目撃証言によれば、襲撃者は、青いビニールシートのようなものをかぶり、顔と胴体はまったく見えなくなっていたそうです。シートからはみだす太く巨大な手足は、まるで力士のようだったとのことです。ですから、おそらく、霞花巻関を襲ったのは、身体の大きな力士だろうと目撃者は語っているそうです」

一瞬の沈黙をおいて聡子が語った。

「その証言からして、私と御坊さんの犯行は否定されるでしょう。霞花巻関を襲ったのは、あたしのようなスリムな女子高生じゃありえないし、御坊さんのような小さい少年でもありえない」

「たしかに、その証言が信用できるとなると、そうなりそうですな――」

顎《あご》をなでながら緒方は、少し不本意そうに言った。

そのとき御前山が手を挙げた。

「わかりました。犯人の仕掛けたトリックが――」

＊

「あなたなんかにわかるわけないでしょ」

そう言って聡子が、御前山の頭を軽く叩いた。

「まあ聞きたまえ。私の披露する推理は、君が考えたようなちゃちなものとは違うんだ」

「言ってろ」

「まず、この事件の犯人が、例の三連続力士殺害事件の犯人でもあることを失念してはいけない。この犯人は、力士を殺害した後で、必ずその身体の部位を一部持ち去っている。今度の霞花巻関の死体からは左足がとられていた。以前の事件では、殺された力士は、右腕、左腕、右足をそれぞれ持ち去られている。それが今度の事件のトリックとからんでくるのです」

「どういうことですかな？」

「つまり、やはり犯人はさきほどの緒方さんの推測通り、聡子くんか、御坊さんのどちらかです。ただ、犯人は自分が力士であることを偽装したわけですな。そのために、以前殺した力士の腕と足を用意していた。切り取った力士の腕や足が腐敗するとまずいから、おそらく防腐加工などの処置を施しておいたんでしょうな。犯人はシートをかぶり、その腕と足を外に見せることで、自分が身体の大きな力士であることを偽装したわけです」

「なるほど」緒方は一応感心した声をあげてみせた。

「そんなの、できるわけないでしょ」聡子がまた御前山の頭を叩いた。「なんであたしか御坊さんを犯人に仕立てるのよ」

「だってそれ以外考えられないじゃないか。なんのために犯人が、これまでの事件で、力士の身体の一部を持ち去ったかも、これではっきりするじゃないか」

「滝の上の登山道に目撃者がいたのは偶然でしょ。その力士偽装の工作をするためには、目撃者がいてくれることが前提になっているじゃない……」

「そういえばそうだな……。じゃあ、その目撃者もグルか？」

「そんな証明されてない事実を推理に使うわけにはいかないでしょ。目撃者がグルだという証明ができれば話は別だけど――」

「まあ面白い推理ではありました」と緒方が鷹揚《おうよう》に言った。「シートをかぶって、力士の切られた手足を操りながら、横綱を襲う犯人という構図は、想像としては面白いですが、現実味はいささか乏しいと言わざるをえませんな――」

「それもそうか……」御前山はがっくりしてうなだれた。

「既に夜も遅くなりましたし、今日のところはこのくらいにいたしましょうか」と緒方が一同を見回して言った。「さきほど仮説や推測をいくつか述べましたが、今の段階ではまだ臆測の域を出ないものばかりです。結論はまだ出ておりません。明日の朝、再度調査のために皆様の協力を仰ぎたいと思いますので、明日もここにとどまり、警察の指示に従っていただきたく思います」

かなり疲労の色が蔓延《まんえん》していた一同は、緒方の言に頷き、三々五々《さんさんごご》解散して行った。

＊

部屋に戻っても、殺人事件に遭遇した興奮から、聡子は当分眠れそうもないと感じた。廊下に出ると、ちょうど御前山が立っていて、「聡子くん。さきほどの自分の推理の改良案なのだが……」と話しかけてきた。

「わかった、わかった。推理に関しては、あなたなんかよりマークの方がずっと頼れるの。マークの部屋に行って、彼の意見を聞きましょう」

「それは聡子くん、買いかぶりというものではないかい」

ぶつぶつ言いながら御前山は、聡子の後をついて、マークの泊まっている部屋にまで来た。

「ハイ、マーク」

「オー、ウェルカム」と言いながらマークは戸を開けて、聡子と御前山を中に通した。

「ホワッティズ・ユア・オピニョン・アバウト・ジィス・ケース？」

「レット・ミー・シィンク……」

聡子とマークが、片言の日本語と英語のまじった奇妙な会話をかわすのを、横に坐った御前山は、眉《まゆ》を顰《ひそ》めて見つめていた。

そこへ、コンコンと扉を叩く音がした。

「どなた？」

聡子が戸を開けてみると、そこにいたのは龍悦部屋の霞隆砲だった。今日滝に行って死体を発見した二人の力士の一人である。

「どうかなさいましたか？」

「今日の話し合いの場で、あなたがたが、探偵のようなことがお得意なのをお見受けしましてーーそれでちょっと相談したいことがありましてーー」

「どうぞお入りください」聡子は、霞隆砲を中に通し、椅子《いす》に坐るよう勧めた。「相談したいこととは？」

「まだ警察に話していないことで、話すべきかどうか迷っているんです。そのことで相談がしたくてーー」

「その話していないこととは何です？」

「今日滝で横綱の死体を発見したときに、ある奇妙なことに気づいたんです。そのことに気づいたのは、後になってからなんですが、皆と一緒にあの現場に戻ったときから、何か変な違和感を感じ続けていたんです。その正体に気づいたのは、ついさっき、部屋に戻って、今日起こったことを振り返っていたときです」

「それは一体何です？」

「あの横綱の死体は、最初から、青いシートを掛けられて横たわっていました。中を覗いて死体を確認したのは、自分ではなく、琴知巻関の方が最初です。そのときは死に顔をちらりと見ただけです。ですが、後で警察やあなたがたとともに、もう一度現場に駆けつけたとき、そのシートの掛けられた死体が何か変化しているように思えました。最初はそれが何かはっきりわからず、喉《のど》に骨が引っ掛かったような違和感を感じただけでした。

部屋に帰ってゆっくり考えてみて、それが何であるかようやくわかりました。最初に死体を見たときは、死体は五体揃った状態でシートを掛けられていたように思うのです。それが二度目に来てシートの被せられた死体を見たときには、左足のところがへこんでいました。ですから、最初に自分が発見したときには、シートの下は確認したわけではありませんが、まだ左足がついていたように思うのです」

＊

一瞬の間をおいて聡子が口を開いた。「それはとても重要な情報ですわ――あなたが考えている以上に」

「つまり」と御前山。「最初の発見の時点で、横綱の左足が切られていなかったことになる。とすると、どういうことだ？　左足が切られたのは、それ以降の時間ということになる。とすると、その切断ができたのは――」

「当然、現場に残った琴知巻関のみということになるわね」と聡子が言葉をついだ。

「すると最初の君の推理のとおり、やはり琴知巻関が犯人ということになるのか？　しかし彼にはアリバイがある。午後の時間帯、彼はこの宿で稽古をしている。アリバイのない時間帯が四十分ほどあったようだが、その時間では滝まで往復することはできない」

「なにかトリックがあるはずよ」

「オー・アイ・ゲト・アン・アイディア」それまで黙っていたマークが顔を輝かせてそう発言した。

「なにかわかったの、マーク?」

「ウィ・ニード・アン・エクスペリメント」

「何て言ってるんだ?」御前山が聡子の方を向いて訊く。

「実験が必要だって言ってるわ」

「トゥモロゥ」

「明日それをやりましょうって」

「本当になにかわかったのか?」御前山が疑わしそうに訊く。

「マークはあなたと違うわ。彼が何かを思いついたというのは、本当に有効なアイディアのときだけよ。マーク、それは今教えてもらうわけにはいかないの?」

「トゥモロゥ」

「わかったわ。じゃあ明日、楽しみにしてるわ」

そう答えたとき、聡子は不意に眠気に襲われた。そろそろ潮時だと判断した聡子は立ち上がり、「じゃあ明日またロビーで会いましょう」

それから霞隆砲の方を向いて、

「霞隆砲関。気づいたことは、警察に言った方がいいと思いますよ。それじゃあ！」

「わかりました。あなたたちに話せたことで、だいぶ気が軽くなりました。ありがとう。そして、おやすみなさい！」

＊

翌朝、一同は、食堂に集まり、重々しい空気の中で淡々と朝食をとった。

霞隆砲が緒方警部補を呼び寄せて、なにやら二人で話しているのが見受けられた。どうやら昨日聡子たちに告げたことを、緒方にも報告しているらしい。

昨晩と同じように一同はロビーに集められた。

「緒方警部補。マークこと幕ノ虎関が、今度の事件について考えがあるそうです」

開口一番、まだ緒方が話しはじめる前に、聡子がそう言った。

「ほう？　それはどんなものですか。お聞かせ願えますかな」

「マークは、実験が必要だと言っています。そのために、あの〈小児窟〉に行く必要があると言っています」

「〈小児窟〉へ？　あそこに、事件を解く鍵かなにかがあるというのですか？」

「マークはそう言いたいようです。あたしもまだその内容は知りません」

「いいでしょう。皆さん、そちらに向かいますか」

一同の同意をとりつけたマークと聡子の先導で、一同は、宿のすぐ近くにある〈小児窟〉の方へと向かった。

滝へ向かう山道に入ってすぐ左手に、〈小児窟〉がある。

「ここがどうしたというのです？」

マークは無言で着ていた浴衣を脱いだ。白いまわしをつけた力士姿のマークが、洞窟の前でどしんと四股《しこ》を踏んだ。地面がかすかに揺れ、ゴゴゴと地鳴りのような音が響く。

「ハー」

パン、パンとマークは、手で顔を叩き、気合をいれる動作をしている。

「ウォォォォッ！」

野獣の咆哮《ほうこう》のようななり声をあげ、マークは、洞窟の片側を塞《ふさ》いでいる岩をがしっと全身でかかえた。

「グググググッ……」

マークが力をこめると、その巨岩は、じりじりと横に動いた。

「おおっ！」一同が驚嘆の声をあげる。

洞窟を塞いでいた岩が徐々に横にずれ進み、滝の側にぬけるせまい穴が今や、大人が通れるだけの大きさにまで広がった。

「この岩、動くものだったの！」聡子が声をあげた。「たしかに昨日の四時過ぎの時間、地鳴りのようなものをロビーにいたときに聞いた覚えがあります。あれはあのとき犯人がここの岩を動かしている音だったのね……」

「そうか！」緒方警部補がはたと手を打った。「犯人の力士はこうやって、滝への道をつくったのか！　ここを通れれば、一時間もかけずに滝に行ける。このことを犯人はあらかじめ知っていて……。でも、どうしてこの岩が動くとわかったのでしょう？」

「そう言えば、この〈小児窟〉は、前に大水がきて小岩が詰まったときに、龍悦部屋の力士たちが手伝って詰まった小岩をどけたと、宿の従業員から聞きました」と御前山が言う。

「そのときに、大岩を動かせば、大人も通れるようになるのを犯人は発見していて、それを自分のアリバイ工作に利用しようと思いついたのでしょう……」

マークの動かした岩を観察するためにしゃがみこんだ巡査が、緒方の方を向いて岩の下を指さしながら言った。

「緒方警部補。この岩の下、たしかに岩がひきずり動いた跡のようなものがあります。この岩、いま初めて動いたわけではなさそうです」

「そうか。これで犯人のアリバイ工作が判明したな。犯人はここを通り、霞花巻関を殺害したんだ。ここを通れば、宿から滝までの往復は十分程度ですむ」

「すると犯人は……!?」

一行の視線が集中するより早く、だっと逃げだした力士がいた。

昨日の死体発見者の一人、琴知巻である。

「やはり！」「あいつだったのね！」「追え！」「つかまえろ！」

といった声が乱れ飛ぶ。

駆けだした琴知巻は、宿の前の駐車場に着くなり、キーがついたままの車に乗り込み、すぐにエンジンをいれて車を発進させた。

「非常線！　犯人逃走中！」走りながら緒方が無線で緊急連絡をしている。

「私も追います！」聡子は、緒方の乗り込んだパトカーの後部座席に乗り込んで言った。

「彼をつかまえてください」

その隣りの座席には、聡子に続いて御前山が乗り込んだ。

「おい、君たち！」

「早くしてください！　逃げられますよ！」

聡子に促されて、緒方がエンジンキーをいれて、パトカーを発進させる。

「なあに、ここまで来るのは一本道だ。じきにつかまえられますって」

猛烈な勢いで山道を下っていく琴知巻の車を、サイレンを鳴らした三台のパトカーが追っかけていく。

山を下りきったところにある交差点で、連絡を受けた警察の一隊が車をとめ、車道を「通行止め」の標識と車で塞いでいるのが見えた。

「止まれ！　止まれ！」

そこに立ち並んだ警察官たちが光る棒をふり、笛を吹いて制止の合図を送る。

その制止の合図を振り切って、琴知巻の車は突進し、警察のつくったバリケードを粉砕して突破した。

その光景をパトカーの運転席で見た緒方は、アクセルを踏んで歯嚙《はが》みをした。

「なんて無茶しやがる……」

緒方たちの乗るパトカーの一群は、琴知巻の車を追って速度をあげ、壊されたバリケードを越えて直進していった。

＊

琴知巻の乗った車を追跡して、緒方らの乗る警察の車は、一般の車道を猛烈な勢いでとばした。D県の国道は、都心と違って道幅が広く、車の量も少ないために、ほとんど遮られずにスピードをあげることができる。

一旦琴知巻の乗った車を緒方は見失ったが、じきに無線連絡が入り、目的の車両が県庁所在都市の町はずれの住宅街の一角に止まったとの情報を得た。

カーナビを駆使して連絡の入った場所の情報をインプットした緒方は、「よし、今からそこに向かいます」と無線で返事をかえした。

後部座席に坐る聡子と御前山は、黙って緊張した面持ちで緒方らのやりとりを見つめる。

緒方がすいすいと住宅街の街路を縫うように進み、やがて閑静な住宅街の一角に車を止めた。既に周囲には、ものものしく何台ものパトカーが並び、付近の路上では近所の住人たちが何人も出てきて不安そうに顔を見合わせているのが見えた。

そこの路上に乗り捨てられていた車は、琴知巻が乗っていた乗用車に間違いない。パトカーをおりた警察官たちは、その道路に面した白いモルタル造りの一軒家を取り囲んでいる。ヘルメットをかぶって、楯《たて》を装備した警察官が、拡声器をもって、何やらその家の中に呼びかけている。

「ここに入ったのは間違いないんだな？」車を降りながら、緒方警部補が訊くと、ドアのそばに立っていた制服姿の警察官が敬礼をして「間違いありません」と返答した。

「ようし！　行くぞ」

ピストルを手にして、緒方ら三人の警察官がその家の門から入り、玄関のそばの壁にへばりついた。緒方がゆっくりとドアノブをひくと、鍵が掛かっていなかったらしく、扉はすっと開いた。

警官が五人ほど中に入り込んだが、中はしんとしていて反応がない。

聡子と御前山も、警察官たちに続いてその建物の中に入った。

薄暗い廊下を奥に進んで、その突き当たりにある扉を緒方が開けた。

中は、一転して明るい日の入る、白い壁に囲まれた、広大な一室だった。その角に大きなベッドが置かれ、長い黒髪をした女性が横たわっている。ベッドのすぐ横には、大型の冷蔵庫が置いてある。二メートル以上ありそうな高さの冷蔵庫で、家庭用ではなく業務用かと思えるほどに大きい。

「……もし？」

緒方は、ゆっくりとその女性に話しかけた。

その女性が突然、バタンと首をこちらに回した。

「ぎゃっ！」

一瞬、緒方とその周囲にいた警察官たちは、その女性の不気味さに驚いて悲鳴をあげた。

白粉《おしろい》が厚く塗りたくられた仮面のような顔に、ガラス玉がはめ込まれたような虚《うつ》ろな瞳が無感動にこちらを見つめている。口紅がやたらに赤く濃く塗られ、まるで口から赤い血を流しているかのようだ。

しかし緒方たちが悲鳴をあげたのは、その女性の不気味な表情のためだけではなかった。彼女の腕に抱えられたものが見えたためでもある。

それは太い人の腕に見えた。まるで切り落とされた力士の腕のように見えた。ベッドの女性はその腕をきつく抱きしめ、何度も舌で嘗《な》め回している。ベッドのシーツは、その女性の垂らす涎《よだれ》でねっとりと湿っていた。

第二陣として部屋に入った刑事の一人が、部屋の角にある巨大な冷蔵庫を開け、叫び声をあげた。

「緒方警部補どの……！」

「中に、中に……人の腕と足が！」

緒方が覗き込むと、冷蔵庫の中には、たくましい男のものとおぼしき、太い腕と足が置かれていた。

「それは、本物か？　模造品やマネキンでなく？」

刑事の一人が、中にある人の腕らしいものを取り出して手に取った。まじまじとその腕のような物体を観察し、何度も触って、肌の感触や表面をうっすらと覆う体毛を確認している。

「本物の人の手足のようです。防腐処理がなされているようですが――」

「あの殺された力士の手足なのか？」

「それは鑑識に調べてもらわないとわかりませんが、大きさや切られ方が類似しているように思います。その可能性が大きいかと――」

「なんでこんなところに、こんなものが……」

半ば絶句してうめいている緒方たちのところに、背後から足音が近づいてきた。

「説明しようか」

はっとして振り向くと、そこに立っていたのは、琴知巻だった。髷《まげ》をほどき、薄汚れたざんばら髪を垂らしている。はすかいに緒方たちを睨《にら》み、口もとには凄惨《せいさん》とも見える、歪《ゆが》んだ笑みを浮かべている。

緒方たちが拳銃を構えると、琴知巻は無抵抗に手をあげた。

「もう観念してるよ。武器は持ってない。おろしてくれ」

相手が抵抗するそぶりを示していないのを確認して、緒方たちは拳銃をおろした。

「この部屋にあるこの腕や足……。一体、どういうことなんだ？」

「そこに寝ている彼女、例の事故の被害者なんだ。あの三年前の、九能山と暁大陸の取組のときに国技館で下敷きになった」

「えっ⁉　じゃああそこで寝ているのが、筒カ錦の娘さん……？」

「そう。そして――俺の恋人でもある」

＊

「付き合って……いたの？」

「恋人？」

「じゃああなたは、筒カ錦さんの娘さんと？」と聡子が声をあげる。

「そうさ。周りに隠してはいたが、俺は、彼女と付き合っていた。彼女とは将来の結婚を約束していた」

「そしておまえが、この連続力士殺害事件の犯人なんだな？」

「そりゃまあみてわかるだろう。ごらんのとおりさ」

「なぜこんな残虐《ざんぎゃく》な事件を起こしたんだ？」

「見てわからないかな。すべてはそこに寝ているミツのためさ。ミツは、あの事故で、癒《いや》されない傷を負った。身体の傷も大きいが、それ以上に心に受けた傷が深く癒しがたいものだった。あの事故以降、ミツは、力士の身体にしか反応を示さなくなった。それも俺のような小柄な身体ではなく、暁大陸や九能山のような、頑健で巨体の力士しか受け付けなくなった……」

「えっ、どういうこと？」

「力士の重量に押しつぶされて死にかけたときに、力士の身体というものが、ミツの中に決定的に刻印されたのだろう。それはおそらく性的な快感と結びついていたのだろう。ミツは、性的に巨体の力士の身体にしか反応しなくなってしまったのだ。

ミツをこんな身体にした張本人の一人、九能山は、俺がおびきよせて殺害した。九能山への復讐をしたときには筒カ錦夫妻と協力していた。ミツは、その九能山の死体を与えられて狂喜した。いつまでも彼の身体を抱き嘗《な》めているのを見て、俺はミツの性向が決定的に倒錯してしまったのを知った。

ミツは何日も、九能山の死体を抱いて嬉しそうだったが、防腐処置をしていなかったので、死体はじきに腐敗していった。大好きな力士の死体を失ったときの、ミツの悲しがりようは、それは見ていて辛いものだった。

筒カ錦は、ミツをそんな目にあわせた角界に復讐するために俺に協力を求めたが、俺は拒否した。俺は筒カ錦のところからミツをさらってここに隠した。やつが執念を燃やしていることなど、俺にはどうでもよかった。俺にあるのはただ、ミツを喜ばせてやりたい——その一念だけだった。

ここを隠れ家として、二人だけで暮らせるようになったとき、俺は決意した。自由に歩くこともできないミツを喜ばせるために、力士の身体を調達してきてやろう。今度は、過ちを繰り返さないために、ちゃんと防腐処置を施してやろう。ミツはどうやら、力士の身体でも太くてたくましく強いものほど好きらしい。そこで俺は、標的として、角界で最高の身体の部位ばかりを狙って集めることにした。防腐の仕方はちゃんと研究して習得した。最終的には、ミツ用の究極の力士アゾートをプレゼントするつもりでいた。

俺の計画は半分以上は達成されていたんだ。おまえたちの邪魔さえ入らなければな！

この大事な計画が中途で挫折の憂《う》き目《め》を味わわさせられたのは、悔しいが、俺は自分のやったことを後悔していない。親と死別した後の俺にとって、ミツだけが唯一の生き甲斐《がい》だった。ミツを喜ばせるためなら、俺はどんなことでもいとわない。地獄の業火に焼かれようと、俺はミツを喜ばせるためにおまえらを殺し続けるだろう」

琴知巻は一気に吐き出すように語った。それから両手を前に差し出した。

「あんたがたのところに連れていくがいいだろう——その前に挨拶だけはさせてくれ」

琴知巻の言ったことがわかったのか、ベッドに寝ていた女性が急にさめざめと泣き始めた。琴知巻はベッドに駆け寄り、愛しそうに彼女の髪をなで、頬《ほお》をさすった。

「泣くんじゃない、ミツ——俺は、ちょっと行ってくるからな、ほんの少しの間の辛抱だ。いい子にして待ってるんだ、ミツ」

第六話

黒相撲館の殺人

稲光が走って雷鳴が轟《とどろ》き、横殴りの雨がさらに強まり、山道をのろのろと進む小型バスの窓に雨粒を叩《たた》きつける。

千代楽《ちよらく》部屋の一行九名を乗せた小型バスは、激しい風雨にさらされながら川沿いの曲がりくねった道路を進んでいく。険《けわ》しい山岳地帯のドライブウェーに入ってからは、道路を走る車はつとに見当たらなくなった。ワイパーはほとんど役に立たず、雨水が滝のようにフロントガラスに流れ、視界はほとんど利《き》かない。まだ昼間だというのに、夜のような暗さである。

「随分ひどい雨になったわねぇ」

運転席のすぐ後ろに坐《すわ》っていた聡子《さとこ》が、ポップコーンを頰張《ほおば》りながら言った。「まだ目的地の宿に着かないのかしら」

「もう着いていておかしくない時間なのだがな」その後ろの席に坐った千代楽親方が、腕時計を睨《にら》みながら言う。「これじゃチェックインの予定時刻に間に合わないな」

運転手の御前山《おまえやま》は小型バスを道の端に寄せて、車を止めた。そして運転席で地図と睨めっこを始めた。

「おかしいな。地図にまったく対応しない道になっている。どこかで間違えたか……」

聡子は、御前山の頭を後ろから軽く叩いた。

「御前山。あなた、また道を間違えたでしょ」

「標識を確認してこの道に入ったから、間違えていないはずなんですが……。このあたり、カーナビも利きませんし、この雨じゃ、視界も利きません。それに、この道をこのまま進むのは危険ではないかと思います。これだけ雨がきついと、崖崩れが起きないか心配ですし、運転を一歩間違えたり、スリップしたら、左手の川に転落しかねませんからね」

「道に迷ったか？」と親方が訊《き》く。

「どうもそのようですね……。ちょっと引き返しましょう……」

御前山がエンジンキーをいれて車を発進させ、若干バックさせてから切り返し、車をUターンさせた。

「さっきの橋のところまで戻りましょう。あのあたりまでは、地図通りに来ていたはずですから――」

「着くのがだいぶ予定より遅れちゃうじゃない」

「聡子、そんなに責めるな。こんな雨では運転手が道を見失うのはよくあることだ」親方は、御前山をかばう発言をした。

「親方、すみません」

「気にするな、仕方ないことだ」

後ろの座席を見ると、車で長時間ゆられてきたために、頑健な力士たちの顔にもさすがに濃い疲労の色が漂っている。大関の暁大陸《ぎょうたいりく》だけは、悠然と後部座席で寝息をたてているのが見える。聡子と千代楽親方が坐っている座席の後ろには、前から番付の高い順に千代楽部屋の力士たちが坐っていた。車内に坐っているのは、大関の暁大陸を筆頭に、前頭《まえがしら》の幕ノ虎《まくのとら》、大炎舞《だいえんぶ》、十両の颪将鳳《おろししょうほう》、剛醍海《ごうだいかい》、志宝龍《しほうりゅう》といった面々だった。

車軸《しゃじく》を流したような雨の中を、御前山の運転する小型バスは、もと来た山道を引き返していく。

しばらく進んだところで、突然御前山がブレーキを踏んだので、車内にいた者はガクンと大きく前に身体をつんのめらせた。眠っていた暁大陸も目を覚まし、あたりを見回している。御前山が身を前に乗り出し、眼鏡《めがね》を直して、「あれは⁉」と叫ぶのが聞こえた。

「なに？」

聡子も前方に目を凝《こ》らすと、前方の道路が、小山ができて塞《ふさ》がっているように見える。

「崖崩れか……？」

傘をもって、御前山が車から下りる。聡子、千代楽親方、志宝龍らも続いて、傘をさして車を下りた。激しい雨が横殴りに吹きつけるこの天候の下では、傘をさしてもすぐにずぶ濡《ぬ》れになってしまう。

前方の道路は、崖から落ちた岩と土砂ですっかり埋まっていた。小山の高さは、数メートルにもなり、到底乗り越えられそうもない。かと言って、右側は深い川で左側はそそりたつ崖とあっては、ここを回避して先に進むのはできそうもない。

「お手上げですね……」御前山が首を振りながら言った。「これでは、通れない」

「助け、呼べないの？　電話は？」

千代楽親方が、ポケットから携帯電話を取り出し、ダイヤルを押してみたが、すぐに首を振った。「だめだ。ここは電波が届かないエリアだ」

聡子も自分の携帯電話を取り出してみたが、通話のできる表示が出てこない。

「どうすんのよ。こんなところで立ち往生《おうじょう》なんて……」

「困りましたね」御前山は眉間《みけん》に皺《しわ》を寄せて、難しそうな顔をして腕を組んだ。

「困りましたね、って、そもそもあなたが道を間違えたのがいけないんでしょう」

「こら、聡子」と千代楽親方がたしなめる。「この状況では仕方ないだろう。御前山の責任じゃない」

「だって」

「とりあえず、またUターンしてこの先へ真っ直ぐ進んでみますか。この先に抜け道があるかもしれない」

「そうしよう」御前山の提案に親方が頷《うなず》いた。

外に出ていた者たちは車に戻り、座席に坐り直した。御前山は運転席についてすぐに車を発進させ、すばやくハンドルを切って、車をまたUターンさせた。

小型バスを運転しながら御前山は、運転席のメーターを見て眉《まゆ》をひそめた。

「ガソリン、だいぶ残り少なくなってますね」

「なんで充分給油してこなかったのよ？」

「こんなに長時間走る予定じゃなかったんですよ。それに山間部に入ってからというもの、ガソリンスタンドなんて全然見当たりませんし……」

「ふむ、しかし、その残り具合だと心配だな……」

車が十分ほど進んでいくうちに、雨が少し小降りになってきた。しかし、その道路は、じきに行き止まりになり、舗装された道はそこで途切れていた。

道路の舗装が終わった地点で車を止めて、御前山は外に出て「信じられない」という表情で首を振った。道路の終点には行き止まりの標識があり、そこから人がやっと通れそうな細い山道があった。

「行き止まりなら分岐のところでその標識があったはず。そんな表示なんてなかったのに……」

「あなた、見落としたんじゃないの」

「おかしいですよ。どこかで標識が狂っていたとしか……」

行き止まりのところで、後部座席に坐っていた六人の力士たちも全員、傘をさしておりてきた。

「しかし、困ったな。こんなところで立ち往生では」と親方が思案顔で言う。「もうガソリンも残り少ないし、車は使えない。どこかに助けを求めないと、今晩はこの山中で野宿しないといけなくなる」

「どこかで電話をかけられれば助けが呼べるんですが、携帯の電波が入りませんしねえ」

「そこの山道をのぼってみますか」暁大陸が指差したのは、登りになっている登山道らしい前方の細い山道だった。「施設か人家がこの先にあるかもしれませんし……」

「そうだな。行ってみることにするか」と親方が頷いた。

千代楽部屋の現役力士七人と、千代楽親方、その娘聡子の計九人は、車をおいて、その細い山道を登り始めた。雨の中、ごつごつした小石の多い、ぬかるんだ山道を歩くのは大変な難行だった。既に全身がびしょ濡れの上、泥濘《ぬかるみ》と水たまりに足をとられて、聡子は何度も転びそうになった。

聡子は、健脚に自信がある方だったが、他が頑強な力士たちばかりなので、さすがに後れをとりがちになる。力士たちは聡子に気を使って、聡子の荷物を代わりに持ち、時々歩く速度を緩めながら、歩きにくい山道をずんずんと進んだ。

二十分ほど登ったところで、少し見晴らしのよいところに出た頃には、雨がかなりおさまりかけていた。そこから先の山腹に、宏壮な屋敷のようなものがあるのが見えるようになった。

「おお……！　あんなところに建物が……！」

「こんなところに、なんか不似合いな建築物ですね」御前山は目を細めてその建物を遠目に眺めながら言った。

親方は、その建物までの距離を目算して、

「あれならおそらく、ここから二、三キロのところにあるんじゃないか」と言った。

「ええ、たぶんそのくらいですね」と御前山も同意する。

「あの方角を目指して、この山道を道なりに進んで行けば、たぶんたどり着けるだろう。人がいるかどうかわからんが、とにかくあそこで休ませてもらおう。電話が使えれば、救援を頼もう」

親方の言《げん》に、一同は頷いた。進むべき目標がはっきりしたので、一同はかなり元気づいた。それまでより速い速度で、山道をずんずんと進んだ。

三十分ほど歩き、目指す建物の前にまでようやく辿《たど》り着いた。雨はほとんどあがっていたが、全天を黒い雲が覆い、昼間なのに暗いままだ。

その屋敷は、周りの景色にはまったく不釣り合いな、西洋建築で、礼拝堂めいた円筒の塔が中央にそびえたっている。塔の左右に五階か六階までありそうな高さの翼棟がのび、壁はすべて真っ黒に塗られている。窓はすべて黒いブラインドか鎧戸《よろいど》がおりていて、苔《こけ》や蔦《つた》が建物の壁面を覆い繁っている。中に人がいるのかどうかわからないが、玄関の周りはきれいに整備されていて、人が手入れをしていることを窺《うかが》わせる。

「なんかおかしな恰好《かっこう》の建物だな」その高い館を見上げて親方がそう言った。

「そうね、こんな山奥になんでこんな館が……」と聡子。

「ともかく人がいないか、ノックしてみよう」

親方は、玄関の扉についていた獅子をあしらったノッカーをコンコンと叩いた。

「すみません。どなたかおられますか？」

一分ほど待った後、扉がギギーッと中に開かれた。

千代楽部屋の一番巨体の暁大陸よりさらに太くて大きな体格をした男が、中に立っていた。片手に燭台《しょくだい》をもち、体重は二百キロ近くあるのではないかと思えるほどの大きさだ。異様なことに、その顔は、目の部分が少し開いている以外、包帯でぐるぐる巻きにされて、表情はさっぱり見えない。

前開きのシャツの上から浴衣《ゆかた》のような白い和服を羽織り、下は黒袴《くろばかま》を着ている。

その男の異様な外見に驚きながらも、親方が事情を説明する。

「雨のせいで、道路が崖崩れで通れなくなって立ち往生してしまいました。もし電話があればお借りしたいと思いまして……」

その包帯男はしばらく、目を上下左右に動かし、玄関の外に立っている男たちの様子を観測した。

「どうぞお入りください」

口の中に食べ物を詰まらせているような、くぐもった声で包帯男はそう言った。

その館から現れた異様な包帯男を訝《いぶか》りながらも、千代楽部屋の一行は、その館に入っていった。

＊

中に入ると、やたらに高いふきぬけの天井をいただく広間があった。外から塔に見えていた建物の下に位置するらしい。正面に階上に向かう幅広の階段があった。天井には宝石をちりばめたように見える豪華なシャンデリアがかかっていたが、明かりは灯《とも》っておらず、包帯男の手の燭台だけが屋内に光をもたらしていた。

扉を入ってすぐ右手に、黒袴に飛白《かすり》の和服姿で口髭《くちひげ》を生やした初老の男性が立っていて、包帯男に深々とお辞儀《じぎ》をした。

「執事の猿俣《さるまた》です」包帯男が、その和服の男を指して言った。

猿俣と紹介された男は無言で会釈した。名前のとおり、猿に似た容貌《ようぼう》をしていて、飛白の着物を黒帯でとめている。力士たちにひけをとらないほど大きく太った身体をして、茶色く黒ずんだ肌に異様に深い皺が刻まれ、かなり高齢だと思わせる。目は小さく落ちくぼんでいて、「金《かな》つぼ眼《まなこ》」という形容がぴったりする。

「電話をお借りしたいとのことですが、この土砂降りのせいで断線が起こったようでして——。館内に一つあった電話が現在不通になっています」包帯男は、感情のこもらない声でそう言った。

「そうですか……。しかし、そうすると外部との連絡はつけられないのですか？」

「明日になれば、この館へ荷物を届けている業者が参ります。外部と連絡をつけるのは、明日まで待っていただかなければなりません。それまで一晩、皆様はこの館でお泊まりになればよろしいでしょう」

「しかし……」

「この館は広うございます。充分皆様全員を泊められるだけの部屋はありますので、どうかご心配なきよう」

「そうですか」親方は、後ろに付いてきている力士たちの方を振り返り、その反応を窺った。

千代楽部屋の力士たちには特に反対する反応はなく、親方の判断に従うというのが総意なのが窺えた。

「では、お言葉に甘えて、一晩宿をお貸しいただけますか？」

「どうぞ、どうぞ」

一行が入った広間の壁には、ぎっしりと化粧まわしをつけた力士たちの肖像画や似顔絵が掛けられている。

「おお。江戸時代の大関・横綱たちの絵画ですかな」親方が、壁の絵を見回して感嘆して言った。「それより古い時代の相撲絵もある。相撲美術館でも、こんな立派なコレクションは見たことがない」

「有史以来の主だった相撲絵は大体取りそろえてあります。あの右の壁のところに掛かっているのは、著名な錦絵画家による、日本書紀に登場する相撲絵です」

包帯男は、階段のそばに掛けられた、ひときわ大きな錦絵を指さして言った。

「あれは日本最古の相撲の記録を描いた錦絵です。皇極《こうぎょく》元年、西暦では紀元六四二年、わが国を訪れていた百済《くだら》の王族・翹岐《ぎょうき》とその使者・智積《ちしゃく》の饗応《きょうおう》のため『健児《ちからひと》に命《ことおほ》せて、翹岐が前に相撲《すまひ》とらしむ』と書かれています。既に千四百年近くも前の建国神話に近接した時代に、相撲がとられていたことが示されているわけですね」

続いて主人は、公家たちが並んで相撲を観戦している絵を示して、

「そこから時代が下って、こちらは『平安相撲節会《すもうのせちえ》』」と説明した。「平安時代は、豊作

かどうかを占う相撲節会は、射礼節《じゃらい》・騎射節《うまゆみ》と並んで重要とされた儀式でした。天皇が判定役をつとめることもあり、勝った力士の側に演奏される舞楽は実に華やかなものでした」

その隣りの壁には鳥羽僧正《とばそうじょう》が描いた鳥獣戯画によく似た絵柄で、蛙《かえる》が相撲をしている戯画が掲げられていた。その横には織田信長の御前で相撲が行なわれているさまを描いた絵画が掲げられ、主人は「絵本拾遺信長記《しゅうい》」の相撲対戦記録に依るものと説明した。そして江戸時代の元禄相撲・勧進《かんじん》相撲を描いた浮世絵の数々。日本の古来からの相撲史を一望できるような感がある。見たことのある相撲絵画の複製と思われるものもあったが、初めて目《ま》の当たりにする絵画も多く、絢爛《けんらん》豪華な相撲絵の数々は見る者を眩惑《げんわく》せずにはおかなかった。

「たいそう立派なコレクションですな。随分相撲に造詣《ぞうけい》の深い方とお見受けいたしますが……」親方が、相撲絵に感嘆しながら言った。「角界にお係わりになったことがおありですか？」

千代楽親方にそう訊かれて、包帯男がそっと唇を動かすのが見え、聡子には彼がある種の寂しげな笑みを浮かべたように見えた。

「かつて相撲を志した一人に過ぎません……。この館はごらんのように、西洋建築の改装を加えてありますが、元は江戸時代に建てられた、相撲が催《もよお》される建物でした。黒相撲のことはお聞きになったことがありますか？」

「黒相撲？」親方は、一瞬びくっと耳をそばだてたように感じられた。「いえ、初めて耳にする言葉ですが……」

「ここは、かつては、その黒相撲に属する黒力士たちの砦《とりで》だったところです」

「黒力士？　それは一体……？」

「ご存じないのなら、封印された過去の歴史ともども、後で簡単にご説明いたしましょう。しかし、皆様、長い山道を歩いてこられて、さぞやお腹をすかしていらっしゃることでしょう。しばらくこの広間でお待ちいただけますか。じきに猿俣に食事の用意をさせますので――」

食事という言葉を聞いて、不審を感じながらも空腹に苛《さいな》まれていた力士たちの間に、安堵《あんど》とも喜びともとれる溜め息が洩《も》れた。

親方は、包帯男と執事が広間から出て行った後、小首を傾《かし》げている。

「変だな……」と父親が呟《つぶや》くのが聡子の耳に聞こえた。

「どうかしたの、お父さん？」小声で聡子が訊いた。「黒相撲のこと？」

「いや、そのことじゃない。この館の主人のことだ。あの声、あの歩き方、見憶えがあるような気がするんだ……」

＊

広間の壁際に置いてあった椅子《いす》に腰かけて、千代楽部屋の一行は、待っていた。

じきに広間の左手の側の扉が開き、また包帯男が現れた。

「お待たせいたしました。食堂におこしいただけますか。食事の用意が整っております。

こちらにおいでください」

　一同は立ち上がり、館の主人の後にしたがって、広間に隣接した食堂に入った。そこには、白いテーブルクロスが掛けられた長いテーブルがあり、十人分の椅子が用意されていた。テーブル上には炎のともった燭台がならび、三つの大鍋がぐつぐつと煮えている。空腹の力士たちは、その光景を見ただけで唾を呑《の》み込んだ。

「食材は最上のものを取りそろえ、極上のチャンコ鍋を用意いたしました」

　猿俣が、席についた力士たち一人一人の碗に料理を盛っていく。

「まるで私たちが来ることを予期していたみたいだな」

　小声で御前山がそう囁《ささや》いた。聡子も「そうね」と小声で同意を示した。

　一同がテーブルにつくと、主賓《しゅひん》席についた包帯男が「さあ。饗宴を始めましょう」と言って、日本酒のつがれた猪口《ちょこ》をとった。「相撲界のますますの発展を祈念して、乾杯いたしましょう！」

　しかし、包帯男の乾杯に唱和する者はいなかった。

　さすがに空腹だった力士たちは、不審の念を抱きながらも、眼前の料理への欲求には抗しがたく、しばらくは黙々と食べることに専念した。包帯男の言葉どおり、そのチャンコ鍋の味は、絶品と言えるものだった。鱈《たら》など白身魚と鶏《とり》のつくね、白菜、白葱、椎茸がほどよい味噌味で煮込まれている。

　マークはその味に感動した様子で「グッテイスト」などと言って、がつがつと食べている。

力士たちの空腹を満たす摂食行為が一段落したところで、親方が、包帯男の方を見つめて、

「それで、さきほどお話にでた『黒相撲』と『黒力士』。一体なんのことなのか、お聞かせ願えますかな？」と頼んだ。

包帯男はおごそかに頷いて、重々しい声で語り始めた。

「それは、語れば非常に長い話になります。長々と歴史の話を聞かされても退屈でしょうから、要約してできるかぎり簡単に説明させていただきましょう。

光あるところに影があるように、表に出てもてはやされているものには、裏の影の歴史がまとわりついています。相撲の歴史にとって、いまの大相撲に連なる表の相撲の歴史に対して、その裏の影をつくっているのが、黒相撲の歴史なのです。

黒相撲の正確な発祥はわかっていませんが、おそらく相撲の発祥と同根だったろうと思われます。相撲は神に祈りを捧げる神事と結びつき、庶民の喜ぶ見せ物として普及し発展してきましたが、黒相撲は、権力を欲する野望に裏打ちされ、為政者《いせいしゃ》たちが陰で暗殺などに用いる、相撲の暗黒面を引き出したものと言えます。

黒相撲が、普通の相撲と違うのは、鎧兜《よろいかぶと》を着て、武装して取り組むものである点です。多くの力士が、黒い鎧兜を身にまとっていたことから、『黒相撲』の異名をとることになりました。普通の相撲では禁じ手とされている、つかみや蹴《け》り、殴りなども黒相撲では技として認知されています。『黒相撲』の取組は、見せ物相撲と違って、命のやりとりでした。勝敗が決するのは、どちらかが死亡したときで、相手の命を奪うまで戦うの

が『黒相撲』の流儀でした。

　日本書紀に書かれている最初の相撲対戦の記録と言うべき、野見宿禰《のみのすくね》と当麻蹶速《たいまのけはや》の戦いでは、前者が後者を蹴殺してようやく決着がついています。この戦いは相撲のルーツであると同時に、黒相撲の起源を記録したものと言えます。元々の相撲は、命のやりとりをする黒相撲の方が本義であり、源流であったわけです。

　黒相撲の力士たちの強力な戦力に目をつけた為政者たちは、自軍強化のために多くの黒力士たちを召し抱えることになりました。平清盛は、御月亜堂《おづきあどう》率いる平安京最強とうたわれた黒力士団をかかえて、源氏の残党狩りに使いましたし、源頼朝は、平家に対抗して、鎌倉で私設黒力士団を結成しました。平家打倒の挙兵をした源頼朝が緒戦に敗れて落ちのびたときに、彼を危地からすくったのは、その黒力士団だといわれています。

　源氏の世になってからも、黒相撲の歴史は脈づいていきます。有名な曽我兄弟の仇討ちを引き起こしたのは、源頼朝の御前で行なわれた、俣野《またの》五郎景久《かげひさ》と河津三郎祐泰《すけやす》の相撲なのは有名です。両者とも黒力士の技を身につけた殺人相撲の達人でした。

　鎌倉幕府の時代から室町幕府の時代にうつり、南北朝の争いが熾烈《しれつ》をきわめたときも、北朝・南朝それぞれが独自の黒力士を抱えて自軍の強化をはかりました。戦国の世で天下平定をなした織田信長・豊臣秀吉・徳川家康らの武力もまた、黒力士の力なしにはありえなかったといわれています。このように黒力士たちは、歴史の表舞台に現れない闇の世界での暗躍を続けていました。

　しかし、徳川の世になり、戦《いくさ》のない世がくると、徳川幕府は、かつてはあれだけ戦闘において活躍した黒力士たちをうとましく思うようになりました。慶安《けいあん》元年（一六四八）から享保《きょうほう》五年（一七二〇）にかけて幕府が出した相撲禁止令は、この黒相撲を取り締まるためです。相撲が、今日一般に知られているような危なくないものであるなら、幕府がわざわざ禁止令を出す必要もないはずです。

黒力士たちから戦闘力を奪いながらも、戦う舞台を与えるために幕府が始めたのが、御用相撲、すなわち今の大相撲の起源です。今の大相撲は、黒相撲の戦闘性を奪って、庶民の娯楽・見せ物にすることで成立したのです。

しかし、その俗化し堕落した相撲のありように納得しきれない大勢の黒力士たちがいました。三代将軍・徳川家光の代に、不満を爆発させた黒力士たちの反乱が生じました。長崎で天草四郎の乱が起きたのは、その黒力士の反乱に呼応してのことでした。戦闘は数カ月にわたりましたが、結局幕府軍によって鎮圧されました。そのとき黒力士たちが最後まで立てこもって戦った砦が、他ならぬこの場所です。彼らが歴史の表舞台にたつことはなく、その戦いは歴史の記録からは抹消されていったのです。

そのとき砦にたてこもった力士たちは全員が虐殺されたとつたわります。しかしそれで黒力士の命脈が途絶えたわけではありません。黒力士の技と伝統を伝える伝承は、今も各地にひそかに受け継がれています」

そこで主人は言葉を切って、一同を見回した。

「皆さんは当然大関・雷電為右衛門《ためえもん》のことはご存じでしょう。現在の角界まで含めて、記録に残されている勝率では史上最強の力士なのに、大関止まりでなぜか横綱になれなかった。雷電が横綱になれなかったのは、相撲の世界では七不思議の一つと言われていますが、彼が黒相撲に出自をもっていたことを明かせば、その理由がわかるでしょう。いかに好成績をおさめた力士でも元が黒力士では横綱に推挙することはできなかったわけです。そしてまた、雷電は、黒力士界では特に最強だったわけではありません。黒力士たちの力が、いかに表の世界の力士たちと隔絶していた力を持っていたかは、雷電の例を見ただけで明らかでしょう。彼が島原の乱のあとを訪ねた記録が残っているのも、その地が黒力士ゆかりの地だったからです」

「それで、あなたは、その黒相撲と黒力士とどのような係わりがおありなのです？」

「さきほど申し上げたとおり、私はかつて相撲を志し、短期間ながら、角界に身を置いたこともある身。しかし、あるとき自分がその黒相撲の系譜を継ぐ者であると知らされたのです。とある者の伝達によって」

「とある者の伝達によって？」

「そのあたりのことは、おおっぴらに話すわけにはいかない事柄が含まれています。これ以上の詮索は控えていただきたい。

　ところであなたがたは、相撲を稼業とする方たちのようですが、どちらに属するお方たちですかな？」

「相撲にお詳しい方なので、われわれのこともご存じかと思っておりましたが――」

「あいにくと、近年の相撲は、まったく通じておりません。この館には、テレビもラジオもありませんので――」

「千代楽部屋です」と親方がこたえた。「私がその親方。ここにいる力士は、私の左手から順に、まず大関・暁大陸。黄色と黒のまだら髷《まげ》をしているのが、幕ノ虎。前頭に昇進したばかりの大炎舞。向かいの席のそちらにいるのが、十両の颪将鳳と剛醍海。そして、北日向《きたひなた》あらため志宝龍。幕下の御前山。そして、娘の聡子です」

「千代楽部屋……？」その言葉を聞いた瞬間、心なしか包帯男の袖口《そでぐち》から見える手首の血の気が少し引いた感じがした。どうやらその拳をぎゅっと固く握りしめたせいらしい。

「もしかして、千代楽部屋というと、江戸時代から続く名門・千代榊《ちよさかき》部屋の流れを継ぐところではありませんか？」

「いかにも。わが千代楽部屋は、数ある相撲部屋の中でも、もっとも古くからの系譜をついでいる部屋です」

「おおお」包帯男は、怯《おび》えたような声をあげ、立ち上がった拍子に坐っていた椅子を後ろに倒した。「おおおおお」

「どうかなさいましたか？」

「来るべきではなかった。あなたがたは、断じてここに来るべきではなかった……」

「どういうことです？」

「入れるべきではなかった……。いや、もうそんなことを言っても遅いですな」包帯男は首を振って、自分に言い聞かせるように言った。

親方たちは、訝《いぶか》しげに包帯を巻いたこの館の主人らしい人物を見つめた。包帯男は、重たそうに頭を左右に振り、

「この館には、呪われた黒力士たちの怨念《おんねん》がしみついています。島原の乱のときに虐殺された黒力士たちの怨念が……。その反乱鎮圧に際して、黒力士虐殺の先鋒をになったのが、当時幕府から手厚い庇護《ひご》を受け、多数の御用力士を輩出していた千代榊部屋の力士たちです。その系譜を継ぐ千代楽部屋は、黒力士たちにとって、最も憎まれ恨《うら》まれている相撲部屋に他なりません……」

「そんな莫迦《ばか》な」親方は愛想笑いを浮かべ、なだめるように言った。「そんな闇の歴史があるなんてこと自体、初めて伺いました。たとえ過去にそういうことがあったとしても、今のわれわれには何の関係もないではありませんか。四百年も前の怨念など、莫迦莫迦しい」

「単なる怨念ではないのです。現在も黒力士の系譜を受け継ぐ者たちは、この国内に潜み、その黒い伝統もまた受け継がれています。その黒力士たちは、何より自分たちに激しい弾圧を加えた徳川幕府と千代榊部屋への復讐《ふくしゅう》を誓っています……」

「そんな、実体のないことを言われても……」

「実体がないとおっしゃるなら、証拠をお見せいたしましょう」

「証拠？」

「黒力士と黒相撲の実際の歴史を示すものです。そろそろ食事も終わったことですし、皆様もおいでくださいますかな？」

＊

燭台をもった包帯男に先導され、食事を終えた千代楽部屋の一行は、食堂を出てまた玄関の広間に戻り、そこから食堂とは真向かいにある廊下に入った。薄暗い廊下の天井には照明設備はなく、廊下の端に置かれた明かりがかすかな光をもたらしている。

その廊下に入ってすぐ左手の板戸の前に立ち、用意した鍵束を取り出して、包帯男は、その鍵穴に鍵を差し込んだ。ギーッと音をたてて、その扉は横開きに開いた。

「おおっ！」

中に入るなり、一同は感嘆の声を上げた。

そこは見事なまでの、戦国時代ないしそれ以前の時代の鎧兜などの武具の展示室になっていた。赤い紐や縁取りの装飾がなされている以外、ほとんどの武具は黒一色に塗り立てられていた。壁には、黒い鎧兜をつけた力士が、土俵で相撲をとっている絵画が何枚も掛けられていた。白檀《びゃくだん》の香りがし、天井中央に吊るされた裸電球が鈍い黄色の光を発している。

「おわかりのことと思いますが、壁の絵は、黒相撲を描いたものです」包帯男が、明かりを壁に向けながら言った。「そしてここにある武具は、過去に黒力士たちが使っていたものです」

「武具が立派なものらしいのはわかるが」御前山が小声で聡子に囁いた。「それが黒力士のものという証拠はないように思うな」

「そうね」聡子もこくりと頷いた。

「オー・ワンダフル」マークは目を輝かせて叫んだ。「エッセンス・オブ・ジャパニーズ・カルチャー。ブラック・スモー・イズ・エクセレント！」

「日本文化とは異質な環境で育った方もおられるようですな」マークに冷ややかな視線を送りながら、包帯男が言った。

「彼はまだ日本語をよく習得しておりませんで——」親方が、弁明するように言った。

「むっ！」

その部屋の隅にあった桐の箪笥《たんす》の横に行ったとき、包帯男が突然ぎょっとした声をあげた。

振り向くと、包帯男が、箪笥の側面を指差して、わなわなと身体を震《ふる》わせている。

「こんな、まさか……」

「何です？」

一同が、包帯男が指差す先を見ると、そこには、殴りがきの墨文字で、次のようなことが書かれていた。

炎は覆われて　殺さるべし
水は溺《おぼ》らされて　殺さるべし
風は吊るされて　殺さるべし
土は埋められて　殺さるべし

虎は栄光に輝きて　殺さるべし
龍は空に昇りて　殺さるべし

＊

「なんだ、これは？」眉をひそめて、その文字をまじまじと観察したのは、御前山である。

「まるで小栗虫太郎《おぐりむしたろう》の『黒死館殺人事件』に出てくる予告文みたいだな」

「なんだそれは？」

「戦前の探偵作家・小栗虫太郎が書いた作品ですよ。日本に一つしかないケルト・ルネサンス様式の洋館が舞台となる探偵小説です。その黒死館では、門外不出のカルテットがいて、ファウストの一節に従った見立て連続殺人事件が……」

「ああもういい」親方は、滔々《とうとう》と語りを続けそうな御前山を制止して、包帯男の方を向いた。「一体どうなさったんです？　この文は、一体どういう意味なんですか？」

包帯男は、なおも足を震わせていたが、やがて首を振り、「信じられない。こんなことが起きようとは」と呟いている。

「この落書きみたいな文は、今までなかったんですか？」

「ええ。いま初めて私も気づきました……」

「しかし、ここは、鍵が掛かって閉ざされていたのでしょう」

「はい、そのとおりです」

「あなた以外に誰かがここに入って、こんないたずらができるのですか？」

「いえ、ここの一つしかない鍵は、鍵置場に保管してありますから、私とあの執事しか入れないはずです……。しかし、黒力士たちは、神出鬼没です。彼らにとっては、この閉ざされた部屋に入ることなど、いともたやすいことです。こうやって、ここに予告が残されたということは、その原因は一つしか考えられません。この予告文に従って、黒力士たちの復讐が始まるということです。間もなく黒力士たちの末裔《まつえい》が必ずやって来ます」

「復讐？」

「末裔？」

「ああ、恐ろしいことです。私は、もう何も見たくないし、何も語りたくありません……」

聡子は、気になったので、そこに書かれた文章を、ポケットに入れてあったティッシュペーパーにペンで書き留めた。その情報が後に必要になってきそうな予感がしたからである。

包帯男は、頭を振って、一人で慨嘆《がいたん》しながら、千代楽部屋の一同をその部屋から追い出した。

「この近くに、その黒力士たちの末裔とかいう人々が住んでいるのですか？」

武具庫の部屋の鍵を掛けているときに、親方があらためて包帯男に訊《たず》ねた。

「いえ、私もその居場所を知っているわけではありません。ただ、彼らは予告した以上、必ずやって来ます」

包帯男の口調には震えが混じり、本当に彼が心底から怯えているると感じさせるものがあった。

＊

千代楽部屋の一行は、二階に案内され、そこで一人ひと部屋ずつの個室を割り当てられた。各部屋はどれも同じつくりで、八畳の広さがあり、ふとんと机が備えつけられた和室だった。戸は、ちゃんと鍵が掛けられる洋風のドアになっていた。まるで人が来るのを前もって見越したかのように、室内は綺麗《きれい》に掃除がなされ、まぶしい白色のシーツがかけられた布団が一組ずつ各部屋に用意されていた。外に面した木枠の窓があったもののの、ベランダやテラスはなく、窓から外には出られないようになっていた。

部屋はいずれも階段を昇って右側、方角にして東側に位置し、廊下に面して十部屋があった。南向きの部屋は、手前から順に、聡子、千代楽親方、暁大陸、御前山、颪将鳳がとり、北向きの部屋は、手前から順に、幕ノ虎、大炎舞、志宝龍、剛醍海がとり、奥の北向きの一室は誰も入らなかった。

その部屋の戸の並びに沿った二階の廊下を力士たちが歩くと、ぎしぎしと板張りの廊下が音をたてた。

「うぐいす張りの廊下ね」と聡子が感想を述べる。

「そこの廊下は、板が少し傷《いた》んでおりまして——音が鳴るのはご容赦《ようしゃ》ください」と包帯男がくぐもった声で言った。

　ただし、聡子がその廊下を歩いても、音は鳴らなかった。他の男たちは、包帯男と執事、親方を含めて全員がそこの廊下を歩くと、ギーギーと激しく軋《きし》む音をたてた。どうやら、一定の重量以上がかかると音が鳴るようになっているようだ。

　千代楽部屋の力士で一番軽い御前山でも約八十五キロの体重があり、この館の執事も大体御前山と同じくらいの体重をしていると見積もれたので、音が鳴るための境界線は八十五キロ以下のどこかになるらしい。

　二階への階段を昇ってすぐ正面の大部屋は、ロビーのようなつくりになっていて、ゆったりした長椅子が四つほど並び、冷蔵庫と書棚があって、相撲と日本史関係の書物がずらりと並んでいた。

　二階の部屋をひと通り案内して、包帯男は説明した。

「洗面所と手洗いは、この部屋の隣りにあります。浴室は、一階の食堂そばの廊下を行った突き当たりにあります。そちらもどうぞご自由にお使いください」

「色々と恐縮です」

「こちらの部屋もどうぞご自由にお使いください」と包帯男がその部屋を示して言った。

「ご丁寧《ていねい》にありがとうございます」と親方は丁重にお辞儀《じぎ》をした。「後ほど、今日の御礼は必ずさせていただきますので――」

「いえいえ、どうぞお気遣いなく」

　そう手を振って、包帯男は、執事とともに階段を下りて行った。

書棚のある二階の大部屋には、聡子、千代楽親方、暁大陸、御前山、幕ノ虎、志宝龍、颪将鳳が集まっていた。颪将鳳と志宝龍は、ぷかぷかと煙草《タバコ》をふかし始めた。

「泊まるところが見つかったはいいですが——」と暁大陸が眉間に皺をたてながら言った。

「なんか不気味なところですねぇ。あの包帯をした主人も、どこかイカレているように思えます。さっきの黒相撲とか、黒力士の話、信じられますか？」と志宝龍が言った。

「いや」と親方が首を振る。

「それはまあ」と聡子。「与太話《よたばなし》にしか聞こえないけれど、さっきの武具部屋で見たコレクションは立派なものだったわ。あんなものがあるところを見ると、なにかそれにまつわる伝承か歴史がありそうな気はするけれど」

「ブラック・ヒストリー？　ヴェリ・エクサイティング……」マークがわくわくしたように言う。

「平家の落ち武者伝説と似たようなものではないですかね。伝説の発祥となった歴史があったにせよ、脚色され誇張され、違った形で伝わったという。そういう形での黒相撲の伝承がこのあたりに伝わっているというところではないでしょうか」と御前山が述べた。

「うむ、そうかもしれんが、角界に四十年いる私でさえ、その黒相撲や黒力士の存在は聞いたことがない。もし実際に、江戸幕府に反乱を起こしたそんな力士たちがいたとしたら、もっと話が伝わってしかるべきだと思うが……」親方が首を振りながら言った。

「ところで、大炎舞と剛醍海がいないが、どこに行ったんだ？」

颪将鳳がそれにこたえた。「剛醍海は、風呂《ふろ》をとりたいと言って、さっき風呂場に行ったみたいです」

「さっそく風呂か……。私も知りません……。大炎舞は？」

「大炎舞は、私も知りません……」

志宝龍が思い出したように、「そう言えば、食事の後で、大炎舞は、なにかメモ用紙みたいな白い紙を読んでいました。それを見てどこかに行こうとしていたようですが」

「メモ？　こんな、知り合いもいない館で、あいつにメモがくるというのも変な話だな……」

聡子は、その話を聞いている間に、むくむくと胸中に不安の暗雲が広がり始めたのを感じた。

「ねえ、さっき武具部屋で見たあの文なんだけど、あれに書かれた炎水風土虎龍って、あたしたちの部屋の力士に対応する人がそれぞれいるんじゃない？」

「えっ、どういうことだい？」

「つまり、〈炎〉と言えば、大炎舞関。〈水〉と言えば、海で剛醍海関。〈風〉と言えば、颪が風だから、颪将鳳関。〈土〉と言えば、土を使った四股名《しこな》の力士はいないけれど、暁大陸の〈陸〉の字には〈土〉が入っているし、名前も大地とかかわりが深い。虎と言えばもちろん〈トラチャン〉こと幕ノ虎。龍は言うまでもなく志宝龍関。

もしかして、あの文は、わたしたちの部屋の力士たちに対する殺害予告文じゃないかしら?」

「そんな、まさか……。聡子、おまえテレビのサスペンスドラマを見すぎたんじゃないか」

「でも、これだけ合致しているのって不気味じゃない?」

「そう言えばたしかにそうだが、もともとうちの力士の四股名を、風火地水の四元素にしたがって命名したことがあったから、たまたま一致して見えるのだろう」

「あの、もし聡子さんのおっしゃるとおりだとしたら、なんでその中で、私の名前だけがないんですか?」と御前山。「ここにいる現役力士の中で、私だけ該当文がないじゃありませんか」

「あなたはいつでも勘定の外。アウト・オブ・眼中なの」

「そんな……」御前山はつくづく情けなさそうな顔をした。

「しかし、この怪《あや》しげな館に来たんだし、用心するに越したことはないな。大炎舞の行《ゆく》方《え》が気にかかる。様子を見てくるか」

「あたしも行くわ」

「レット・ミー・フォロー・ユー……」

千代楽親方と聡子、幕ノ虎、御前山の四人が部屋を出て、幅広の階段を下り、一階に戻った。

「大炎舞、どこに行ったかな。まさかこの豪雨の中、外に出て行くわけないよな……」

耳をすますと、外からは、再び強まった雨音が聞こえた。

「まず屋内を探してみましょう」と聡子が提案した。

一階の広間に下りて、きょろきょろと左右を見回すと、武具庫のある部屋の方角から、なにやらガタガタという音が聞こえてくる。

「なにかしら……？　あっちに行って見ましょう」

聡子の提案に他の三人は頷き、さきほど包帯男に案内してもらった武具のある部屋の前に来た。たしかにガタガタ、と部屋の中からなにやら音と震動が伝わってくる。

「誰かいるの？」

聡子が扉を叩いたが、返事はない。扉を開けようとしたが、鍵が掛かっているので開けられない。

「大炎舞さん……⁉」

不安に駆られ、聡子はさらに強くバンバンと扉を叩いた。

「えっ」ぎょっとした声で御前山が扉の下を指差した。「なにか赤いものが……⁉」

そう言われて聡子たちも下を見た。扉の下の隙間から、赤い液体が洩れ出るように流れてきている。

「血……⁉」

聡子は思わず、悲鳴をあげた。

「大炎舞さん⁉　中にいるの？　いたら開けてください！」

「おいっ」と親方が御前山に命じた。「あの主人をすぐに呼んできてくれ。この部屋の鍵を開けてもらうんだ」

「はい」頷いて脱兎《だっと》のごとく、御前山が駆けだした。

しばらくして、あたふたと御前山が戻ってきた。その横に、包帯姿の主人と執事も連れている。

「どうしたんですか？」

「中に誰かいるみたいなんです。ガタガタと音が……」と聡子がこたえた。「それに、そこに血のようなものが……」

聡子が指差した扉の下側は、さきほどよりさらに、赤い液体が広がりを増していた。

「むっ、これは……!?」

さすがに包帯男も、変事を認めたようだった。急いでポケットから鍵束を取り出し、鍵穴に差し込んだ。

そして扉を開け、包帯男は一同の視界を塞ぐ形でそこに仁王立ちになった。

「うおっ！」

包帯男の巨体が扉を塞ぎ、その口から驚愕《きょうがく》と思える叫びが洩れた。むっとする血の匂いが鼻腔《びこう》を刺激する。

「どうしたんですか？」

中の様子がよく見えない親方がそう訊ねると、包帯男は、戸口の中に入り、

「死んでいるようですな」とぽつりと言った。

親方、聡子、マークがその後に続いて中に入る。

そのとき目に飛び込んできた光景は、あまりに現実離れしていて、聡子は、そこに何

があるのか確認するために二度、三度目をこすって確認したほどだった。最初は、死者の身体にべっとりついた鮮血が赤い炎のようにも見え、鎧武者が全身から赤い炎を噴《ふ》き出し、刀剣を構えて、阿修羅《あしゅら》のごとくたたずんでいるように見えた。

よく見るとそれは、脳天を重たい刀剣で割られた血まみれの大炎舞が鎧武者に仕立てられ、室内の入口そばに立っている光景だった。

脚部に丈夫で大きな鉄製の足甲をつけていて、両脇にたった鎧武者が、死者が立つ姿勢を支えているらしかった。胴体部につけるはずの、黒く重量感のある当世具足《とうせいぐそく》は、力士の巨体の胴体に合わなかったらしく、真ん中あたりに亀裂が走って、死者の足元に転げ落ちている。頭に載《の》せられるべき黒い兜も、死者の大きな頭におさまりきらず、ずり落ちて、肩に乗る形で傾いていた。

立ったままの死者の目は、信じられないものを見たかのようにかっと見開かれ、虚空を凝視していた。

「炎は覆われて　殺さるべし……」聡子は、さきほど読んだ簞笥に書かれた奇怪な文面を思い出した。「覆われるのが、鎧兜だってこと？　そのとおりの仕方で、大炎舞さんが、殺されてる……!?」

「うかつに中に入るな、聡子！」と親方が警告の声をあげた。

「えっ？」

「気をつけるんだ。犯人が室内にまだいるかもしれん！」

「しかし」包帯男が周囲を見回しながら、言い返した。「この室内には、誰もいないはずですよ」

「それがいたんですよ。われわれがこの扉の前に立っているとき、中でガタガタと音がしていました。あれは、明らかに、誰かが中にいた音です。こうやって殺されている大炎舞が出した音のはずはないし……」

包帯男は、首を回して、室内を見渡し、

「誰もいるように思えませんが――」と言う。

親方と聡子も室内を見回したが、人の気配はない。

「入口はこの戸だけですか？」

「はい、ここだけです」

「この部屋に秘密の戸口とか抜け穴はないですか？」

「そんなもの、ありません。窓もないですし、そこに小さな通風口があるだけです」

包帯男の言うとおり、角の天井そばに小さな通風口があったが、網で閉ざされ、小動物でも通り抜けるのは不可能な小ささだ。

「どこかに隠れ場所がないか探してみましょう」

親方は、慎重に歩を進め、桐製の箪笥に近づき、その抽出《ひきだし》を開けた。中には着物がいくつか入っていたが、変哲のない箪笥の抽出にすぎず、中に人の隠れる余地はなかった。

「おかしい。どこかにいたはず……」

マークと聡子と御前山も手分けして、室内に人が隠れている場所がないか捜索した。鎧兜の内側を覗《のぞ》いたりしたが、室内には人の姿は一切なく、人が隠れていられそうな場所も一切見つからなかった。この部屋には窓はなく、出入りできるのは、扉一つしかない。

「おかしい。中に人がいないとなると、どうしてあんな音がしたのかわからないし、大炎舞を殺した人物がどうやってここを抜け出せたのかわからなくなる……」

「これは黒力士の仕業《しわざ》ですよ」首を振りながら、包帯男が言った。「黒力士は、閉鎖された空間にも自由に出入りする能力を持っています」

「そんな莫迦な」

「いまあなたがたもご覧になったでしょう。黒力士の超越的な能力を――」

「そんなはずはありません。失礼ですが、お訊ねしたい。あなたは、その鍵をずっと保管していらしたのですか？」

「ええ、間違いなく保管しておりました」

「しかし、この部屋にいたはずの殺人者が、ここにいない以上、その扉から出て、鍵を閉めたとしか思えない。犯人は、その鍵を使うことができたはずです」

「とすると、まさか私どもが犯人だとおっしゃりたいのですか？」

「いや、まだ、そうだとは……」親方は、言葉を濁した。「ただ、その鍵が何者かに使われなかったのかとお訊ねしているところです」

「そんな可能性はないかと存じます」

「密室殺人ですね」御前山の得意げな声があがった。「これは、数多くの探偵小説で描かれてきた定番の趣向ですよ。この部屋は完全な密室だった。それなのに、中で大炎舞は殺された。そこには何かのトリックがあるはずです」

「どんなトリックだ？」

「それはまだ、これから考えないと……」

「お父さん。あたしが言ったとおり、これはあの箪笥に書かれた予告文どおりよ。〈炎は覆われて　殺さるべし〉――そのとおりに、炎と名をもった大炎舞関は、鎧兜に覆われて殺されたじゃない」

「これが鎧兜に覆われてか？　鎧兜をつけようとして、失敗しているみたいに見えるぞ」

「それはまあおいておいて。大炎舞の身体が大きすぎて、この鎧兜じゃ着せられなかったのでしょう……」

「しかし、なんともむごたらしい……。ひどい事件だ」

「まったくですな……」まるで他人事のように包帯男が頷いた。「早急に警察に連絡しなければなりませんが、残念ながら、明日まで警察と連絡する手段がここにはありませんよ」

「とにかく遺体をどこかに運びましょう。現場保存のことなど、今は言ってられない」と御前山が提案した。

「そうだな」痛ましそうに首を振りながら親方が言った。「どこかに遺体を運ぼう」

「住居用の部屋には置きづらいですし、あいている物置部屋に安置することでよろしいですかな」

「やむをえませんな。お願いします」と親方が言った。「マーク。遺体を運ぶの、手伝ってくれるか」

「オーライ」マークが頷いた。

執事と包帯男とマークが協力し、血まみれの死体をシーツにくるんで運び出して行った。

部屋に残った親方と御前山と聡子は、もう一度死体が発見された武具部屋の室内を調査し始めた。

「犯人がどこに消えたかはわからないけれど……。あの、中から聞こえた音。人の足音のようにも思えたけれど、音だけなら、この室内になにか仕掛けがあれば、出せるんじゃないかしら」聡子が思案をめぐらせながら言った。

「どういう仕掛けだ？」

「そうね、たとえば、カセットテープに録音されていた音を流すとか」

「この室内には、テープを流せる機器などないぞ」

「どこかに隠しスピーカーがあればいいのよ。本体は、別のところにあって、線でつないであればいいいんだから。小さいものなら隠せるわよ」

「しかし、何のためにそんなことを？」

「それはわからないわ。あと、この部屋にある鎧兜か武具を動かして、音を出すというのもできるかなぁ」

「一体どういう仕組みで？」と親方が問いかえす。

「それは色々と方法はありますね」眼鏡を直しながら御前山が言った。「探偵小説には、そういうトリックがたくさん用いられています。まず考えられるのは、簡単な時限装置をつくる方法ですね。たとえば氷を室内に置いて、それが溶けた頃に音が鳴るようにするとか。あるいは外の壁を叩けば音が出るようにする連動装置をつくっておくとか」

「そんなの、どれもなさそうだが――」

「調べてみましょう」

三人は手分けして、室内の壁と床、置いてある武具を丹念に調べたが、不審なものは何も発見できなかった。スピーカーも見つからなかったし、こぼれた水の跡もなく、何かの装置の痕跡は見いだせなかった。

死体が立っていたあたりは血溜まりとなっていたが、その床に紙片が落ちているのを聡子が見つけて拾いあげた。

「なにかしら、これ？」

十センチ四方の小さな紙で、何か字が書かれている。半分以上が血にまみれて読めなくなっているが、「武具部屋に」と「大炎舞」という文字は読み取ることができた。

「お父さん、これ――！」

聡子がその拾った紙を千代楽親方に見せ、御前山も横から覗き込んだ。

「これはおそらく、大炎舞をこの部屋に呼んだメッセージでしょうね」したり顔の御前山が言う。

「なるほど、これがさっき話に出ていたものか。たぶんそのとおりだろうな。しかし、誰が一体――？」

「今はわからないけれど、警察に頼んで筆跡鑑定とかしてもらえば、わかるんじゃないかな」

「そうだな。証拠として私が保管しておこう」親方はその血まみれの紙片をハンカチにくるんで懐に入れた。「あの主人は、いま一つ信用できないからな」

「それにこの部屋の予告文も、普通に考えたら、この館の住人が書いたものよねぇ。じゃあ、あの主人が大炎舞を殺したのかしら？」

「断定はできないが、あの主人が一番怪しいのはたしかだ。あの猿のような執事も怪しい。あいつらなら、鍵を持っているから、この部屋にも入れる」

「でも、あたしたちが部屋の前にいたときに、中からした音は？　あのときは、あの主人も執事も、この室内にいなかったはずよ」

「それはまだわからんが――」

「でも、こうやってあの予告文どおりに大炎舞が殺されたわけだから、次は――」はっとして聡子は息を呑んだ。「次は、剛醍海さんじゃない。あの人、今どこ？」

「さっき風呂に入りに行ったとの話だが――」

「探しに行きましょう――。剛醍海さんが心配だわ」

「そ、そうだな」親方は、真剣な表情になって頷いた。

＊

広間に戻ると、二階の大部屋にいた力士たちも皆下りてきて、不安そうに顔を見合わせている。大炎舞が殺害された状況については、既に全員に話が伝わっているらしい。

「剛醍海さんは？」と聡子が訊くと、力士たちは首を振った。

「まだ風呂から戻ってきませんね」と暁大陸がこたえた。

「ちょっと時間がかかりすぎじゃない？」

「なにか、剛醍海の身に危険が起こるとでも？」

「さっきの予告文、次は剛醍海さんだったでしょう。〈水は溺らされて　殺さるべし〉って……」

「そう言えば……。風呂場に行ってみましょう」

一同は、聡子と親方を先頭に、広間を出て北側の浴室の方へと走って行く。

脱衣室の前に来て、親方がガバッと引き戸を開ける。狭い脱衣室には、剛醍海のものとおぼしき衣服が籠《かご》に入れられてある。

風呂場とは半透明の擦《す》りガラスの戸で隔てられていた。浴室に人がいそうな気配があり、肌色の人の姿らしいものが見えるのだが、中の様子はよくわからない。

親方が、その戸をドンドンと叩き、

「剛醍海。無事か」と訊くが、返事がない。

「返事がない。動きもないぞ。おかしい」

そう言って親方が、把手《とって》を引いてみたが、中から鍵が掛かっているらしく、戸が開かない。

「開かない……。すまないが、館の主人を呼んできてくれないか」

角ばった頭をした志宝龍が「呼んできます！」と言って、駆けて行った。

一分もたたないうちに、志宝龍が包帯男と執事を連れて戻ってきた。

「浴室にいるはずの剛醍海の様子が変なんです！」

包帯男は、把手を持ってぐいぐいと押したり引いたりして、戸が開かないのを確認した。

「困りましたな。ここは、さきほどの武具庫と違って鍵がありません。中から錠がおろせるだけで、外から解錠できるようにはなっていないのです」

「外からこの浴室に侵入できる窓などはありませんか？」と親方が訊く。

「庭に面した窓はありますが、鉄格子がかかっていて、人は入れません」

「これだけ外で呼んでも返事がないのは、どう考えてもおかしい。中で変事が起こっているのはたしかだと思います。なんとか入れませんか？」

「そうですね、やむをえません。扉を壊して中に入りましょう——猿俣、斧《おの》をとってきてくれないか」

猿俣は頷いて、静かにさがり、間もなく大きな斧をかかえて戻って来た。

「さがっていてください。危ないですから」

そう警告して包帯男は、勢いをつけて、斧を戸の把手めがけて振り下ろした。二度、三度と斧が振り下ろされ、戸は把手のあたりからメリメリと音をたてて壊れていった。

「ようし、これで入れそうだ」

そう言って包帯男は、戸に体当たりをした。戸が一撃で向こう側に崩れ落ち、包帯男は立って浴室内を見回しているのが、背中越しに見えた。

「あっ……死んでる……？」

包帯男がそう言うのが聞こえたが、巨体に塞がれて、浴室の中は見えない。

「どうしました？」

包帯男に続いて、親方たちも浴室の中に殺到する。

全裸の剛醍海が浴槽に身体をもたれさせ、頭を湯船に突っ込んだ姿勢で冷たくこわばっていた。狭い浴槽に湯がはられていて、蛇口から熱い湯が出っぱなしになっていた。浴槽を塞ぐ剛醍海の身体のせいで、浴槽にたまった湯は少なく、ほとんどが流出していている。

「おい。剛醍海！　しっかりしろ！」

駆け寄った親方が剛醍海の頭を湯船から持ち上げ、その身体をゆっさゆっさと揺さぶったが、すぐに手を引いた。親方は、剛醍海の手首の脈をとり、しばらく脈をはかり、沈鬱《ちんうつ》そうに首を横に振った。

「死んでる……。すっかり冷たくなっている」

「そんな……。なんで死んだの？」

御前山も、剛醍海の顔の方に近づいて、その目を調べ、死んでいることを確認した。

「溺死《できし》なの？」

「わからないな」御前山は首を振ってこたえた。「ただ、溺死のようには見えない……」

彼は剛醍海の左腕に、まだ新しい注射針を刺された跡のようなものがあるのを示した。

「ここに注射針で刺したような跡がある。死因は、なにか毒を注入されたことによる可能性が大きいと思う。ここには医者や鑑識員はいないから、死因を判定することはできないけれどね」

「毒？　そんな……」

「でも、一体、犯人はどうやって、この浴室から出たんだ？　戸は内側から鍵が掛かっていた。窓はあのとおり、人は通れないし、やはり中から鍵が掛かっている」

「また、ここも密室ってこと……？」

「その、壊れた戸の鍵がちゃんと掛かっていたのか、確認しておこう。探偵小説で用いられるトリックの一つとして、あらかじめ壊しておいた錠を、発見時に壊したように偽装するというパターンがあるからね」

御前山は、壊れた戸に近づいて持ち上げ、その把手の浴場側の部分を観察していた。

「どうなの？」

「よくわからないが、中からちゃんと錠前が下りていたように思える。壊れているので断定できないのだが……」

「なにか心当たりはありませんか？」聡子が包帯男の方を向いて訊いた。「この浴室に、外部の者が出入りする方法について。あるいは、出た後で、鍵を中から掛けておく方法について」

「黒力士の仕業です。またあいつらが……」

「そんな現実味のない説はいいんです。この浴室にどこかから入り込む方法とかないんですか？　あるいは外から鍵を掛ける方法とか？」

「そんなものは、ないでしょう。少なくとも私は思い当たるところはありません」

「じゃあなんで、剛醍海さんはここで死んでいるんですか？」

「私に聞かれましても、困ります。黒力士の能力は、通常の考えかたでは説明できないものですから。もし、黒力士の仕業でない、現実的な解法をお求めなら、一つしか説明のつけようはありません」

「その一つとは？」

「その剛醍海さんは、ここで自殺したということです。毒を入れた注射を浴場に持ち込み、ここで自分で自分の身体に射したのです？」

「もしそうだとしたら、注射器はどこに行ったのでしょう」

「それは、流れている水とともに、排水口から流されたのでしょう」

　そう言われて、聡子は、蛇口から出るお湯が排水口へと流れていくさまに目をやった。排水口を調べてみると、口にごみ取りのネットのようなものはなく、小さな注射器ほどの大きさのものなら、そのまま排水管に流れていきそうだった。剛醍海が持っていた注射器をそのまま落としたら、勢いよく流れる水によって排水管へと流れ去って行くだろうというのは、容易に想像できた。たしかにその仮説は、可能性としては成立すると思われる。

「でも、さっきまであんなに元気にしていた剛醍海さんが自殺するなんて考えられません」

「私とて、こんな事件が続けて起きるなんて、思いもしませんでしたよ」

沈んだ声で包帯男はそう言った。

困惑して、千代楽部屋の男たちは、顔を見合わせた。

「ともかく、遺体を運んでおこう。ここにこのまま置いておくわけにもいくまい」親方がそう言うと、力士たちは頷いた。

猿俣が蛇口の栓を止め、親方と暁大陸が協力して剛醍海の遺体を抱え、大炎舞の遺体を安置したのと同じ物置の方へと運んで行った。

＊

遺体を物置に運び終えて、沈鬱そうな表情で戻って来た父親に聡子は駆け寄った。

「お父さん――」

「聡子か。まったく、なんということになったのか……」

「この館、出た方がよくない？　こんなところにいたんじゃ、あたしたち、命を奪われかねないよ」

「おまえもそう思うか」

「このままじゃ、絶対また殺される人が出るよ。あの主人、絶対に怪しいし――」

「その点、わしも同感だ」

「ただ、密室をつくった方法とか、わからないことが多いけれど――」

「そんな方法は、安全を確保してから考えればいい。今はまず、今晩をいかに切り抜けるかだ。かと言って今は外に逃げだすのも難しい。外はまた豪雨だし、既に夜になっている。いま方角のわからない山中に乗り出すのは危険きわまりない」

「じゃあどうするの？」

「例の大部屋に人を集めてくれないか。今晩をどう乗り切るか、それを話し合おう」

「わかった」

聡子は頷き、御前山に呼びかけて、千代楽部屋の全員を二階の大部屋に呼び寄せた。大部屋は、千代楽親方を中央に、聡子、御前山、暁大陸、幕ノ虎、志宝龍、颪将鳳の計七人が顔を揃《そろ》えた。

「いまわれわれがきわめて危険な状況にいるのは、諸君らもわかっていると思う」親方が一同を見回しながら言った。「しかし、豪雨で崖崩れが起きそうな山中では、今晩ここを脱出するのは難しい。ひと晩はここで過ごし、明日になったらなんとしてもここを逃れ、ここの事件を警察に知らせよう」

その呼びかけに、力士たちは皆こくりと頷いた。

「問題は、今晩の過ごし方だ。また殺人者が来るおそれがある。そこで提案として、今晩は順番に見張り番をたてて、侵入者が来ないように監視をするようにしたいと思うのだが、どうだろう？」

暁大陸は頷き、「親方。自分もその方がいいと思っていました」とこたえた。

「幸い、この二階は、奥が行き止まりで、各部屋とも窓からの侵入はまずなさそうなつくりになっている。この階への侵入は、そこの階段を見張るだけでよい。その上、われわれの泊まる部屋の前の廊下は、聡子は別にして、男たちが通れば、ギシギシ音をたてるようになっている。だから、見張り役は、この部屋に詰めて、音がしないか耳をそばだてていればいいと思う。もし階段をのぼって二階に来る者がいたら、この部屋で番をしている者には目でも見えるし、音でも聞こえるというわけだ」

「なるほど。それでその見張り番の割当はどうします？」

「一人だと寝入ってしまうおそれがあるし、万一敵に遭遇したときにやられるおそれもあるから、見張りは二人ずつにしたい。もうすぐ午後十時になる時間だ。十時から三時間ずつ、二人で順にこの部屋に詰めるということでどうだろう。十時から午前一時までは私と颪将鳳、午前一時から午前四時までは御前山と暁大陸、午前四時から午前七時までは幕ノ虎と志宝龍という順でどうだろう」

「あたしは見張らなくていいの？」と聡子が訊いた。

「おまえはいい。ただし、寝るのは、わしの部屋にしろ。おまえを一人にするのは心配だ」

「じゃああたしも、お父さんがここで見張っている間は、一緒に見張りをするよ」

「寝不足になると美容に悪いぞ」

「そんなこと気にしていられない非常事態でしょ」

「わかりました」と颪将鳳が言った。「じゃあ私は、午前一時まで親方と一緒にここで見張りをすればいいわけですね」

「そういうことだ。他の者たちは、今のうちに休みをとっておけ。見張り交代の時間になったら知らせに行く」

「了解しました」

そう言って、他の四人の力士たちは、自室に引き上げて行った。体重の重い力士たちが表の廊下を歩くと、ぎしぎしと音が鳴るのがよく聞こえる。

「あの音がすれば、寝ていても目が覚めるわ。ひと晩ずっと見張っていればきっと大丈夫よね」

「これ以上何事もなければよいが……」親方が不安そうに呟いた。

＊

大部屋で聡子は、親方、颪将鳳と雑談をしながら、緊張しつつ時を過ごした。じきに話をすることもなくなったので、持ってきた雑誌を読み返したりして、眠気を抑えつつ坐っていた。夜はしんしんと更《ふ》けてゆき、だんだんと寒さが増し、窓の外からは相変わらずの雨音がしている。

時刻が午前零時を回ったときに聡子はさすがに眠くなり、あくびを連発した。

「おまえは先に部屋にさがって休んでなさい」と父親が命令口調で言った。「見張りは、われわれでやるから」

「はぁい」

聡子は頷き、父親の部屋に引き上げた。そこで寝巻に着替え、ベッドに入ったが、なかなか寝つけない。一時間くらいまんじりともせずに布団の中で横たわっていると、廊下からギシギシという音が聞こえてきた。その音はどうやら千代楽親方のたてたものらしく、御前山と暁大陸の部屋を順にノックして「交代の時間だ」と告げている父親の声がかすかに聞こえた。

（もう午前一時ね……）

その声を聞いた直後に、聡子は眠りに落ちた。

目が覚めたのは、なにか物音が聞こえたような気がしたときである。遠くでなにか、どすんと落ちるような音がしたせいである。

（なにか……）

（落ちたような音がしたような……）

聡子は目をぱちぱちさせて、暗い室内を見回した。すぐ隣りには、敷かれた布団に、父親の千代楽親方が横たわってすやすやと寝息をたてている。枕元に置いた自分の腕時計を見ると、時刻は午前五時半頃である。

聡子は、父親を起こさないようにそっと起き上がった。

（あの人たち、ちゃんと見張りをしているかしら……）

寝巻のまま、部屋を出て廊下を歩く。聡子が歩いても、その廊下は音をたてない。階段に近い大部屋に行って、中を覗いた。

室内のソファには、幕ノ虎と志宝龍の二人が坐っているのが見えた。二人とも黙りこくって動かず、起きているのか眠っているのかわからない。

「あのー」と聡子が小声を発すると、志宝龍が彼女に気づいて、

「おや、聡子さん」と言った。

「見張り、ずっとやってる？　変わったことない？」

「別に何もありませんよ。聡子さんがここに来たのは気づきませんでしたが——」

「なにか音がこの廊下の奥からしたような気がしたんだけど——」

「えっ？　自分は何も気づきませんでしたよ」

「眠っていたんじゃない？」

「とんでもない。ちゃんと起きて見張ってましたよ」

うつらうつらしていたらしいマークもぱっちり目を覚まし、

「サトコ。ハウ・アー・ユー？」などと声をかけてきた。

「ちょっと心配なの。あの予告文の順だと次は、颪将鳳さんでしょう。〈颪は吊るされて殺さるべし〉。颪将鳳さんが無事かどうか、確かめに行ってくれない？」

「わかりました。お嬢さんが心配なさっているなら、行きましょう」そう言って、志宝龍は立ち上がった。

「マーク。プリーズ・リメイン・ヒア」

「オーライ」

聡子と志宝龍は連れ立って、大部屋を出て、廊下を東向きに進んだ。志宝龍が歩くたびに、廊下はぎしぎしと音をたてる。廊下の突き当たりの南側にある、颪将鳳がいるはずの部屋の前に二人は立った。

志宝龍がコンコンと戸をノックする。

しばらく待ったが、返事は返ってこない。

「熟睡しているところじゃないですかね」

志宝龍はそう言ったが、聡子の胸には不安の暗雲がむくむくと広がっていた。戸の把手の鍵穴を覗こうとしたが、室内が見えるようにはなっていなかった。

聡子は戸をトントンと叩き、だんだん激しく殴りつけるように叩いた。

「颪将鳳さん！」

大声をあげたので、他の部屋の力士たちが目を覚まして戸を開けてきた。聡子と同室で寝ていた千代楽親方も、寝ぼけ眼《まなこ》をこすりながら、廊下に姿を現した。

「どうした、聡子？」

親方が聡子たちに近づいて廊下を歩くとき、廊下はギシギシとより一層激しい音をたてた。

「颪将鳳さんの返事がないの。心配で――」

「颪将鳳が？　しかし、ずっと見張りはしてたんだろう？」

「はい。午前四時からは私と幕ノ虎がずっとあの大部屋に詰めていました――」と志宝龍がこたえる。

「午前一時から四時までは私がちゃんと見張ってましたよ」と部屋から出てきた暁大陸がこたえた。

ここにいる力士の中で最も重い暁大陸が廊下を歩くときは、親方のときよりさらに大きな軋み音をたてる。

「じゃあうちの部屋の者以外は、この領域に入っていないはずだ。本当に返事がないのか？」

「さっきから呼んでいるんだけど――」

「おい！」親方は、ドンドンと凰将鳳の部屋の戸を叩いた。「起きろ、凰将鳳！」

それだけ大声をあげて戸を叩いても反応がないので、親方も事態が深刻なのを悟《さと》ったらしかった。

「鍵が掛かっているな」戸をバンバンと叩き、把手を引いたり押したりして、戸が開かないことを確認して親方は、御前山に、「下に行って、主人を起こして、鍵をとってきてくれないか」と命じた。

「了解しました」

「いや、一人で行くと危ないかもしれない。二人以上で行け」

「じゃあ私も行きます」と暁大陸が名乗りをあげた。

そのときトントン、と階段の方から足音が響いてきた。明かりの灯った燭台をもった猿倶という執事である。顔の下側に明かりが当たって、皺の深い顔の不気味さが際立って浮かび上がっている。廊下を歩いて、親方たちのいる方にやってくるときに、やはり廊下がギシギシと音をたてて鳴った。

「どうかなさいましたか。騒々《そうぞう》しい音がしたので、見に参りました」

「ここの部屋に寝ている凰将鳳が、さきほどから呼んでいるのにまったく返事がありません」と親方がこたえた。「もしかしたら凰将鳳の身になにか異変が起こったかもしれません。お手数ですが、この部屋の戸を開ける鍵をお貸しいただけますか？」

「おお」猿俣は、手の燭台をその戸の方にふりかざした。

明かりが動いて廊下に描かれた影がゆらゆらと揺れた。

猿俣は、颪将鳳がいるはずの扉の把手を握って、左右に動かした。

「呼んでも返事がないのですな。中から鍵が掛けられていて？」

「ええ」

「わかりました。主を呼んでまいります。鍵も持ってまいりますので、暫《しば》しお待ちください」

そう言って猿俣は、身を翻《ひるがえ》して、そそくさと階段を下りて行った。高齢で巨体を抱えているとは思えないほどの素早い身のこなしぶりである。

間もなく、鍵束を抱えた包帯姿の主人を連れて猿俣執事が戻って来た。そのときまでには、力士たちも全員起きて、颪将鳳の部屋の前の廊下に集まっていた。

「今度はこちらですか――」

包帯男は、鍵束から鍵を取り出して、鍵穴にはめこんだ。カチリと音がして、扉が開けられた。

「あっ！」

扉が開いた瞬間、飛び込んできた光景に一同は驚愕の叫びをあげた。

畳の部屋の真ん中にうつ伏せに、浴衣姿の颪将鳳が倒れていた。その腰の周りに太いロープが命綱のように縛りつけられている。天井の梁《はり》から紐が吊るされ、途中で切れてぶら下がっている。紐で腰周りを縛って天井から吊るそうとして、体重が重くて、床に墜落したような光景になっている。

「颪将鳳！」

親方が駆け寄り、彼を抱き起こした。急いで手首の脈をとったが、しばらくして沈痛な表情で首を横に振った。ひどく発汗していたのか、颪将鳳が倒れていた周りの畳はじっとりと湿っていた。

「ことされている……」

「そんな！」聡子が悲鳴をあげる。「〈颪は吊るされて　殺さるべし〉までそのとおりになるなんて……」

「厳密には吊るすのには失敗しているようだがね」おちついた声で御前山が言った。

暁大陸は、部屋の奥に進み、窓が内側から鍵が掛けられているのを確認した。

「窓から出入りがあった形跡はありませんね……」

御前山は遺体のそばに寄り、颪将鳳が着ている寝巻の袖をまくって、その腕を観察している。

「まただ。また、腕に注射の跡があります」はだけた颪将鳳の腕を親方たちに示しながら御前山が言った。

「とすると、毒？」

「ええ、おそらく。剛醍海のときと同じく、毒物を注射されたようです。毒の正体まではわかりませんが……」

「しかし、この廊下、ずっと見張ってたんだろう。殺人者がこの部屋に来たら、廊下の音がするはずだろう。見張りをしていた者は、何も聞かなかったのか？」

その親方の問いに全員が首を横に振った。

「誰も音を聞いていない。この廊下、あんなにはっきり音がするのに？　おかしいじゃないか」

「まさか、黒力士って、本当にわれわれに見えない幽霊みたいな存在なんじゃ……」と志宝龍が怯えた声で言った。

「莫迦なことを言うな。そんなことがあるものか」

「でも、こんなやりかたで、もう三人目ですよ。私も六番目に予告されているんですよ！」泣きそうな顔で志宝龍が訴えた。「閉ざされた部屋まで通り抜けられるのが相手じゃ、防ぎようがない」

「そんなことが起こるはずがない。なにか仕掛けがあったはずだ」

親方と御前山は真顔で、颪将鳳がとまっていた部屋を調査している。壁を探しても秘密の抜け穴などはなく、押入れを開けても、隠れている人などは見つからない。

「わからない……。どうやって侵入したんだ、犯人は？」親方は、首を振って立ちつくした。

「黒力士の仕業でしょう」ぼそっと包帯男が言う。

「その黒力士というのは、どこにいるんですっ！」聡子が一歩足を前に踏みだして言った。

「この館の中に黒力士が住んでいるのですか？」

「人としての黒力士がこの建物に住んでいるわけではありません。しかし、この砦で全滅させられた黒力士たちの怨念は、この館にしみついております」

「怨念が実体化して人を殺すとでも言うんですか！」

「人知の限界を越えた現象というのは、起こるものなのです……」

「この部屋の侵入方法に関して何か思い当たるところはありませんか？」藁《わら》にもすがるような口調で親方が言った。

「いえ、残念ながら――」

「この館の近辺に、怪しい人物が出没することはありますか？」

「さあ、それはわかりかねます。夜になると、館の周りに黒い影のようなものがよぎるのが時々見かけられるような気がします」

「黒い影のようなもの？」

「その正体までは、私にはわかりかねますが――」

「この館の周り、調べますか？」暁大陸が親方の方を見ながら言った。

「そ、そうだな……。雨もあがったようだし、外を調べてみるか……」

親方は、そう言って二、三歩歩んだところで、よろめいた。

「お父さん」あわてて聡子が父親に駆け寄った。

「顔が真っ青よ」

「ああ、すまない。ちょっとショックが大きくてな……」

「お父さん。部屋で休んでて。調べるのはあたしたちでするから」

「そうだな、少し休ませてもらおうか」

聡子に助けられて、親方は、部屋に戻り、床についた。

颪将鳳の遺体は、御前山と暁大陸が抱えて安置所に運んだ。

＊

自分の部屋で育ててきた力士たちを三人も失った衝撃からか、千代楽親方は、寝込んでしまった。聡子と幕ノ虎がそばについて、冷したタオルを額に乗せたりして、親方を見守っていた。

三十分ほどして、親方は、目を開けて、そばにいる聡子と幕ノ虎をかわるがわる見やった。窓から朝の陽光が差し込んできつつあった。

「他の者たちは？」

「館の外を調査に行ってるわ」

「いまちょっと気づいたことがあるんだ。館の主人と話したいことがある」

そう言って親方は、上体を起こそうとする。

「お父さん。まだ寝てた方がいいわよ」

聡子が父親をとどめようとしたが、親方は首を振った。

「あの主人の声、ずっと聞き覚えがあるような気がしていた。いま思い出したんだ……」

「えっ？」

親方は立ち上がり、袢纏《はんてん》を羽織って、歩きだした。

「お父さん」

幕ノ虎と聡子が、足元の定まらない千代楽親方が歩くのを手助けした。

一段ずつゆっくりと足元を確かめながら、階段を下り、下の広間に来て、親方は、

「あの主人を呼んできてくれ」と聡子に頼んだ。

聡子が食堂を覗くと、ちょうど包帯男と執事が坐っていたので、

「あの……ちょっと来てもらえませんか？」と声をかけた。「うちの父親が、話があるって」

「ほう？　何でしょう？」

包帯男は、立ち上がり、広間へとやって来た。

「わざわざおいでいただいて恐縮です」親方は妙にへりくだった口調で言った。「あなたのその声、聞き覚えがあると、この館に入ったときからずっと思っておりました。いまようやく、思い出しました。その包帯、とっていただけませんかな？」

「これは……」包帯男は、ちょっと身体《からだ》を後ろにのけぞらせた。

「マーク！　おさえろ！」

親方の命令にマークが「アイアイサー」とこたえた。

マークが包帯男の身体をがっしりとつかんで羽交《はが》い締めにし、親方がその顔を巻いている包帯をひきはがし始める。

「おやめください……」

執事の猿俣も幕ノ虎を引き離そうとするが、力にまさる幕ノ虎は寄せつけない。

やがて、その包帯の下から、半分やけどにただれた顔が現れた。

その顔は、聡子にとっても見覚えのあるものだった。

「あっ！　筒カ錦《つつがにしき》さん……！」

思わず、聡子は声をあげた。

マークは、抑える腕をほどいてきょとんとしている。

＊

「やはりおまえか」

親方が冷たい声で言い放った。「娘の件でわしを恨んでの犯行か？　われわれが車で、この一帯を通ることを見越して、崖崩れを起こして道路を塞ぎ、われわれをこの館におびき寄せたという算段か？」

「なにやら誤解があるようですな。私は昨日申しましたとおり、黒相撲の系譜を継ぐ者として、この黒相撲の館の番をしている者にすぎません……」

「既におまえの妻は捕まっているんだぞ。いいかげんむなしい復讐にとりつかれるのは断念したらどうだ？」

「何をおっしゃりたいのか、理解しかねます」

「それにしても太ったな」丸々とした相手の顔を見つめながら親方は言った。「現役時代よりも体重がだいぶ増えたようだな」

「他人の空似《そらに》でございましょう。私は、筒カ錦などという者を存じません……」

「いいえ！」と聡子も声をあげた。「あなたは筒カ錦さん！　うちにいた力士だから、あたしもよく覚えてるわ」

「なんとおっしゃられても、私はそのような者では……」

そう言い合っているところに、玄関から力士たちが帰館してきた。

「外を調べましたが、外部の者が侵入した形跡はありませんでした」広間に入ってきた志宝龍がそう報告した。

志宝龍に続いて、御前山も広間に入ってくる。

「ご苦労さま。暁大陸さんは？」と聡子が訊く。

「あれ？　大関は戻ってないんですか？」志宝龍が首を傾げた。「途中でわかれて、もう館に戻っていると思ってたのに……」

「暁大陸さん……。次の標的は、あの人よ！〈土は埋められて　殺さるべし〉……」

「そんな、まさか……」

「暁大陸さんを探して！　はやく！」

「は、はい」志宝龍と御前山はあわてて頷き、外へと駆けだした。

「まさか、暁大陸まで」と言いながら親方も跡を追う。

「お父さん、無理をしないで」

そう言って父親の手を握りながら、聡子も外へと駆けだした。幕ノ虎もその後に付き従う。

＊

幕ノ虎、御前山、志宝龍の三人が、館の四方を手分けして捜索したが、暁大陸の姿は見つからない。

館の裏手の小高くなった土地に球形の石が整列されている一帯があるのを見て、聡子は、筒カ錦に見える館の主人に質問した。

「あれは何です？」

「あそこは墓地です。ここで殺された黒力士たちの墓があります」

「行ってみるか？」と親方が言い、聡子は頷いた。

幕ノ虎と御前山、聡子、親方、志宝龍の五人は、小高い墓地へとのぼっていった。昨日の大雨でぬかるんだ地面に足をとられて、歩くだけでひと苦労である。

ようやく上りきり、球形の墓が並んだ土地が見渡せるところに来たときに、墓の並ぶ一帯に、地面から人の足のようなものが生えているのが見えた。

「あっ！」

ほぼ円形をなしているその墓地の中の、ほぼ中央あたりに大男の足が地面から顔を覗かせている。よく見るとそれは男の身体の一部で、上半身が地面に埋められ、下半身だけが見えているらしい。その巨体ぶりは、明らかに力士のものと思われ、暁大陸の身体かと思われた。

「〈土は埋められて　殺さるべし……〉。まさか、今度は、暁大陸さんが埋められて

「暁大陸！」親方が悲鳴のような声をあげて駆けだそうとするのを、御前山が制止した。

「お待ちください、親方」

「なんだ、邪魔をするな」

「ここの墓地、足跡がついていますか？」

「うん？」

そう言われて親方も、墓地の地面に目を凝らした。暁大陸のものらしい下半身が見えているところまで、サイズの大きな一組の足跡が続いているのが見える。

「あの足跡は、暁大陸関が残したものでしょう。あれはあそこに行っただけで、戻ってくる足跡ではない。他に、周りに足跡は見えますか？」

御前山にそう言われて、他の者たちは、墓地の端に立ったまま、その墓地内を見回した。

「他は見当たらないようだが……」

「この地面の軟らかさを見てください」

そう言って御前山は、二、三歩墓地の方へと歩みだした。その足は地面に少しめりこみ、くっきりと御前山の歩いた跡を刻んでいた。

「これだけ軟らかくなっている土の地面に、普通の人が歩けば、足跡がつきます。暁大陸関がここに来たのは、今朝ですから、もう雨はあがっていたはず。とすると、犯人の足跡はどこに行ったんです？　空中から犯人は現れたのでしょうか？」

「また、黒力士のしわざですか？」志宝龍が怯え声で言った。「黒力士は、密閉された部屋も通り抜けられるし、足跡も残さずに空中を歩くことができるんですよ！」

「そんなバカなこと、あるわけないでしょう！」聡子が首を振って言った。

「そんなことより、暁大陸だ！」

そう叫んで、親方は、墓地の真ん中へと駆けだした。足元を泥濘《ぬかる》んだ地面にとられながら進む親方が通った後にはくっきりと跡がついていた。

「お父さん！」そう叫んで、聡子も後を追う。

「おお」と後ろから御前山の声が聞こえた。「聡子くんでも、足跡がついている」

そう言われて聡子は、自分の通ってきた後を振り返った。たしかに、男たちに比べれば、浅く小さいが、聡子のつけた足跡がくっきりとぬかるんだ地面に刻まれていた。

親方は、地面に埋まっていた暁大陸を掘り起こし、その身体にすがって涙を流していた。

「俺が育てた力士たちが……暁大陸が……」

父の気持ちは聡子にも痛いほど伝わり、あまりにいたましい光景に聡子は目をそむけた。

彼女が地面に目を落としたとき、暁大陸のいた付近の地面に小さな跡のようなものがついているのを見つけた。

「御前山！」

「なんです？」

「この跡、どう思う？　足跡じゃない？」

聡子が指さしたところに、御前山が眼鏡を直して顔を近づけた。

「浅くて小さな跡ですね……。聡子くんの足跡よりも小さい……。よく観察しないと気づかないくらいの小ささだ。しかし、たしかに足跡のように見える」

幕ノ虎も気づいて、その跡をまじまじと観察している。

聡子と御前山は、その跡がどのようにつづいているかを調べた。その小さな跡を辿ると、それは二筋あって、墓地の端から暁大陸が倒れているところまで往復しているのがわかった。

「これは小動物？　あるいは子ども？」

「なんとも言えないが……」

「とすると、殺人者は子ども？　このあたりに潜んでいる？」

「その可能性はありますね」

志宝龍が泣き崩れる千代楽親方の背中を叩いて慰《なぐさ》めている。

御前山が遺体に近づき、その手足を調べたところ、大腿部《だいたいぶ》に針で刺された跡が見つかった。

「また、毒針でやられてますね……」

「もう四つもあの予告が実現しちゃった。次はマークの番……よ。〈虎は栄光に輝きて殺さるべし〉……。その前になんとかして！　食い止めて！」

聡子が悲鳴をあげるように言った。

「むっ！」

御前山が何かに気づいたように声をあげた。

「どうしたの？」
御前山は、倒れている暁大陸の手首を触りながら、
「まだかすかに脈がある……」と言う。「生きています、暁大陸関は、まだ生きていま
す！」
「えっ、そうなの？　暁大陸さん、他の人より体力があって抵抗力があったせい？　そ
れとも……？」
「土の中に埋められることは、解毒作用があるとも聞きますからね」
「生きているのか？」と親方が暁大陸の身体を覗き込みながら言う。「わしの暁大陸は、
まだ生きているのか？」
「ええ、かすかですが、まだ脈があります。とにかく、館に運んで手当てをしましょ
う」
「よ、よし」
親方は頷き、御前山と協力して、土中から引き上げた暁大陸の身体を、館にまで運搬
した。

＊

広間のソファに寝かされた暁大陸は、意識を取り戻す気配はなかった。千代楽部屋の
力士たちが交代で、懸命に心臓マッサージを施し続けている。
御前山が、暁大陸の身体に触り、

「だんだん冷たくなっていますね。脈拍も弱まっている。とにかく、一刻も早く医者に見せないことには……」と沈鬱そうに言った。

「なんとか助けてくれ、暁大陸を。わしの命に換えてもいい」親方が悲痛な声で言った。

「とにかく、心臓が止まらないように、マッサージを続けましょう」

志宝龍と千代楽親方が、二人がかりで、暁大陸の身体にマッサージを施している。周りに集まった者たちの間に、暗く重い空気が流れていた。その空気を打ち破るかのように、マークが突然口を開いた。

「レット・ミー・チェック……」

「なにか調べたいことがあるの？」

「イエア。ウィル・ユー・ヘルプ・ミー？」

「いいけど、何を？」

マークに手を引かれて、聡子は、一階の洗面所へと向かった。マークは、その角に置かれていた屑籠《くずかご》を調べている。

「ホワッ・ジィス？」

マークは、その屑籠に捨ててある、灰色に濡れ汚れた綿の固まりを示した。

「わっ、汚い。臭い。そんなの触らないでよ」聡子が顔をそむけて言った。

マークはその汚い綿の匂いを嗅《か》いで言った。

「コレ、ツバデス。クチノナカ……」

「えっ？　唾液ってこと？」

マークはその綿を屑籠に戻しながら頷いた。

「アイ・ゴト・アン・アイディア」

「何か思いついたって。何を思いついたの？」

「カム」

マークに手招きされ、聡子は、広間へと戻った。聡子は一同に、

「マークがなにか思いついたって言ってるわ」と言った。

「ザ・トリック・ザ・マーダラ・ハズ・メイド……」

「犯人の仕掛けたトリックがわかったって、どういうことよ？」

「ラスト・ナイト・アイ・ソー・ヒム……」

「夕べ誰を見たって？」

「ツツガニシキ」

「館の主人を見たというの？」

「ヒー・ハド・ア・スモーラ・フェイス」

「より小さな顔をしていたって、どういうことよ？」

「そう言えば」と志宝龍が声をあげた。「私も見ました。昨夜《ゆうべ》、見張りをしていて、部屋の外に出て、階下を見たときに、あの筒カ錦らしい主人が、包帯をせずに歩いているのを見ました。そのとき、今の顔より痩《や》せていたように見えるんです。いま見えている顔よりも……」

「痩せていた？　一晩で人間がそんなに太るはずはあるまい」と親方が言った。

「プリーズ・コール・ヒム……」

「主人を呼んできてっていうことね？」

「私が探してきましょう」

志宝龍が食堂の方に行った。間もなく、彼が筒カ錦に見える館の主人と猿俣を連れて戻ってきた。

「どうなさいました？」

もはや包帯をつけていない主人が、慇懃《いんぎん》な物腰でそう訊ねた。

「ユ・アー・ザ・マーダラ」

マークが英語で喋《しゃべ》った内容が理解できず、主人は顔をしかめた。

「レット・ミー・チェック」

そう言いながらマークが、主人に近づいていく。

「何ですか？」

近くまで来て、マークは、主人に飛び掛かった。マークにのしかかられて、主人は仰向けに倒れた。マークは、前開きの主人の服を思い切りよくびりびりと引き裂いた。

「!?」

主人のむきだしの腹部に現れたのは、奇妙な、肌色の人工物だった。その中央線に沿って、チャックのような金属線が走っている。

マークが、館の主人が腹につけていた肌色の楕円《だえん》の物体についているチャックを引き下ろした。それを両腕で左右に引っ張ると、それはぱっくりと口を開けた。その中は、小さな子どもが身体を丸めれば入れるくらいの空間がひろがっていた。

「なに、これ!?」

目を凝らした聡子は、ようやくそのもののつくりを把握《はあく》し始めた。母親が子どもをおぶるための道具とも見えるビニール製の子袋が、主人の腹に装着されていた。肌色で弾力性のあるビニールか合成樹脂でつくられ、中にいても窒息しないように、空気穴が設けられている。

ゴホッ、ゴホッと咳込みながら、主人は口の中から、灰色の物体を吐きだした。さきほど屑籠で見たのと同じ綿である。それを吐きだすと、主人の顔は少し痩せたように見えた。それを見て聡子は、マークが言おうとしていたことを悟った。

「そうか……。あの綿を口に含んで、実際より太く見せかけていたのね！」

「ライト」とマークが頷く。

「これだけでかい腹をもった太り具合に、顔を合わせようとしたわけね……」

「そうか」御前山も納得したように頷く。「この腹に、子どもを入れて、殺人の道具に使っていたわけか。わかったぞ、密室のトリックが――！

最初の大炎舞関を殺したときは、あの武具部屋に、子どもが残っていた。筒カ錦が部屋に最初に乗り込むふりをして、戸口のところで仁王立ちをしていた。あの巨体に塞がれて、中の様子がわれわれには見えなかった。その隙に、室内にいた子どもをこの腹の中にしまったというわけか。頭を刀で切り割るあの殺人方法は、子どもの力では無理っぽい。しかし、注射器を使って殺すのなら、訓練を受けた子どもならできる。おそらく大炎舞も、殺害にはあの注射器を用いて、殺した上で、刀を死体の頭に切りつけて、あの情景を仕立てたのだろう」

「なるほど、そういうことか」

「二番目の剛醍海関のときは？　あのときもやはり、発見時に彼は仁王立ちをした。内側からしか鍵の掛けられないつくりの浴室で、鍵をかけて子どもが立てこもっていた。それを発見時に収容したというわけだ。毒を用意した注射針を子どもに持たせれば、大きな力士も充分殺せるだろう。

　昨夜の颪将鳳関のときはどうだ。あのときは、うぐいす張りの廊下の音がしなかったので、虚をつかれてしまったが、聡子くんの体重を下回る軽い子どもが廊下を通ったなら、説明がつく。部屋の鍵を筒カ錦に借りれば、侵入は可能になる。その子は、鍵をもって、大部屋で力士たちが見張っていたにもかかわらず、隙をついて廊下から侵入し、部屋に入って眠っている颪将鳳関の身体に毒の注射をして殺し、また廊下を通って引き返していったというわけだ。

　あの予告文通りなら颪将鳳関の身体を吊るさないといけないが、小さな子どもにそれは無理だったんだろう。あらかじめ紐を二本に切って、その一方を天井の梁に通し、もう一方を颪将鳳関の遺体にも巻きつけただけだったんだろう。それで、吊るされてから紐が切れたように見せかけることは可能だからね。

　そしてさきほどの暁大陸関殺害未遂だ。あれも、墓地のぬかるんだ土の上を通ったのが子どもだとすれば、説明がつけられる。実際に小さな足跡らしいものが見つかっていた。暁大陸関を埋めるための穴は、子どもが短時間で掘るのはむずかしい。筒カ錦があらかじめ掘って用意していたのかもしれない」

「でも、穴を掘りに行ったら足跡がつくんじゃないの」

「昨夜からの雨は、一旦あがってまた降りだしてますからね。穴をつくったときに残した足跡は、雨で流されたんでしょう。雨のせいで穴が埋まらないように、何かかぶせておいたのかもしれません」

「何のためにそんなことをしたんだ？　わしの部屋に対する恨みか？」

床に抑えつけられている館の主人を見下ろしながら、親方が冷厳な声で言った。

「何度も言ったはず。私は、黒力士の系譜を継ぐ者。四百年前の絶滅させられた黒力士の恨みを、かわりに晴らしていたにすぎない……」

「何を……」

「すべてはこの日の復讐のために仕組んだこと……」

そのとき聡子の視界の端に、なにか動いてくるものが入った。

振り向くと、異様なほどに小さな子どもである。身長は百センチもなさそうである。その子が右手に注射器をもち、こちらに向かって走り寄ってきている。

「あぶない！」聡子は思わず、悲鳴をあげる。

「お坊ちゃま！」と猿俣が叫びを発した。

「ヨシノブ！　来るな！」と筒カ錦も叫んだ。

その子をよけて脇に飛んだ志宝龍が、タックルをかけるように、その子の背中に飛びかかった。

その子は、志宝龍の腕をよけようとして、短い足を蹴りだし、志宝龍とぶつかって、足をすくわれた。身体が宙にうかび、その子は、倒れている館の主人の方に倒れ込んだ。

幕ノ虎が、身をかばって、倒れ込んでくるその子を間一髪回避した。

「ぐぁっ」という苦しそうな叫びが、館の主人の口から洩れた。

聡子は一瞬目を閉じて、身をこわばらせた。おそるおそる目を開けたとき、床の主人が、身体をぴくぴくと痙攣《けいれん》させている。その主人の胴体に、子どもが持っていた注射器がずぶりと突き刺さっていた。

「とうちゃん!」

志宝龍に取り押さえられた子どもが、悲鳴をあげた。

「筒カ錦。おまえの子どもか」

親方がそう呼びかけたときには、既に筒カ錦から反応は途絶えていた。

＊

館からしばらく下りたところで携帯電話がつながるエリアが見つかり、志宝龍が警察に連絡をつけることに成功した。

千代楽親方は、ときどき意識のない暁大陸に話しかけながら、心臓マッサージを続けている。

「暁大陸……救急車が来るまでもう少しの辛抱だ。死ぬなよ」

「親方、かわりますよ」と声をかけて、広間に戻ってきた志宝龍がマッサージをうけついだ。

猿俣は、がっくりとひざをついてうなだれていた。

「一体何が望みだったのだ、おまえの主人は？」窶《やつ》れ顔の親方が、主を失った執事を見下ろしながら訊く。

「昨晩あなたがたに語ったとおりでございます。黒力士と黒相撲を復活させること――そのために、六人の現役力士の血が必要だった。それを果たそうとして果たせなかった主人の無念が辛《つろ》うございます」そう言って猿俣は嗚咽《おえつ》を洩らした。

「そんな黒相撲など、こじつけに過ぎないだろう」冷たい声で千代楽親方が言う。「わしへの逆恨みで、うちの部屋に復讐しようとした――それだけなのに、黒力士だの黒相撲だの勝手なでっちあげ話をわしらに聞かせよって」

「でも、あの黒相撲の歴史はそれなりに説得力があったわよ、お父さん。武具室には立派な武具もあったし――」と聡子が口を挟んだ。

「あんなの、単なる骨董品のコレクションに過ぎん」

「いいえ、そうではありません」猿俣は首を振り、凜《りん》とした声で語った。「筒カ錦の四股名で呼ばれた主の生まれた黒須《くろす》家の家系は代々黒相撲の伝統を受け継いできたもの。主人が今の角界に入ることは、黒力士の伝統を汚すものだとして、多くの反対がありました。しかも千代楽部屋といえば、あの忌まわしい千代榊の系譜を継いだ、われら黒力士の最も憎むべき相撲部屋。そこの力士になるのは、われらにとって最悪の裏切りに等しい。しかし、主人は、自分があえて千代楽部屋に入ることで、黒力士と千代榊系統との融合と和解をはかろうとしていました。われらの強固な反対にも屈せず、角界入りを果たされた後も、主人は、黒相撲の伝統を受け継ぐ、黒まわしを大事になさっていました。角界の力士になっても、決して心を大相撲に売ったわけではないことが、遠くから眺《なが》めていてもわかりました。

ですから、あの不幸な事故があったとき、われわれが主人のところに参り、黒力士としての怨念を取り戻すべきだと説得しました。主人は、大相撲の力士としての自分に訣別するために、自らの顔を半分焼きました。復讐を決意した黒力士たちは、島原の乱のときに焼殺された黒力士たちのことを思いやって、顔を焼くしきたりになっています。

あなたたちをここにおびき寄せる周到な計画をたてたのも、ひとえに主人のなせるわざです。移動のために、この付近の道路を走行することを見越して、分岐点の標識に細工をして、この未完成の道路に入り込むように仕組みました。その上で土砂崩れをわざと起こして、千代楽部屋の車が元の道路に戻れないようにしました。それもこれも黒力士としての復讐を決行したい一念に駆られてのことでございます」

「じゃあ、黒相撲と黒力士は本当にあったのか？」と親方が訊き返す。

「まだお疑いになるのですか。私とこの主の存在が、何よりの証明ではありませんか」

「でも、どうして戦いの歴史をまた復活させる必要があるの？」聡子は猿俣の方を向いて訊いた。「いまの時代に、戦うことが使命の黒力士を復活させる意味なんてあるの？」

「それはお嬢様が間違った見方をしておられるせいです。人類の歴史は常に戦いとともににありました。その宿命を引き受けて戦う戦士たちが、今こそ必要とされているのです」

「違う。あたしは、そんな黒力士の封印を解くなんて、許さない」

「既に遅うございます。もはや黒力士と黒相撲の封印は解かれました。やがて近いうちに、また別の黒力士が、あなたがたの前に現れることでしょう」

そう言ってから猿俣は、懐《ふところ》から錠剤を取り出し、自分の口に投げ入れた。

「あっ！」と御前山が声をあげた。「何をする」

御前山が駆け寄ったときには、猿俣は、倒れ伏し、口から赤い泡をゴボゴボと噴《ふ》き出していた。

「しっかりしろ」そう言って御前山が、猿俣を抱き起こす。

「ヨシノブ坊ちゃんは……ただ主の命じられた訓練をやっていただけ……本人には罪の自覚もなにもない……あの子だけは……生かしていただきたい……」

それだけを口にしてから、猿俣はがくりとくずおれた。

「おいっ」

御前山がゆさぶっても、猿俣はぴくりとも動かなくなった。

「結局生き残ったのは、あの子だけか……」

気を失って寝かされている、「ヨシノブ」と呼ばれた少年を見やりながら、御前山がぽつりと言った。

「親方。どうします？　この筒カ錦の忘れ形見、千代楽部屋で引き取って育てますか？」

「バカ。今、そんなことなど、考えられるか」

「しかし、この子の動きと身体のバネ、この年にしては大したものでした。父親譲りの力士の才気が感じられます。今から育てれば、きっと将来、角界を背負って立つ逸材になりますよ」

「そんなことして、後でうちの部屋が父の仇《かたき》だってことを思い出したら、どうするつもりよ？」と聡子が言った。「そうなったときの落とし前はどうやってつけるのよ？」

「ご心配なく。私は御前山、落とし前をつけるのも得意です。成人してから父の仇が育ての恩人だと気づく展開も、悲劇ドラマかドキュメンタリーみたいで、なかなかよいではありませんか」

「別にドラマ作りをしているわけじゃないから」

「そのときは、誰あろうこの御前山が、仇役として、また、乗り越えられぬ壁として、少年の前に立ちはだかってさしあげましょう。この私を倒さぬかぎりは、父の無念など晴らせぬことを思い知らせてやればよろしいかと——そうやって挑めば、力士の精神を受け継いだ子であるならば、正々堂々と相撲で決着をつけようとするでしょう」

「あなたが壁……？　ちょっと、いや、だいぶ力不足じゃないの」

「それに、筒カ錦の言うとおり、黒力士の末裔たちの実力が本当に超人的なものであるなら、世に埋もれている彼らを発掘して、表舞台の相撲へ引き出せばよいのです。江戸時代からの因縁があるという千代楽部屋にも、黒力士が入門すればきっと和解が進み、友好が築かれるに違いありません」

「こんな事件を起こして、なんのわだかまりもなく、そんなやつらを入門させられるわけがないだろう！」千代楽親方が吐き捨てるように言った。

「お父さん」聡子が言った。「この事件は一応解決したけれど、多くの謎が残されたまま。それに、あの猿俣さんの最後の言葉も気にかかる……。まだ多くの黒力士たちが世の中にちらばっていて、どこかでひそかに牙をといで、またあたしたちに襲いかかる機会を窺っている——そんな気がしてならないわ……」

聡子は右隣りにいる父親の顔を見つめ、続いて左隣りのマークを見つめた。

「マーク。そのときは、あなたが守ってね」

「サトコ」

マークは、聡子に対して、慈《いつく》しみ深そうな微笑《ほほえみ》を浮かべた。

聡子は、そっとマークのたくましい手を握った。

雲間から日射しが差し込み、周りの草木が明るい薄緑色へと染め変えられていく。ほんのりと柔らかな陽を受けて明るんだマークの凛々《りり》しい横顔に、聡子はうっとりと見惚《みと》れた。

解説

奥泉　光

小森健太朗氏とは十年近く前から大阪の近畿大学で同僚なのだが、出講日が違うと案外顔をあわせる機会はないもので、自分が小森氏とはじめて会ったのは、勤め始めて数年経った頃、兵庫県の田舎に学生を連れて合宿に行ったときだったと思う。

合宿ではたいてい、昼間は学生とサッカーなどして、夜は何かテクストをとりあげてシンポジウムのごときことをする。そのときのテクストはカフカの「流刑地にて」だったと記憶しているのだけれど、小森氏はミステリに限らず、二十世紀前半期の文学思想に大変詳しい人だなと感心した。頭脳も鋭く、十六歳で江戸川乱歩賞の候補になり、東京大学で哲学や神秘思想を学んだ経歴を考え合わせたとき、たとえばウンベルト・エーコの『薔薇の名前』のような小説を書くべき作家だろうと、知的結構を備えた日本語の小説が出て来て欲しいと強く願っていたこともあって、自分は勝手に考えたりした。

で、合宿が終わって、東京の家に帰ろうとしたら、小森氏が新刊の著書をくれた。バスで着いた新大阪で弁当と麦酒《ビール》を買い、新幹線に乗ってから、貰《もら》った本を鞄《かばん》から取り出した。

『大相撲殺人事件』とある。

タイトルと装丁を見た感じは、とりあえず『薔薇の名前』ではなさそうだが、と思いつつ頁《ページ》を開いて仰天した。冒頭に置かれた小説の書き出しはこうだ。

見上げれば、ぬけるような青空を背景に、電線にとまった十羽ほどの雀たちがチュンチュンと囀《さえず》っている。
「ジャパン……ビューティフル」
そう呟《つぶや》いた金髪の青年は、手元のメモに目を落とし、近くの電信柱に貼られている住所の表記とを何度も見比べた。

この金髪の青年というのが、マークといって、ひょんなことから相撲部屋に入門するアメリカ人青年で、親方の娘である女子高生聡子とともに、相撲界に次々と巻き起こる難事件を鮮やかに解決して行く探偵なのだが、それはまずはいいとして、書き出しだ。「ジャパン……ビューティフル」って……外国人が登場する日本語の小説はたくさんあるけれど、冒頭でいきなり、ジャパンといって、ややタメたのち、ビューティフルと呟いたのはこの人がはじめてだろう。

これはやはりこれはどうも『薔薇の名前』じゃないな、と思いつつ先へ進めば、マークが相撲部屋に入門した経緯が次に描かれるのだが、早い話、日本の大学で学ぼうと考えていたアメリカ人マークが、「千代楽《ちよらく》部屋」を「センダイガク」と読んだための勘違いなのでした。

そのことにいまさらのように気付いた親方はいう。「しかし、ここが大学と違うのは、見ればすぐにわかるだろうに」

そりゃそうだ。すると聡子が応える。

「アメリカから来たばかりで、日本のことまだあまりよく知らないみたいだから、日本の大学ってこういうものかって、思い込んじゃったみたいなの」って、いくら非常識なアメリカ人でも、相撲部屋と大学を間違えるか？　と、このあたりまできて、これは絶対に『薔薇の名前』じゃないな、と確信を深めつつ、何か呆然《ぼうぜん》とした感じになったまま さらに先へ進むと最初の怪事件が起こる。

本場所の土俵上、二人の力士が立ち合う。とたんに「ボン」と激しい音がして、二人の力士が爆発したのだ！

ここまできて、自分はあまりのことに度肝を抜かれ、そして大笑いした。もはや頁をめくる手をとめることのできなくなった自分は、東京へ着いて、中央線に乗り換え三鷹で電車を下りるまで、度肝を抜かれっぱなし、笑いっぱなしとなったのだった。こういう読書体験はそうあるものではない。

『大相撲殺人事件』を構成する六つの連作は、第一話の、力士が爆発する「土俵爆殺事件」に続いて、「頭のない前頭」「対戦力士連続殺害事件」「女人禁制の密室」「最強力士アゾート」「黒相撲館の殺人」と、題名を並べただけで、ぞくぞくするような馬鹿馬鹿しさの気配が漂うが、しかし中身も決して負けてはいない。

たとえば第四話「女人禁制の密室」は、何が密室なのかというと、土俵上で人が殺されたとき、国技館のなかには四人の女性しかおらず、女性は土俵に上がれないので、つまり密室なのでした。第六話「黒相撲館の殺人」では、相撲取りがみんなで洋館に行く話なのだが、もちろんちょんまげ浴衣《ゆかた》の相撲取りが洋館に行っちゃいけないということはないと思う。一番すごいのは第三話、「対戦力士連続殺害事件」。なにしろ本場所中に幕内力士が十四人、連続して殺されてしまうのだ！　すごすぎないか。そして第五話では、幕内力士がさらに三人殺されて、「大相撲の世界も災難続きよねぇ」と嘆いた聡子は次のごとくに述懐する。

「一年前に幕内にいた力士も、この一年で四十パーセントくらいいなくなっちゃったわねぇ」

幕内力士の四十パーセントが死亡……現実の相撲協会も色々と問題があるようだが、さすがにここまではない。

と、こう書いてくると、馬鹿馬鹿しいだけの小説のように思えるかもしれないが、ある意味ではそうだ。というか、本格ミステリというジャンルが本質的に備えている馬鹿馬鹿しさが、ここではくっきりと姿を現している。たとえば、密室殺人をはじめとする、ミステリ作家が発明してきた数々の不可能犯罪を思い出してみよう。いくら不可能犯罪を成立させるためとはいえ、なんでそこまでしなきゃならないの、と思わずいいたくなるような、犯人のあまりにも無理やりな活動がそこにはなかっただろうか。あるいは、何か事情はあるとはいえ、人を殺すのにそこまで凝らなくてもいいんじゃないのと、ふと思うことはなかっただろうか。

そう、つまりこの連作小説集はなにより、「本格」ミステリなのだ。「本格」ミステリが何であるかを定義しようとすると難しいことになってしまうが、謎解きを目のあたりにした読者が「ハタと膝をうつ」のが「本格」の一番の特長だと、以前自分も加わった座談会で北村薫氏がされた発言をここで思い出せば、本書の小説はどれも「ハタと膝をうつ」体《てい》のものであるのは間違いない。ただ本書に限っては、「ハタと膝をうち」つつ大笑いできるところに特色があるので、それもこれも「本格」ミステリが根本に持つ、ナンセンスと紙一重の馬鹿馬鹿しさが強烈に匂いたつゆえなのであり、その徹底ぶりはほとんど批評的であるとさえいってよい。

本書は小森健太朗氏の「本格魂」に貫かれている。「本格魂」とは、本格ミステリの理念を貫くべく、リアリズムも自然主義も平然と捨て去り、まして「人間を描く」ことや、口当たりのよい「物語」などは歯牙《しが》にもかけず、ひたすらミステリの本道を突き進む精神態度のことである。謎解きの合理性を大切にする「本格魂」は、合理性を徹底するあまりかえってナンセンスへ足を踏み入れることもあえて辞さない。

本書がかりにナンセンスに見えるとしても、だからそれは「本格魂」のなせるわざなのであり、そのことが、作品としてなかなか成立させるのがむずかしいナンセンスをむしろ可能にしているともいえるだろう。ナンセンスを狙いにいって、こうはなかなかなるものではない。

本書を本格ミステリのパロディーとして読むことを可能にしているのもまた、「本格魂」ゆえである。なんであれ一つのスタイルへの徹底は、必ずパロディーの色彩を帯びるのであり、少なくともポストモダンの状況下では、面白い表現は必ずパロディーの匂いを放つといってよいだろう。

’80年代の「新本格」ミステリとは、二十世紀前半の欧米本格ミステリの、ポストモダン状況下における反復といってよいと思う。その意味で「新本格」ミステリははじめからパロディーを内蔵していたのだが、本書もまた同じ流れのなかにあって、他にかえがたい独自の輝きを放っている。

ところで、聞いたところでは、小森氏は『大相撲殺人事件』の続編として、『中相撲殺人事件』『小相撲殺人事件』というのを構想中だという。意味がよくわからないが、一段と馬鹿馬鹿しさがパワーアップしそうな気配に、いまからわくわくする。

（作家）

小森健太郎　著訳書リスト

＊刊行著書（小説）

『コミケ殺人事件』（出版芸術社）１９９４・11／（ハルキ文庫）１９９８・12

『ローウェル城の密室』（出版芸術社）１９９５・９／（ハルキ文庫）１９９８・５

『ネヌウェンラーの密室』（講談社ノベルス）／１９９６・１（講談社文庫）１９９９・11

『ネメシスの哄笑』（出版芸術社）１９９６・９

『バビロン　空中庭園の殺人』（祥伝社文庫）１９９７・４

『神の子の密室』（講談社ノベルス）／１９９７・５（講談社文庫）２００３・７

『眠れぬイヴの夢』（徳間書店　トクマ・ノベルズ）１９９７・11

『マヤ終末予言「夢見」の密室』（祥伝社　ノンノベル）１９９９・４

『駒場の七つの迷宮』（光文社　カッパ・ノベルス）２０００・８

『ムガール宮の密室』（原書房）２００２・８

『Ｇの残影』（文藝春秋）２００３・３↓『グルジェフの残影』（文春文庫）２００６・７

『大相撲殺人事件』（角川春樹事務所　ハルキノベルス）２００４・２／（文春文庫）２００８・11＝本書

『魔夢十夜』（原書房）２００６・５

『星野君江の事件簿』（南雲堂）２００８・６

＊刊行著書（評論）

『探偵小説の論理学』（南雲堂）２００７・９

＊共著

『新世紀「謎」倶楽部』（角川書店）／1998・7（角川文庫）2001・8
『本格ミステリーを語ろう！』（芦辺拓・有栖川有栖・二階堂黎人との鼎談）（原書房）1999・3
『堕天使殺人事件』（角川書店）1999・9／（角川文庫）2002・5
『贋作館事件』（原書房）1999・9
『新世紀犯罪博覧会』（光文社 カッパ・ノベルス）2001・3
『新本格猛虎会の冒険』（東京創元社）2003・3
『黄昏ホテル』（小学館）2004・12
『EDS 緊急推理解決院』（光文社）2005・11

＊翻訳書

ミハイル・ナイーミ著『ミルダッドの書』（壮神社）1992・12
カリール・ジブラン著『漂泊者《さすらいびと》』（壮神社）1993・5＝共訳
コリン・ウィルソン『スパイダー・ワールド 賢者の塔』（講談社ノベルス）2001・3
コリン・ウィルソン『スパイダー・ワールド 神秘のデルタ』（講談社ノベルス）2001・12
ヴァン・ダイン『ファイロ・ヴァンスの犯罪事件簿』（論創社）2007・8

ノベルス版　二〇〇四年二月　角川春樹事務所　ハルキノベルス刊

文春文庫

大相撲《おおずもう》殺人《さつじん》事件《じけん》

定価はカバーに
表示してあります

2008年11月10日　第1刷
2018年1月25日　第4刷

著　者　小《こ》森《もり》健《けん》太《た》朗《ろう》
発行者　飯窪成幸
発行所　株式会社　文藝春秋

東京都千代田区紀尾井町 3-23　〒102-8008
TEL　03・3265・1211㈹
文藝春秋ホームページ　http://www.bunshun.co.jp
落丁、乱丁本は、お手数ですが小社製作部宛お送り下さい。送料小社負担でお取替致します。

印刷・大日本印刷　製本・加藤製本

Printed in Japan
ISBN978-4-16-775328-3

（　）内は解説者。品切の節はご容赦下さい。

赤川次郎
幽霊列車
山間の温泉町へ向う列車から八人の乗客が蒸発。中年警部・宇野は推理マニアの女子大生・永井夕子と謎を追う——。オール讀物推理小説新人賞受賞作を含む記念碑的作品集。（山前　譲）
あ-1-39

赤川次郎
幽霊晩餐会
殺人予告を受けたシェフが催す豪華晩餐会の招待を受けた宇野警部と夕子。フルコースに隠された味な仕掛けから犯人を暴く表題作他、ユーモアあふれる全七編。シリーズ第二十二弾。
あ-1-36

赤川次郎
幽霊恋文
夕子の友人・咲苑てに、不運な死を遂げた恋人から〈近々君を迎えに行く〉と直筆の手紙が届く。早速宇野たちは捜査に乗り出すが…「呪いの特売」「失われた音楽」など全七編を収録。
あ-1-40

赤川次郎
マリオネットの罠
私はガラスの人形と呼ばれていた——。森の館に幽閉された美少女、都会の空白に起こる連続殺人。複雑に絡み合った人間の欲望を鮮やかに描いた、赤川次郎の処女長篇。（権田萬治）
あ-1-27

赤川次郎
充ち足りた悪漢たち
つぶらな瞳、あどけない顔、可愛くて無邪気な子供たち。しかし彼らには大人に見せないコワイ素顔があるのです。屈託なき悪辣ぶりを描くチビッ子版ピカレスク、全6篇。（権田萬治）
あ-1-37

我孫子武丸
弥勒《みろく》の掌《て》
妻を殺され汚職の疑いをかけられた刑事と、失踪した妻を捜し宗教団体に接触する高校教師。二つの事件は錯綜し、やがて驚愕の真相が明らかになる！　これぞ新本格の進化型。（巽　昌章）
あ-46-1

愛川　晶《あきら》
六月六日生まれの天使
記憶喪失の女と前向性健忘の男が、ベッドの中で出会った。二人の奇妙な同居生活の行方は？　究極の恋愛と究極のミステリが合体。あなたはこの仕掛けを見抜けますか？（大矢博子）
あ-47-1

（　）内は解説者。品切の節はご容赦下さい。

愛川　晶
十一月に死んだ悪魔
売れない作家・柏原は交通事故で一週間分の記憶を失う。十一年後、謎の美女との出会いをきっかけに記憶が戻り始めるが。幾重にもからんだ伏線と衝撃のラスト！　究極の恋愛ミステリー。
あ-47-6

愛川　晶
神楽坂謎ばなし
出版社勤務の希美子は仕事で大失敗、同時に恋人も失う。どん底の彼女がひょんなことから寄席の席亭代理に。お仕事小説兼本格ミステリのハイブリッド新シリーズ。　（柳家小せん）
あ-47-3

愛川　晶
高座の上の密室
華麗な手妻を披露する美貌の母娘の悩み。超難度の技を繰り出す太神楽界の御曹司の不可解な行動。寄席「神楽坂倶楽部」で出来する怪事件に新米席亭代理・希美子が挑む。　（杉江松恋）
あ-47-4

愛川　晶
はんざい漫才
スキャンダルの過去を持つ漫才コンビが神楽坂倶楽部に出演することに。席亭代理・希美子は怪事件に遭遇。三十一歳のヒロインが活躍する寄席ミステリ第3弾！　（三浦昌朗／ロケット団）
あ-47-5

有栖川有栖
火村英生に捧げる犯罪
臨床犯罪学者・火村英生のもとに送られてきた犯罪予告めいたファックス。術策の小さな綻びから犯罪が露呈する表題作他、哀切でエレガントな珠玉の作品が並ぶ人気シリーズ。　（柄刀　一）
あ-59-1

有栖川有栖
菩提樹荘の殺人
少年犯罪、お笑い芸人の野望、学生時代の火村英生の名推理、アンチエイジングのカリスマの怪事件とアリスの悲恋。「若さ」をモチーフにした人気シリーズ作品集。　（円堂都司昭）
あ-59-2

青柳碧人
西川麻子は地理が好き。
「世界一長い駅名とは」「世界初の国旗は？」などなど、世界地理のトリビアで難事件を見事解決。地理マニア西川麻子の事件簿。読めば地理の楽しさを学べる勉強系ユーモアミステリー。
あ-67-1

（　）内は解説者。品切の節はご容赦下さい。

青柳碧人
国語、数学、理科、誘拐
進学塾で起きた小6少女の誘拐事件。身代金5000円、すべて1円玉で?!　5人の講師と生徒たちが事件に挑む。「読むと勉強が好きになる」心優しい塾ミステリ！　（太田あや）
あ-67-2

石田衣良
ブルータワー
悪性脳腫瘍で死を宣告された男が二百年後の世界に意識だけスリップ。そこは殺人ウイルスが蔓延し、人々はタワーに閉じ込められた世界。明日をつかむため男の闘いが始まる。（香山二三郎）
い-47-16

池井戸　潤
株価暴落
連続爆破事件に襲われた巨大スーパーの緊急追加支援要請を巡って白水銀行審査部の板東は企画部の二戸と対立する。日本経済の闇と向き合うバンカー達を描く傑作金融ミステリー。
い-64-1

乾《いぬい》　くるみ
イニシエーション・ラブ
甘美で、ときにほろ苦い青春のひとときを瑞々しい筆致で描いた青春小説——と思いきや、最後の二行で全く違った物語に！「必ず二回読みたくなる」と絶賛の傑作ミステリ。　（大矢博子）
い-66-1

乾　くるみ
セカンド・ラブ
一九八三年元旦、春香と出会った。僕たちは幸せだった。春香とそっくりな美奈子が現れるまでは。『イニシエーション・ラブ』の衝撃、ふたたび。究極の恋愛ミステリ第二弾。　（円堂都司昭）
い-66-5

乾　くるみ
リピート
今の記憶を持ったまま昔の自分に戻る「リピート」。人生のやり直しに臨んだ十人の男女が次々に不審な死を遂げて……。『イニシエーション・ラブ』の著者が放つ傑作ミステリ。　（大森　望）
い-66-2

乾　くるみ
Jの神話
全寮制の名門女子高で生徒が塔から墜死し、生徒会長が「胎児なき流産」で失血死をとげる。背後に暗躍する「ジャック」とは何者なのか？　衝撃のデビュー作。　（円堂都司昭）
い-66-3

（　）内は解説者。品切の節はご容赦下さい。

乾　くるみ
嫉妬事件
ある日、大学の部室にきたら、本の上に○○○が！　ミステリ研で起きた実話を元にした問題作が、いきなりの文庫化。作中作となる書き下ろし短編「三つの質疑」も収録。（我孫子武丸）
い-66-4

石持浅海
ブック・ジャングル
閉鎖された市立図書館に忍び込んだ昆虫学者の卵と友人、そして高校を卒業したばかりの女子三人。思い出に浸りたいだけだった罪なき不法侵入者達を猛烈な悪意が襲う。（円堂都司昭）
い-89-1

歌野晶午
葉桜の季節に君を想うということ
元私立探偵・成瀬将虎は、同じフィットネスクラブに通う愛子から霊感商法の調査を依頼された。その意外な顚末とは？　あらゆる賞を総なめにした現代ミステリーの最高傑作。
う-20-1

歌野晶午
春から夏、やがて冬
スーパーの保安責任者・平田は万引き犯の末永ますみを捕まえた。偶然の出会いは神の導きか、悪魔の罠か？　動き始めた運命の歯車が二人を究極の結末へと導いていく。（榎本正樹）
う-20-2

江戸川乱歩・桜庭一樹　編
江戸川乱歩傑作選　獣
日本推理小説界のレジェンド・江戸川乱歩が没して50年。名作に光を当てるアンソロジー企画第1弾は「パノラマ島綺譚」「陰獣」など七編と随筆二編を収録。（解題／新保博久・解説／桜庭一樹）
え-15-1

江戸川乱歩・湊　かなえ　編
江戸川乱歩傑作選　鏡
湊かなえ編の傑作選は、謎めくパズラー「湖畔亭事件」、ドンデン返し冴える「赤い部屋」他、挑戦的なミステリ作家・乱歩に焦点を当てる。（解題／新保博久・解説／湊かなえ）
え-15-2

江戸川乱歩・辻村深月　編
江戸川乱歩傑作選　蟲
没後50年を記念する傑作選。辻村深月さんが厳選した妖しく恐ろしい名作。恋に破れた男の妄執を描く「蟲」。四肢を失った軍人と妻の関係を描く「芋虫」他全9編。（解題／新保博久・解説／辻村深月）
え-15-3

（　）内は解説者。品切の節はご容赦下さい。

桑潟幸一准教授のスタイリッシュな生活
奥泉　光
やる気もなければ志も低い大学教員・クワコーを次々に襲うキャンパスの怪事件。奇人ぞろいの文芸部員女子とともにクワコーが謎に挑む。ユーモア・ミステリー3編収録。（辻村深月）
お-23-3

黄色い水着の謎
桑潟幸一准教授のスタイリッシュな生活2
奥泉　光
史上もっとも情けない准教授クワコーと食えない女子大生たちが帰ってきた！　答案用紙と女子部員の水着はなぜ消失したか？　脱力&抱腹のユーモアミステリシリーズ。（有栖川有栖）
お-23-4

逃亡者
折原　一
殺人を犯し、DVの夫と警察に追われる友竹智恵子。彼女は顔を造り変え、身分を偽り、東へ西へ逃亡を続ける。時効の壁は十五年——。サスペンスの末に驚愕の結末が待つ！（江上　剛）
お-26-12

追悼者
折原　一
浅草の古びたアパートで見つかった丸の内OLの遺体。「昼はOL、夜は娼婦」とマスコミをにぎわしたが、ノンフィクション作家の取材は意外な真犯人へ辿りつく。（河合香織）
お-26-13

遭難者
折原　一
春山で滑落死を遂げた青年のために編まれた2冊組み追悼文集。そこにこめられていた、おぞましき真実とは？　鬼才の手腕が冴える傑作ミステリーを、1巻本にて復刊する！（神長幹雄）
お-26-14

毒殺者
折原　一
Mの妻に対する保険金殺人は完璧なはずだった。しかしある日、脅迫電話がかかってきた。実在の事件をモチーフにする鬼才の「——者」シリーズの原点『仮面劇』を改題改訂。
お-26-15

潜伏者
折原　一
ルポライターの笹尾は新人賞の下読みで、容疑者の視点で生々しく綴られた原稿「堀田守男氏の手」を読み、埼玉県で起った少女連続失踪事件を追いかけるが、新たな悲劇が。（三山　喬）
お-26-16

（　）内は解説者。品切の節はご容赦下さい。

折原　一
異人たちの館
樹海で失踪した息子の伝記の執筆を母親から依頼された売れない作家・島崎の周辺で次々に変事が。五つの文体で書き分けられた目くるめく謎のモザイク。著者畢生の傑作！（小池啓介）
お-26-17

大沢在昌
心では重すぎる（上下）
失踪した人気漫画家の行方を追う探偵・佐久間公の前に立ちはだかる謎の女子高生。背後には新興宗教や暴力団の影が……。渋谷を舞台に現代の闇を描き切った渾身の長篇。（福井晴敏）
お-32-1

大沢在昌
闇先案内人（上下）
「逃がし屋」葛原に下った指令は、「日本に潜入した隣国の重要人物を生きて故国へ帰せ」。工作員、公安が入り乱れ、陰謀と裏切りが渦巻く中、壮絶な死闘が始まった。（吉田伸子）
お-32-3

恩田　陸
まひるの月を追いかけて
異母兄の恋人から兄の失踪を告げられた私は、彼女と共に兄を捜す旅に出る。次々と明らかになる事実は、真実なのか――。恩田ワールド全開のミステリー・ロードノベル。（佐野史郎）
お-42-1

恩田　陸
夏の名残りの薔薇
沢渡三姉妹が山奥のホテルで毎秋、開催する豪華なパーティ。不穏な雰囲気の中、関係者の変死事件が起きる。犯人は誰なのか、そもそもこの事件は真実なのか幻なのか――。（杉江松恋）
お-42-2

恩田　陸
木洩れ日に泳ぐ魚
アパートの一室で語り合う男女。過去を懐かしむ二人の言葉に、意外な真実が混じり始める。初夏の風、大きな柱時計、あの男の背中。心理戦が冴える舞台型ミステリー。（鴻上尚史）
お-42-3

恩田　陸
夜の底は柔らかな幻（上下）
国家権力の及ばぬ〈途鎖国〉。特殊能力を持つ在色者たちがこの地の山深く集う時、創造と破壊、歓喜と惨劇の幕が切って落とされる！　恩田ワールド全開のスペクタクル巨編。（大森　望）
お-42-4

（　）内は解説者。品切の節はご容赦下さい。

太田忠司
月読《つくよみ》
「月読」――それは死者の最期の思い「月導《つきしるべ》」を読みとる能力者。異能の青年が自らの過去を求めて地方都市を訪れたとき、次々と不可解な事件が……。慟哭の青春ミステリー。（真中耕平）
お-45-1

太田忠司
死の天使はドミノを倒す
突如失踪した人権派弁護士の弟・薫を探すために上京した売れないラノベ作家の兄・陽一は、自殺志願者に死をもたらす「死の天使」事件に巻き込まれていく。（巽　昌章）
お-45-3

大山誠一郎
密室蒐集家
消え失せた射殺犯、密室から落ちてきた死体、警察監視下で起きた二重殺人。密室の謎を解く名探偵・密室蒐集家。これぞ究極の密室ミステリ。本格ミステリ大賞受賞作。（千街晶之）
お-68-1

太田紫織
あしたはれたら死のう
自殺未遂の結果、数年分の記憶と感情の一部を失った遠子。その時に亡くなった同級生の少年・志信と自分はなぜ死を選んだのか――遠子はSNSの日記を唯一の手がかりに謎に迫るが。
お-69-1

加納朋子
螺旋階段のアリス
憧れの私立探偵に転身を果たしたものの依頼は皆無、事務所で暇をもてあます仁木順平の前に、白い猫を抱いた美少女・安梨沙が迷いこんでくる。心温まる7つの優しい物語。（藤田香織）
か-33-6

加納朋子
虹の家のアリス
心優しき新米探偵・仁木順平と聡明な美少女・安梨沙。『不思議の国のアリス』を愛する二人が営む小さな事務所に持ちこまれる6つの奇妙な事件。そして安梨沙の決意とは。（大矢博子）
か-33-7

香納諒一
贄《にえ》の夜会　（上下）
《犯罪被害者家族の集い》に参加した女性二人が惨殺された。容疑者は少年時代に同級生を殺害した弁護士！　サイコサスペンス＋警察小説＋犯人探しの傑作ミステリー。（吉野　仁）
か-41-1

（　）内は解説者。品切の節はご容赦下さい。

無縁旅人
香納諒一
養護施設から逃げ出した十六歳の少女・舞子は、なぜ死なねばならなかったのか？　若者たちが抱える孤独を嚙みしめ奔走する警視庁捜査一課大河内班の刑事たち。（中辻理夫）
か-41-3

天才までの距離　美術探偵・神永美有
門井慶喜
黎明期の日本美術界に君臨した岡倉天心が、自ら描いたという仏像画は果たして本物なのか？　神永美有と佐々木昭友のコンビが東西の逸品と対峙する、人気シリーズ第二弾。（福井健太）
か-48-2

悪血《あくのち》
門井慶喜
高名な画家の家系に生まれながら、ペットの肖像画家に身をやつす時島一雅は、怪しげなブリーダーに出資を申し出る。血の呪縛に悩み、かつ血の操作に手を貸す男を、神は赦し給うか？
か-48-3

ホテル・コンシェルジュ
門井慶喜
盗まれた仏像を取り返せ、アメリカ大使の暗殺計画を阻止せよ…。宿泊客が持ち込む難問を、ベテラン・コンシェルジュと新米フロント係が解決。ユーモアミステリの快作！（大矢博子）
か-48-4

擬態
北方謙三
四年前、平凡な会社員立原の躰に生じたある感覚……。今や彼にとって人間性など無意味なものでしかなく、鍛え上げた肉体は凶器と化していく。異色のハードボイルド長篇。（池上冬樹）
き-7-7

街の灯
北村　薫
昭和七年、士族出身の上流家庭・花村家にやってきた若い女性運転手〈ベッキーさん〉。令嬢・英子は、武道をたしなみ博識な彼女に魅かれてゆく。そして不思議な事件が……。（貫井徳郎）
き-17-4

玻璃《はり》**の天**
北村　薫
ステンドグラスの天窓から墜落した思想家の死は、事故か殺人か——表題作「玻璃の天」ほか、ベッキーさんの知られざる過去が明かされる、『街の灯』に続くシリーズ第二弾。（岸本葉子）
き-17-5

文春文庫　最新刊

千春の婚礼 新・御宿かわせみ5　平岩弓枝
婚礼の日の朝、千春の頬を伝う涙の理由は？　全五篇収録

オールド・テロリスト　村上龍
「満洲国の人間」を名のる老人達がテロを仕掛ける。渾身作

天下　家康伝 上下　火坂雅志
魅力に乏しい家康が天下人になりえた謎に挑む、著者の遺作

幽霊審査員　赤川次郎
大晦日の国民的番組「赤白歌合戦」舞台裏で事件が。全七篇

慶應本科と折口信夫 いとま申して2　北村薫
著者の父が折口ら〝知の巨人〟に接し、青春を謳歌する日々を描く

惑いの森　中村文則
『教団X』など代表作のエッセンスが全て揃った究極の掌編集

政宗遺訓 酔いどれ小籐次（十八）決定版　佐伯泰英
空家で見つかった金無垢の根付をめぐる騒動。決着はいかに？

運命はこうして変えなさい 賢女の極意120　林真理子
作家生活三十年から生まれた、豊かな人生を送るための金言集

目玉焼きの丸かじり　東海林さだお
薄いカルピスの思い出、こしアンvsつぶアン…大好評シリーズ

されど人生エロエロ　みうらじゅん
エロ大放出のエッセイ八十本！　酒井順子さんとの対談を収録

再び男たちへ フツウであることに満足できなくなった男のための63章〈新装版〉　塩野七生
内憂外患の現代日本で指導者に求められることは？　必読の書

女優で観るか、監督を追うか 本音を申せば⑪　小林信彦
健さん・大瀧詠一らを惜しみつつ、若手女優の活躍を喜ぶ日々

噂は噂 壇蜜日記4　壇蜜
女子を慰め、寿司の写真に涙し——シリーズはこれが最後!?

ききがたり **ときをためる暮らし**　つばた英子　つばたしゅういち　聞き手 水野恵美子　撮影 落合由利子
夫婦合わせて一七一歳、半自給自足のキッチンガーデン暮し

ドクター・スリープ 上下　スティーヴン・キング　白石朗訳
ダニーを再び襲う悪しき者ども。名作『シャイニング』続編

「イスラム国」はよみがえる　ロレッタ・ナポリオーニ　村井章子訳　池上彰・解説
「イスラム国」分析の世界最先端をゆく著者が新章書下ろし